辽宁省职业教育改革发展示范学校建设计划项目创新系列教材

幼儿文学

刘晓群　鞠翠萍　张晓磊　主编

科学出版社

北　京

内 容 简 介

本书将幼儿园活动设计融入中职学生的教材中,让学生在学习理论的同时掌握幼儿园活动设计的方法,并能在幼儿园的工作中合理运用。

本书内容包括幼儿文学概述,儿歌、幼儿诗,童话、寓言,幼儿故事、幼儿散文,幼儿图画故事,幼儿戏剧、幼儿影视文学,附以相关的实际案例及各体裁儿童文学在幼儿园中的实践方法。

本书可作为中职学校学前教育专业的教材,也可作为幼儿教师的在职培训教材,还可供广大学前教育工作者及幼儿家长参考。

图书在版编目(CIP)数据

幼儿文学/刘晓群,鞠翠萍,张晓磊主编.—北京:科学出版社,2017
(辽宁省职业教育改革发展示范学校建设计划项目创新系列教材)

ISBN 978-7-03-052460-7

Ⅰ.①幼… Ⅱ.①刘… ②鞠… ③张… Ⅲ.①儿童文学理论－职业教育－教材 Ⅳ.① I058

中国版本图书馆 CIP 数据核字(2017)第 068837 号

责任编辑:贾家琛 李 娜 /责任校对:刘玉靖
责任印制:吕春珉/封面设计:艺和天下

科 学 出 版 社 出版
北京东黄城根北街 16 号
邮政编码:100717
http://www.sciencep.com
北京市京宇印刷厂 印刷
科学出版社发行 各地新华书店经销
*
2017 年 4 月第 一 版 开本:787×1092 1/16
2019 年 1 月第三次印刷 印张:15 1/4
字数:362 000
定价:36.00 元
(如有印装质量问题,我社负责调换〈北京京宇〉)
销售部电话 010-62136230 编辑部电话 010-62135763-2041

辽宁省职业教育改革发展示范学校建设计划项目创新系列教材
编写委员会

主　任：郭庆莲（辽阳市第一中等职业技术专业学校校长）

副主任：吴相福（辽阳市第一中等职业技术专业学校副校长）

佟　强（辽阳市第一中等职业技术专业学校示范办主任）

张守黔（辽阳市第一中等职业技术专业学校实习就业处主任）

潘秀丽（辽阳市实验幼儿园园长）

李彦儒（辽阳市机关幼儿园园长）

陈虎林（北京国谊宾馆人力资源部总监）

姜　军（辽阳宾馆总经理）

丁全生（辽宁天亿会计师事务所有限责任公司法人代表）

王征顺（辽宁天亿会计师事务所所长）

委　员：徐　岩（辽阳市第一中等职业技术专业学校专业会计专业项目组组长）

苏莉莉（辽阳市第一中等职业技术专业学校学前教育专业项目组组长）

肖向阳（辽阳市第一中等职业技术专业学校酒店服务与管理专业项目组组长）

本书编写人员

主　编：刘晓群　鞠翠萍　张晓磊

参　编：刘诗惠　董　蒙　夏　研　朱翎嘉

总　序

　　辽阳市第一中等职业技术专业学校是辽宁省职业教育改革发展示范学校建设计划项目的首批建设学校之一。示范校建设代表了辽宁省中等职业教育的最高水平，我校创建省示范校，将大幅提升学校的综合竞争力，学校发展史由此翻开了崭新的一页。在示范校建设过程中，为了进一步改革学校人才培养模式、推进课程体系改革，学校学前教育专业、酒店服务与管理专业、会计专业的一线教师编写了本套教材。

　　本套教材是 3 个重点专业 30 名教师集体智慧的结晶，是多年教育教学、实习就业等实践的积淀。在教材内容和编写体例上都呈现出了适应未来职业教育发展需求、着重提升学生岗位实践能力、紧贴学生认知规律的特点：在内容上丰富了原有相关学科教材的知识体系，更加注重适应学生课堂学习及未来工作岗位的实践需求；在体例上，结合不同专业的特点，更强调教、学、做、评的有机结合。例如，《幼儿文学》在章节结尾处插入了案例、说课稿等，让学生在了解各种文体的幼儿文学作品的基础上，能够进一步掌握幼儿文学的教学实践方法。《简笔画教程》融科学知识与简笔画技法为一体，以大量实例图片为主，配有绘制步骤及理论提示，并加入了创编环节的教学内容。《舞蹈》在传统的学前教育专业舞蹈课程基础上，更注重拓宽学生的知识面，整理出了我国各主要民族舞蹈中最具特色的素材，采用文字、图片以及网络视频等多种手段呈现教学内容。《酒店管理专业学生职业生涯规划》针对职业学校学生的心理特点，每个任务以故事引入，课后又以故事引发思考，并配有课后练习来检验学生的学习效果，由浅入深地教会学生如何规划自己的职业生涯。《微酒店教学实务》以我校"微酒店"实训基地为依托，融前厅服务、客房服务、餐饮服务、茶艺服务等教学内容为一体，侧重体现实践教学的综合性功能。《会计电算化岗位实训》依托用友 T3 服务软件，以企业会计业务过程中的业务处理为主线，融理论与技能于一体，图文结合，强调直观性与操作性。《会计岗位实训》上篇以会计知识、会计案例为主导，使纷繁复杂的企业会计核算模块化、立体化、实用化；下篇配备大量综合实训题，使学生在学中做，更好地掌握会计核算技能。

　　本套教材在出版过程中，得到了科学出版社及相关专家的大力支持，汲取了相关行业企业专家及兄弟学校的宝贵建议，在此表示诚挚的谢意。由于职业教育发展的多样性、不均衡性等因素，加之编者水平有限，本套教材可能还存在一些不足，敬请相关行业专家、广大师生在阅读、使用过程中多提宝贵意见，进而帮助我们改进、完善本套教材。

　　我们坚信，这套教材的出版，会成为 3 个重点专业人才培养模式改革、课程体系建设以及实训基地建设等任务的实践依托，从而有力地推动我校省示范校建设工作。

前　　言

　　"幼儿文学"是中职学前教育专业课程。本书结合中职学生的学习特点，将理论与实践紧密结合，以提高学生对幼儿文学的理论认知和实践能力。编者参考了幼儿教育心理学、幼儿园活动设计方法、幼儿卫生保健等理论知识，结合幼儿文学的学科特点编写了本书。相比其他幼儿文学教材，本书最大的特点是将赏析和实践部分分配到每一个章节，让学生在学习理论之后就能将其运用到实践中。

　　本书共设六章，其中第一章为幼儿文学基础理论，第二至六章分别介绍不同体裁幼儿文学作品的理论、欣赏和实践方法。第一章主要介绍幼儿文学的基本理论、幼儿与幼儿文学的关系、幼儿文学的特征，以及幼儿文学的作用和幼儿文学发展概况，帮助学生了解幼儿文学的特点和幼儿文学接受主体的特点。第二至六章分别介绍了儿歌和幼儿诗、童话和寓言、幼儿故事和幼儿散文、幼儿图画故事、幼儿戏剧和幼儿影视文学等方面的内容。本书从理论着手，使学生对不同体裁的幼儿文学有充分的认识，并融合经典的幼儿文学作品供学生欣赏，引导学生将所学理论用于实践，进行活动设计。

　　本书由辽宁省辽阳市第一中等职业技术专业学校《幼儿文学》教材编写小组编写，刘晓群、鞠翠萍、张晓磊担任主编。具体编写分工如下：张晓磊编写第一章和第五章，刘晓群、夏研编写第二章，董蒙、朱翎嘉编写第三章，鞠翠萍、刘诗惠编写第四章，鞠翠萍编写第六章。另外，编者在编写本书时得到了辽阳市第一中等职业技术专业学校郭庆莲、吴相福、佟强、苏莉莉、朱秀杰等的大力支持和帮助，在此深表感谢。

　　编者在编写本书过程中还得到了辽阳市机关幼儿园、辽阳市实验幼儿园、辽阳市前进幼儿园、辽阳市蓝天幼儿园、辽阳市中英博爱幼儿园、辽阳市委机关幼儿园、辽阳市童帝博幼儿园、辽阳市春艺幼儿园、辽阳市智慧星幼儿园的大力支持。在此对各位园长为本书的编写提供宝贵素材和参考资料表示感谢。

　　编者虽力求完美，但由于编写时间有限，书中错误之处在所难免，恳请广大读者批评指正。

《幼儿文学》教材编写小组

2016 年 12 月

目 录

第一章

幼儿文学概述

导语：幼儿时期是幼儿接触并认识世界的开始，丰富多彩的儿童读物将对幼儿的成长起到积极的引导作用。孩子们徜徉其中，沉浸在纯洁欢乐、善良美丽、奇妙梦幻的世界中，幼儿文学为他们推开了一扇探索世界的窗户。

第一节　幼儿文学的基本理论

一、幼儿文学、儿童文学与少年文学

"幼儿文学理论是最能反映儿童文学特殊性的理论，也是整个儿童文学理论最核心、最本质的部分……在整个现当代儿童文学理论中，婴幼儿文学理论几近空白！直到 20 世纪五六十年代才有三五篇论文发出微弱的呼声，而又很快被浓浓的'误解和冷落'所淹没。这一令人困惑的理论现象，延至 20 世纪 80 年代才开始引起儿童文学界的警觉……"（黄云生《人之初文学解析》）

20 世纪 80 年代初，我国儿童文学理论界在对儿童文学的价值功能进行多元化的思考后普遍认为：儿童文学是适合儿童在一定发展阶段上阅读与欣赏的文学。不同年龄儿童的生理、心理特征有着较大的区别，对文学作品的阅读与欣赏也会随着年龄的增长有所变化。

根据儿童成长阶段的特征，儿童文学分为三个层次：幼儿文学、儿童文学和少年文学。

（一）幼儿文学

幼儿文学是成人为幼儿创造的文学。它是为学前儿童服务的文学，主要接受对象是 3～6 岁的幼儿，是为适应这一阶段幼儿的接受特点而创作或改编的文学。

幼儿具有的强烈的好奇心，促使他们执着地探索世界。在幼儿文学的奇妙世界中，幼儿不仅满足了好奇心，并且能在这个奇妙的世界里得到意想不到的收获。幼儿阶段的孩子身心各方面刚开始成长，口头语言能力发展较快，开始学习运用清楚的连贯性语言表达自己的思想，但是对外界的认知有一定的局限性，不能够清楚准确地运用抽象复杂的概念。这就要求幼儿文学作品必须简单、明了，富有趣味性和娱乐性，能够娱乐幼儿的身心，帮助幼儿认识事物的特点和懂得简单的道理。幼儿文学的主要体裁有儿歌、幼儿诗、幼儿童话、幼儿生活故事、幼儿散文、图画故事等。

（二）儿童文学

儿童文学是指为7～12岁的儿童服务的文学，这个阶段的孩子开始系统地学习，对外界事物的感知能力日益增强，思维也开始发展，以形象思维为主，初步形成抽象逻辑思维。相比幼儿，他们对社会生活和自然科学知识的需求大大增加，所以适合这一阶段孩子阅读的文学更注重丰富孩子的想象、认知与情感，通过充满幻想、情节曲折动人的故事，形象鲜明并具有一定内涵的人物，来满足孩子的需求。儿童文学的主要体裁有童话、儿童小说、儿童诗、科学文艺等。

（三）少年文学

少年文学是指为12～15岁的少年服务的文学。少年时代是儿童向成人过渡的时期，他们的身心逐渐成熟，对世界的认识逐步形成，个性特征开始明显表现出来，关注成长、描写青春的作品更能引起他们的阅读兴趣，所以针对这一阶段少年的文学作品主题范围更为深广，描写的手法也逐渐趋于成人文学的技巧。个性鲜明具有内涵的人物、引人入胜的故事情节、形式多样的文学体裁都能引起广大少年的阅读兴趣。少年文学的主要体裁有少年小说、报告文学、少年诗与散文、寓言等。

在儿童文学的三个层次中，以幼儿文学最具儿童文学的特色，这是因为幼儿阶段的读者具有儿童的特征。从幼儿到儿童再到少年，读者的儿童特征在逐渐淡化、消失，他们的各项心理特征在逐步地成熟，逐渐地接近成人。随着这种变化，儿童读物也逐渐被成人文学所取代。幼儿文学因其接受对象的年龄特点，其文学的儿童特点最为浓厚，也最能体现儿童文学的特点。

二、理解幼儿文学

"儿童观是成人在人生哲学层次上对儿童这一生命存在所做的认识和关照"。"儿童生命存在与儿童文学本质之间存在着恒定的独一无二的本体逻辑关系。正如不能先于研究人去研究文学一样，我们也不能先于研究儿童去研究儿童文学。探求儿童文学的本质，无可避免地要去探求儿童生命的本质，并在这一探求过程中，建立其自身的儿童观，有此儿童观的指引，寻找通向儿童文学本质的大路。建立科学、合理的儿童观是儿童文学本质研究的重中之重"（朱自强《经典这样告诉我们》）。幼儿观就是成人对幼儿的理解和认识。研究幼儿文学的本质，也是以幼儿观为基础的。

（一）树立正确的幼儿观

中国传统的观念认为，幼儿是成人的附属品，没有自己的思想。成人认为他们什么都不懂，必须听从指挥。在幼儿面前，成人表现出强烈的控制欲，这就形成了"俯视"的幼儿观。持这种观点的教育者往往会想尽一切办法将幼儿放到预先设定的思路上，不允许幼儿在对学习内容的理解上与教育者产生分歧，但是教育者往往在这一过程中会筋疲力尽，幼儿也会兴趣全无。

在当代中国的家庭结构中，幼儿往往是被"仰视"的。仰视，是指幼儿在生活中处处都要被哄着、供着，幼儿怎么说、怎么做都是对的，甚至有些幼儿会提出无理的要求，家长或老师也会无条件地答应。持这种观点的成人在面对幼儿时是苍白无力的，持这种观点的教育者在组织幼儿文学活动中，面对幼儿的不同意见会手足无措，他们会一味地赞同或者表扬幼儿，而不顾及幼儿的理解和想象是否已经超出文学范围，也不能站在专业的角度给予幼儿指导。

还有一种幼儿观，即成人蹲下来与幼儿交流，站在和幼儿相同的高度才能看到和幼儿同样的世界，与幼儿有同样的视野才能平等地与幼儿交流，这样的幼儿观我们称之为"平视"。这需要成人用平等的心态，主动地了解幼儿的世界，并将自己置于这一世界之中，这样才能更好地了解幼儿的需要。黄云生先生曾提出，"学前儿童主要还处于自然生存的状态，'自然人'是他们的主导方面；而学龄儿童则由于正规学校教育的规范，开始逐步进入社会生存的状态，逐渐显现出'社会人'的特征"（黄云生《人之初文学解析》）。准确地说，幼儿与成人是区别最明显的人生两极，"孩子的世界与心灵是无限广大的，他们不是附庸，而是主体，他们身体上羸弱，受呵护，不代表他们精神上的无意识，依附性与非独立性"（王一方、王珺《童年精神的重新发现》）。持这种幼儿观的教育者，在组织幼儿文学活动时会如游戏般自如，幼儿也会积极参与其中，体会幼儿文学带来的快乐。

所以，在指导幼儿进行幼儿文学活动之前，首先要树立正确的幼儿观。

（二）幼儿文学是"文学"

作为独特存在的文学样式，幼儿文学是文学领域的一个重要的分支，遵循文学应遵循的原则，具有文学所具有的特征。老舍先生认为，"感情与美是文艺的一对翅膀，想象是使他们飞起来的那点能力：文学必须是能飞起来的东西。欣悦是文学的目的，把人带起来与它一同飞翔才能使人欣喜。感情、美、想象（结构、处置、表现）是文学的三个特质"（老舍《文学概论讲义》）。这些论述说明，文学性是通过与世界的接触，使用某种创造性语言表达人对世界最深切的感受，幼儿文学也不例外。但由于接受对象的特殊性，幼儿文学又有别于其他的文学，在语言、情感、体裁、结构等方面具有独特的艺术魅力，在建设幼儿的精神世界中起到不可或缺的独特作用。

然而，我国很多教育工作者正在走向一个误区，认为幼儿文学的核心本质是"教育性"，他们忽视了成长中的幼儿对幼儿文学是一种天然的需要，认为幼儿接受幼儿文学作品并不完全是为了接受教育，而是为了享受愉悦。因此，持这一观点的教育者将幼儿

文学视为"语言和道德"教育的工具，不重视幼儿文学的文学性，这就导致他们选取幼儿文学作品的标准产生一定的偏差，即便他们看到优秀的幼儿文学作品，生动的形象、优美的情境都会被他们肢解成无滋无味的词汇、句式以及抽象的说教。在这样的"说教"下，幼儿文学教育活动无法达到预期的目标。"文学有它内在的完整意境，有它浑然不可分割而又无所不在、渗透内外的特定神韵，文学文本的意义是文本形式建构的产物，文本意义和文本形式是不可剥离的"（老舍《文学概论讲义》）。

幼儿文学与幼儿教育是不可分割的，但是幼儿文学的本质是"文学性"，"教育性"只是它的一种功能。幼儿文学不是为了教育而产生的，它的教育意义是一种广义的教育，让幼儿在自然、愉悦的心境下发生改变。它通过文学的力量，对幼儿进行潜移默化的感染、感动，丰富幼儿的内心世界。

（三）幼儿文学是"幼儿的"

幼儿是幼儿文学的接受主体，具有明显的年龄特征，幼儿文学是为幼儿"服务"的文学，所以必须符合幼儿的年龄特征，以幼儿为本。优秀的儿童文学作品往往是"用儿童的眼睛去看，用儿童的耳朵去听，用儿童的心灵去感觉"（陈伯吹），幼儿文学亦是如此。一般来说，幼儿文学是使用幼儿能够理解的语言反映幼儿的真实生活和丰富的内心世界，幼儿能够真切直观地融入其中，并发自内心地喜欢。好的幼儿文学作品不仅能作为幼儿的读物，更是幼儿的良师益友。

幼儿文学作为专门为幼儿创作的文学，还体现在接受主体的精神特征上，应具有一定的幼儿情趣和幼儿游戏精神。幼儿情趣是指在作品中体现出幼儿的动作、心理、行为、兴趣等方面的特征，作者将其艺术性地概括，与幼儿的审美情趣相结合，所以幼儿在接受的过程中才能认同和接受作品中描述的内容。同样，在幼儿的生活中，不能缺少游戏，幼儿喜欢游戏是天性，幼儿文学对幼儿有着无限的吸引力，很大一部分原因是因为其作品表现出幼儿无尽的幻想和自由自在的游戏精神，为幼儿游戏提供了可以模仿动作、表演和体验生活的广阔天地，最直接地彰显了幼儿的天性，让幼儿徜徉其中，产生愉快和共鸣。

第二节　幼儿与幼儿文学

一、幼儿的年龄特征

幼儿是幼儿文学的接受主体，具有特殊的年龄特征，了解幼儿与幼儿文学的关系，必须从了解幼儿入手。

（一）感知觉

感知觉是指人脑对当前作用于感觉器官的客观事物的反映。幼儿的感觉和知觉处在迅速发展中。幼儿的视觉随着年龄的增长而增强，到 6 岁左右基本与成人相同。因此，为幼儿出版的读物，年龄段越小，图和字就越大。同时，出版物中所出现的插图应选用颜色对比较为强烈的图片，色彩尽量以红色、黄色、蓝色、绿色等基本颜色为主，幼儿不善辨别"群青""古铜""天蓝"等抽象颜色。听觉是幼儿接受外界世界信息最重要的途径，也是幼儿接触幼儿文学的主要方式之一，幼儿文学中优美的语言和韵律对幼儿的智力和口语发展也有着重要的意义。

幼儿的空间知觉、时间知觉和社会知觉发展水平较低。空间知觉主要包括方位知觉、距离知觉和形状知觉等。3 岁幼儿仅能辨别上下方位，4 岁幼儿开始能辨别前后方位，5 岁幼儿开始能以自身为中心辨别左右方位，6 岁幼儿虽能完全正确地辨别上、下、前、后四个方位，但以自身为中心来判断左、右时仍有困难。许多研究认为左右方位的相对性要在幼儿七八岁后方能掌握。幼儿只能掌握一些简单的时间概念，所以在很多幼儿文学作品中常用"从前""很久以前""后来""过了一会儿"等时间概念。随着年龄增长，幼儿对时间的知觉逐渐敏感和精细化，中班以后的幼儿已经能掌握并会运用"昨天""今天""明天"等概念，但是大班的幼儿也很难理解"一小时""一分钟""一个月"这样的精准时间概念。社会知觉水平是指人对社会性客体及其之间关系的认知，以及这种认知与人的社会行为之间的理解和推断。幼儿的社会认知发展以自我—他人的规律进行递进，即从自我认知开始，逐渐发展到对社会的认知。三四岁的幼儿在社会环境的影响下，已具有初步的社会规则、行为规范的认识，能做最直接、最简单的道德判断，喜欢与人交往。四五岁幼儿的社会认知能力明显提高，懂得更多的社会规则、行为规范。6 岁左右的幼儿，能够与他人建立起良好的社会交往关系，并能在同伴交往中有积极的交往态度和交往方式。这样的行为和态度能够帮助幼儿进一步发展交往能力和社会适应能力。所以，在为小龄段幼儿选择幼儿文学作品时，一方面，要注重幼儿的情感体验；另一方面，作品中人物之间的社会关系不宜过于复杂。而随着幼儿年龄和社会认知水平的发展，可以适当选择情节丰富的幼儿文学作品，并引导幼儿理解人物之间的社会关系，以及社会道德和行为规范。

（二）语言

幼儿时期是语言发展的重要时期，随着年龄的增长，幼儿的词汇量也在不断地增加。3 岁左右是幼儿词汇量增长的高速期，3 岁以后幼儿词汇量的增长率呈递减趋势。到了大班，幼儿的词汇量基本可以达到 4000 个。幼儿掌握各类词的顺序是实词先于虚词。其中，幼儿所掌握的实词以名词、动词居多，形容词、副词所占比例较小。幼儿已经能基本掌握本民族语言的语法结构，但由于认知发展的限制，使用简单句的比例要多于复合句，句子的表达从陈述句发展到各种形式的句子。随着年龄的增长，幼儿使用的句子的含词量也在不断地增加，6 岁左右的幼儿所使用的句子多数为 7～10 个词，甚至更多，并能够准确地使用简单的修饰语。

根据幼儿的语言发展特点，幼儿文学中所出现的语言应为幼儿能够理解并且容易被幼儿掌握的，能够在一定程度上丰富幼儿的词汇量。同时，不宜使用结构过于复杂的句子，以简单句为主。如果使用复合句，应该让幼儿十分明了地辨别句子中的各种关系，如条件、递进、假设、因果等。

（三）注意

注意是指心理活动对一定对象的指向和集中，根据是否需要付出意志努力可分为有意注意和无意注意，也称随意注意和不随意注意。3～6 岁的幼儿以无意注意为主，有意注意水平较低。随着知识经验和认知能力的发展，更多新颖、生动和有趣的事物也能吸引幼儿的注意。但是幼儿注意持续的时间较短，小班幼儿的有效注意时间约为 5 分钟，中班幼儿的有效注意时间为 5～10 分钟，大班幼儿的有效注意时间也不会超过 20 分钟。所以，教育者在为幼儿选择幼儿文学作品时，题材和内容要求能够引起幼儿的注意，但篇幅又不能过长，以适应不同年龄阶段幼儿注意的特点。

（四）记忆

记忆是人脑对经历过的事物的识记、保持、再现或再认的过程。幼儿阶段的记忆主要以无意识的、机械的、形象的记忆为主。鲜明的形象、生动的语言、能够引起幼儿强烈情绪体验的事物，容易被幼儿记住。所以语言简单明了、朗朗上口的儿歌、幼儿诗，情节夸张、丰富有趣的幼儿故事，生动形象、富有想象的童话，更适合幼儿记忆。如郑春华的儿歌《吃饼干》：

> 饼干圆圆，圆圆饼干，
> 用手掰开，变成小船。
>
> 你吃一半，我吃一半，
> 啊呜一口，小船真甜。

这首儿歌句式整齐，将幼儿吃饼干的情形描写得极其富有画面感，只有幼儿才会这样吃饼干。将掰开的饼干比作小船，符合幼儿的认知水平，体现出幼儿边吃边玩的特征，并且韵律和谐、朗朗上口。

（五）思维

思维是人脑进行逻辑推导的属性、能力和过程。幼儿的思维以具体形象思维为主，到了大班以后才开始发展抽象逻辑思维。幼儿是通过形象来认知和理解外部信息的，所以很多幼儿童话或幼儿故事配有符合故事情境的插图，方便幼儿更好地理解故事的内容。此外，幼儿的概括能力较低，通常不能将听过或看过的故事很好地概括出来，这需要教育者进行指导，以帮助幼儿培养理解能力，发展抽象逻辑思维。

（六）想象

想象是一种特殊的思维方式，是人在脑里对已储存的表象进行加工改造形成新形象的过程。幼儿的想象以无意想象为主，没有预定的目的，有意想象仅初步发展，再造想象占主导地位，创造想象开始发展。幼儿的想象还具有一定的不稳定性，想象的主体易随着环境或刺激变化所改变。到了大班以后，幼儿的创造想象有了明显的发展，他们所想象出的事物会脱离生活，但逻辑性较差。所以，在幼儿文学作品中，各种荒诞的、奇妙的、夸张的描写，都符合幼儿想象的特点。

在幼儿文学作品中，豌豆藤能够直冲云天，天空里生活着一个巨人；不同的小动物会联合起来，一起打败共同的敌人；美丽的公主会得到仙女的帮助，并获得王子的爱情。这些美好的想象不仅能够深深地吸引幼儿，还能够对幼儿想象的发展有着积极的促进作用。

（七）情感

"情绪和情感都是人对客观事物所持的态度体验，只是情绪更倾向于个体基本需求欲望上的态度体验，而情感则更倾向于社会需求欲望上的态度体验。"幼儿的情绪外露且不稳定，容易受到周围事物的影响，并且情绪转变较大。幼儿在幼儿文学作品中不仅能获得美感，还能够获得丰富的情感体验。

幼儿天生喜欢听故事，可见幼儿与幼儿文学的关系非同寻常。幼儿时期是生理、心理快速发展的重要时期，幼儿活泼好动，对世界充满新奇感，感情丰富而纯真。教育者必须了解幼儿的生理、心理发展规律，才能为幼儿选择适应其身心发展的好作品，丰富和提升幼儿的精神世界。

二、幼儿接受文学的方式

"幼儿文学的媒介不是文字，而是有确切含义的声音。"所以，幼儿文学是听觉文学，幼儿是有幼儿文学的"听众"，而不是"读者"。金波先生用通俗易懂的语言告诉我们，幼儿文学的听觉艺术的特点是"便于听、听得懂、记得住"。这与陈伯吹所说的"用儿童的眼睛去看，用儿童的耳朵去听，用儿童的心灵去感觉"不谋而合。只有"便于听"才能"听得懂"，只有"听得懂"才能"记得住"，只有记住了才能发自内心地喜欢。幼儿的思维完全是感性的，对于幼儿文学作品的评价只有最直截了当的"好听"或是"不好听"，能够抓住幼儿的耳朵，才是适合于幼儿的文学作品。

同时，幼儿带有强烈的游戏精神。"艺术的雏形就是游戏，游戏之中含有创造和欣赏的心理活动"，"所以要了解艺术的创造和欣赏，最好先研究游戏"（朱光潜《文艺心理学》）。与成人文学接受相比，幼儿文学的接受的游戏性特征更为显著。幼儿在接受文学作品时，往往表现为扮演、模仿，将自己想象成作品中的主人公，体验主人公所遭遇的种种奇妙的境遇。很多儿歌的创作也是伴随着游戏产生的，如《小鱼游》：

小鱼游，小鱼游，
摇摇尾巴点点头。
向上游，向下游，
吐吐泡泡乐悠悠。

儿歌结构简单、清晰，语言朗朗上口，幼儿在听完之后会不由自主地把自己比作小鱼，还会模仿小鱼游的样子。这就是儿歌为幼儿带来的游戏。同时，教育者还可以根据儿歌来展开活动，让幼儿充分体会幼儿文学的游戏性带来的快乐。

综上所述，"听"和"游戏"是幼儿接受幼儿文学最直观有效的方式。以此为基础，成人指导幼儿接受文学的方式主要有以下几种。

1）朗读、讲述。朗读、讲述是最普通、最古老的传递文学的方式。学者会精心挑选很多睡前故事，让孩子伴随着故事进入梦想。老人也会给自己的孙子讲述自己小时候就听过的故事，很多神话和传说就是这样流传下来的。其实幼儿更在意"听"的过程本身，不去探究事物的结果和意义。

2）表演。表演分为两种情况：一种是由专业人士将幼儿文学作品搬到舞台或大屏幕，再由专业的演员表演出来，供幼儿欣赏；另一种是让幼儿直接参与到表演中，体会作品中每一个角色的特点，并在活动中感受和理解作品。边唱边跳的儿歌、有声有色的童话、精美的幼儿故事、幼儿戏剧，都是可以让幼儿表演或欣赏的。

3）阅读。这里说的阅读并不是真正意义上的阅读，毕竟幼儿识字量有限。幼儿阶段的阅读主要以连环画、绘本、卡通故事等为主，大班的幼儿可以独立阅读，但中班、小班的幼儿主要以亲子共读的方式为主。这样欣赏幼儿文学可以让幼儿掌握初步的阅读能力，养成安静、专注的阅读习惯，学会思考图片与图片之间的内在联系，发展思维。

第三节　幼儿文学的特征

一、幼儿文学的文体特征

（一）幼儿文学是开启幼儿心智的启蒙文学

对不谙世事的懵懂幼儿来说，幼儿文学是孩子极好的启蒙老师。它包罗万象，有利于幼儿认识世界的万事万物，帮助幼儿了解日常生活的内容，引导他们参与语言、思维、想象等活动，对于幼儿的健康成长起到启蒙作用。"凡是有利于灵性启蒙、启迪智慧的，有利于情操陶冶、美感熏陶的，有利于增长知识、开阔眼界的，有利于发展语言、丰富词汇的，都可以在幼儿文学范围内竞相开放，争奇斗艳。"（束沛德《迈向新世纪的幼儿文学》）如望安的《红睡莲》：

> 根儿生在泥里，
> 花儿开在水面，
> 我们是一朵朵红睡莲。
>
> 明亮的池水浮着绿叶，
> 绿叶上水珠儿闪闪。
> 轻轻的风儿吹过花丛，
> 花儿张开笑脸。
>
> 我们最爱秋天，每天早起早睡，
> 我们是一朵朵红睡莲。
> 太阳看见我们的时候，
> 已经开得很鲜艳。
> 月亮看见我们的时候，
> 已经睡得很香甜。

诗中，"睡莲"早起早睡，在幼儿看来非常神奇，无形中强化了幼儿良好的生活习惯，增加了幼儿的植物常识，又带给幼儿无尽的想象。

（二）幼儿文学是深入浅出的口语文学

幼儿文学对尚未识字的幼儿来说，是听的文学，而不是读的文学。因为幼儿主要通过听赏的方式来接受文学，这就要求幼儿文学的语言必须明白浅显、直观形象，在幼儿所能掌握的词语范围内讲述。从句式上看，多用短句，少用长句；多用单句，少用复句。从词性上看，多用名词、动词，少用连词、介词；多用具体形象的词，少用抽象概括的词。这是使语言浅显的方法。例如，"小姑娘站在路边，一动也不动，可怜极了"就比"可怜的小姑娘一动不动地站在路边"更容易被幼儿所接受。

优秀的幼儿文学作品还经常用语言的节奏、音韵及摹声、反复等表现手法使作品音韵和谐，易记易唱。如幼儿诗《春雨》：

> 沙沙沙，沙沙沙，
> 花儿赶紧张嘴巴，
> 小草急得往外冒，
> 春雨沙沙笑哈哈。

全诗押a韵，响亮，节奏鲜明流畅，优美动听，具有音乐性，使幼儿乐于去听、去念、去记。

（三）幼儿文学是趣味盎然的快乐文学

幼儿文学对孩子的启蒙是在快乐的前提下进行的。优秀的幼儿文学作品充满了幼儿情趣，它以生动活泼的语言、曲折有趣的情节、天真执着的童真感染着孩子，带给他们无穷的快乐。

幼儿喜爱游戏的天性，也决定了幼儿文学带有很强的游戏性。有的作品并不蕴含深奥的道理，只是单纯地逗乐，让孩子在接受文学的过程中充分享受游戏的乐趣。游戏"拔萝卜"，便是苏联作家阿·托尔斯泰根据民间故事写成的童话《大萝卜》的游戏版本。而部分文学作品本身的形式就契合着幼儿的游戏方式。例如，谜语、绕口令、问答歌、数数歌、连锁歌、颠倒歌、拍手歌等，都以各自不同的方式为幼儿提供了各种游戏方式，而幼儿戏剧本身就是一种经过组织导演和艺术加工的游戏。

二、幼儿文学的美学特征

幼儿文学的美学特征主要表现在纯真美、稚拙美、荒诞美三个方面。

（一）纯真美

幼儿的心灵是单纯、明净的，他们在复杂的大千世界中保持着自己固有的品性，以真诚的天性对待一切事物。这种纤尘不染的纯真，成为幼儿文学作家自觉追求的创作元素，表现在文学作品中，形成一种极为透明、至纯至真的美，让成人叹为观止。所以赫伯特·里德在《今日之艺术》中叹道："现在的艺术，有一种想回到儿童们的情景的质朴与简单的企图。"如圣野的《欢迎小雨点》：

> 来一点
>
> 不要太少
>
> 来一点
>
> 不要太多
>
> 来一点
>
> 小菌们撑着小伞等
>
> 来一点
>
> 荷叶站出水面来等
>
> 小水塘笑了
>
> 一点一个笑窝
>
> 小菊花笑了
>
> 一点一个敬礼

单纯的画面，勾勒得恰到好处的小雨点、小菌、荷叶、小水塘和小菊花的形象，从它们真切细微的表情上，我们体会到大自然的魅力。

（二）稚拙美

稚拙与纯真一样，是幼儿文学独特的美，幼儿因"自我中心"的幻想与现实的矛盾、反差，产生种种童真童趣，形成"一种原始的、质朴的、悖于常情常理而又令人惊奇、赞叹的，异常明净、透彻的美"。（郑光中《幼儿文学教程》）稚拙美既表现在内容上，也表现在形式上。从内容上看，幼儿文学的稚拙美主要表现为幼儿心理、生活中的执着情态和形态。武玉桂的《小熊买糖果》就塑造了一只记性很不好的小熊，三次上街买糖果，要么摔了一跤，要么撞在大树上，要么被风吹跑了帽子，忘记该做什么，它拿衣服憨态可掬的模样，实在令人忍俊不禁。稚拙美也表现在幼儿文学的形式方面，幼儿文学作品的文字、语言组合和叙述方式的变化可以产生一种稚拙感，其情节构成方式的变化也能带来一种稚拙感。如鲁兵的幼儿诗《下巴上的洞洞》：

> 从前
> 有个奇怪的娃娃，
> 娃娃
> 有个奇怪的下巴，
> 下巴
> 有个奇怪的洞洞，
> 洞洞
> 谁知道它有多大。
> 瞧他
> 一边
> 饭往嘴里划
> 一边
> 饭从那洞洞往下撒
> ……

这首诗歌采用顶针的方式，将上一句的结尾用作下一句的开始，读时朗朗上口，幼儿情趣在其间跳跃，产生强烈的稚拙美感。

（三）荒诞美

幼儿的生理和心理特点，决定了幼儿更好动，更富有幻想和探究，因此幼儿文学更富于幻想，有更多惊险色彩和神奇意味。而幼儿的"自我中心"思维，使得一切皆有可能。上天入地、无拘无束的情节，神奇怪诞、滑稽有趣的人物形象，在成人世界多了几分约束，但在幼儿世界散发着奇妙的光芒。林格伦的童话《长袜子皮皮的故事》中天不怕、地不怕，令大人头疼至极的淘气女孩皮皮，就备受孩子们的欢迎。而《哈利·波特》中会飞的笤帚、会说话的照片、神奇的魔咒，更是风靡全球。荒诞美展示了一种自由、活泼的现代美学心态，充分满足了幼儿喜欢幻想，追求新鲜、变化、刺激的审美心理和阅读趣味，成为幼儿文学的一大美学特征。

第四节　幼儿文学的作用

当代幼儿文学理论认为，幼儿文学有着多方面的价值功能。幼儿文学不仅有教化作用，还有认识人生、审美、娱乐、平衡心理的作用。具体说来，幼儿文学在以下几个方面对幼儿读者有着积极的影响。

一、愉悦身心、丰富情感

"笑这种维生素是幼儿所必需的，我们应当慷慨发放"（米哈尔科夫）。快乐是幼儿的天性，优秀的幼儿文学作品无论在形式上还是内容上，都能够适应幼儿对快乐的需要，音乐般的语言、生动的画面、曲折动人的情节、奇异的幻想世界，都让幼儿在文学作品的阅读中获得身心的满足。例如，在意大利罗大里的《冰淇淋宫》中，众多孩子在一起风卷残云般地舔食冰淇淋宫殿，作者的异想天开能极大地满足幼儿的心理，给他们带来精神上的愉悦。同时，幼儿的情感极为丰富，易受到感染，声情并茂的幼儿故事最能打动幼儿的心灵。正义与邪恶、纯真与虚伪、好与坏之间的较量正在展开……精彩的故事情节紧扣幼儿的注意力，让幼儿体验着作品中的喜怒哀乐、悲欢离合，丰富了他们的情感，也培养了他们的是非观。在《狮子王》中，主人公辛巴的成长充满了生死爱恨，作品情节的紧张冲突很容易调动幼儿的情感，随着辛巴的成长而体验成长，尤其在峡谷中，辛巴的爸爸为了救辛巴而坠崖，让很多幼儿眼里噙着泪，对死亡有了初次的认识与思考。

二、扩大视野、增长知识

幼儿的生活经验不足，但幼儿具有很强的好奇心和求知欲，他们渴望认识世间万物，对新奇事物充满好奇心，总想探究各种原因。因此，孩子的心中总有着无穷的想象，无数为什么。但在现实生活中，幼儿所接触的空间是有限且相对狭小的，涵盖大千世界种种知识的幼儿文学，恰好能满足幼儿对外界的好奇。幼儿文学作品带给幼儿大量的感性知识，幼儿又以这些知识为起点，循序渐进，不断完善自己的认知结构，从而提高感知生活的能力。方慧珍、盛璐德的《小蝌蚪找妈妈》，让幼儿知道了青蛙的成长过程；胡雪莲的《三颗星星》巧妙地让天上的星星做游戏，在游戏的过程中使幼儿对红绿灯有了直观形象的记忆，学会了交通规则；而望安的《雪花》用疑问激发了幼儿对雪花的好奇，浅显直白的语言、直观形象的画面，让幼儿对雪花的特性有了直观的认识。

三、促进想象、增强创造能力

丰富的想象是幼儿的一大心理特征。儿童文学作家金近说："孩子们的思想感情最突出的一点是幻想，幻想贯穿整个童年的生活。"而幼儿文学的想象性是无与伦比的，幼儿文学作品中，幻想、比喻、夸张、荒诞、变形等手法的运用，引导幼儿去向往、去思考。生动的形象、精妙的比喻，可以帮助他们了解本来比较艰深的思想和道理，培养他们丰富的想象力。幼儿文学打开了一扇通往神奇的大门，幼儿因此展开想象的翅膀，去创造奇妙异趣的世界。

四、培养美感、提高审美能力

美感是人类对事物的审美体验。幼儿对美的需求是天然的，天性渴望正义与善良，战胜邪恶与阴险。优秀的幼儿文学作品本身就是真、善、美的文学，通过幼儿能理解的语言、丰富的感性形象，让幼儿与作品所表述的情感产生共鸣，作品所蕴含的真、善、美的情感会随之打开他们的心扉，使他们的审美情感得到陶冶。当幼儿沉浸在文学作品所描述的生活中时，他们对生活——审美对象的认知和理解会更加深刻，能领会到什么是美，为什么是美的，从而具备相应的美感，初步形成审美能力。

五、陶冶情操、健全人格

幼儿时期是人一生中发展最快的阶段，其品德也在这一阶段进一步发展。但幼儿的道德观念和行为经常受情绪的影响，表现出很强的不稳定性，需要反复教诲，不断矫正，才能促使幼儿形成良好的品德特征。优秀的幼儿文学作品能让幼儿通过语言表现的形象，下意识地产生移情心态，站在各种角色的立场上体验不同的道德观念，并随着作品的诱导做出道德判断。久而久之，幼儿文学作品中美好的情操和高尚的人格会让幼儿受到熏陶，从而达到愉悦幼儿身心、健全幼儿人格的目的。

第五节　幼儿文学发展概况

一、世界幼儿文学发展概况

（一）幼儿文学的萌芽和初步发展

对于幼儿文学的起源，人们有不同的看法，但毋庸置疑，流传于民间的口头文学是早期的幼儿文学的起源之一。世界幼儿文学可以追溯到人类文学源头之一的希腊神话，这些充满奇妙幻想的神话传说有许多适合幼儿听。印度的《五卷书》被称作"世界上第一部童话书"，是最早、影响最大的一部语言、童话、故事集。这本书收录了83个故事和1个楔子。流传于古希腊的《伊索寓言》大都以一个个简短的动物故事来说明一个道理、观点或道德教训。其中的《农夫与蛇》《狐狸和葡萄》《狼和小羊》《龟兔赛跑》不仅成为家喻户晓的故事，也成了孩子们喜爱的传统文学经典。阿拉伯民间故事《一千零一夜》（又名《天方夜谭》），高尔基称之为民间口头文学的一座灿烂丰碑。它包括神

话传说、寓言童话和描写爱情、冒险及动物生活的故事。其中《辛伯达航海旅行的故事》《阿里巴巴与四十大盗》等作品吸引了一代又一代孩子，至今仍是畅销的儿童读物。

（二）幼儿文学呈现出新的态势

1697 年，法国作家夏尔·贝洛采录、整理和加工了欧洲广为流传的民间故事，出版了《鹅妈妈的故事》，这部作品主要包括《林中的睡美人》《小红帽》《穿靴子的猫》《仙女》《灰姑娘》等 11 篇。该著作被誉为"开儿童文学的新纪元""儿童文学的独立日"，是儿童文学也是幼儿文学诞生的标志。《鹅妈妈的故事》不仅是法兰西幼儿的读物，也是全世界孩子们耳熟能详的佳作。因此，它对世界幼儿文学的催生与形成，有着不可估量的价值。

随着时代的进步和生产力的发展，欧洲出现了比较富裕的中产阶级。他们对儿童的教育和培养较为关注，经济上也有条件为孩子购买书籍。到了 19 世纪，随着欧洲各国资本主义制度的建立与巩固、社会生产力和科学技术的迅速发展，世界幼儿文学迅速发展。其中专为幼儿创作或者适宜幼儿欣赏的优秀文学作品数量大大增加，这个时期也涌现出为数众多的世界一流的幼儿文学作家，许多举世闻名的文学巨匠也为孩子们奉献珍品，世界幼儿文学的发展进入了成熟时期。

德国的格林兄弟在 1812 年出版了《德国儿童与家庭童话集》，为世界儿童文学的发展带来深刻的影响。1819 年作品再版时格林兄弟做了修订，使其更加符合幼儿阅读的需要。《格林童话》是包括《白雪公主》《灰姑娘》《青蛙王子》《不来梅的音乐家》等 200 多个童话在内的童话集，至今已被译成 140 种文字，在世界各国广为流传，深受成人和儿童的欢迎。

丹麦的汉斯·克里斯蒂安·安徒生，是 19 世纪第一个赢得世界声誉的丹麦作家，他所创造的童话在艺术上达到一个高峰。文学史一致尊奉他为现代童话的杰出奠基人。他一生创作了 168 篇童话，几乎每个国家都有《安徒生童话》的译本。为了纪念他，国际上还设立了被称为"小诺贝尔文学奖"的国际安徒生奖。安徒生童话主要代表作有《皇帝的新装》《野天鹅》《打火匣》《白雪皇后》《丑小鸭》《夜莺》《坚定的锡兵》《卖火柴的小女孩》《海的女儿》等。

（三）幼儿文学进入黄金时代

儿童文学真正的成熟期是在 20 世纪，这时的幼儿文学被认为是最有儿童文学特色的部分。20 世纪初，幼儿文学作品是温情、甜蜜的，淡化、美化儿童性格中的阴暗面，展示纯真的心灵、快乐的童年，远离纷扰的世界。

英国作家詹姆斯·马修·巴里所著的《彼得·潘》是一部著名的童话剧。1904 年12 月 27 日在伦敦公演后，引起巨大轰动，从此每一年的这一天都在伦敦上演此剧。美国作家 E.B.怀特出版于 20 世纪四五十年代的《小老鼠斯图亚特》和《夏洛的网》深受广大读者喜爱，其中《夏洛的网》在 1953 年美国儿童文学作品奖评选中名列第二名，至今已有二十多种文字的译本，被认为代表了美国童话成就的最高度。德国的奥斯利特·普雷斯勒于 1963 年和 1972 年两度荣获政府设立的少年儿童文学奖，为他带来巨大声誉的是《小水妖》《小魔女》和《大盗贼》三部著名童话。瑞典女作家塞尔玛·拉格洛芙的《尼尔斯骑鹅历险记》是目前为止世界上第一部，也是唯一一部获得诺贝尔文学奖的童话作品。在瑞典，一项最重要的儿童文学奖项就是以尼尔斯命名的。《绿野仙踪》（原名《奥兹国的魔术师》）是美国作家莱曼·弗兰克·鲍勃最重要的童话作品，这部作品在美国少年儿童中引起了轰动，其后被改编成舞台剧、电影。

20世纪，幼儿文学引起了社会普遍的重视和关注。由于印刷条件提高，以幼儿为主要对象的图画书的发展更是蓬勃兴旺，人们对幼小孩子的关注进一步提高，越来越关注幼儿文学，因此这一时期的幼儿文学作品如雨后春笋般涌现。

二、中国幼儿文学发展概况

（一）古代幼儿文学的起源

与其他地区的幼儿文学无异，中国的幼儿文学也是起源于民间流传的口头文学，如早期的《后羿射日》《女娲补天》《精卫填海》《嫦娥奔月》《牛郎织女》等童话和寓言，都是起源于民间传说。中国古籍中最早出现具有童话特点的作品不比西方迟，魏晋南北朝的志怪小说、唐人笔记小说中记载的民间童话，比贝洛童话早出现近千年，可是它的文学形式没有产生像贝洛童话那样深广的影响。早在1593年我国便出现了第一部由吕坤编写的儿歌专集《演小儿语》，其中的儿歌作品"极浅，极明，极俗。讹字从其讹，方言仍用方言，但令入耳悦心，欢然警悟"，它是真实记录下来的民间儿歌。

（二）"五四"时期幼儿文学的萌芽与发展

"五四"时期，是我国幼儿文学的初步兴盛期。受"五四"运动的影响，一大批文学工作者或创作，或译作了大量的幼儿文学作品，这对中国后期的幼儿文学发展有着深远的影响。梁启超、朱自清、郑振铎、沈从文、郭沫若等都参与其中，为中国的幼儿文学事业打下重要的基础。

1949年中华人民共和国成立，结束了多年的战乱生活，使人们对未来充满信心和希望。中国儿童文学与年轻的共和国一样，洋溢着一股蓬勃向上的生机。这一时期也涌现出大量的幼儿文学作者，如柯岩、任大霖、张天翼、陈伯吹、贺宜、包蕾、金近、葛翠琳、洪汛涛等人，他们创作了大量的儿歌、幼儿诗、童话故事以及幼儿戏剧，深深吸引了广大幼儿读者。值得一提的是，孙幼军是中国第一个获得"国际安徒生奖"提名的作家。他于1961年出版《小布头奇遇记》，有着极高的文学声誉。

（三）幼儿文学逐步走向成熟

20世纪80年代，随着改革开放的浪潮，中国的文学界也有着日新月异的发展。这一时期成长起来的幼儿文学作家，如郑渊洁、冰波、周锐、郑春华、高洪波、谭小乔、杜虹、王一梅等创作了很多杰出的作品；而以蒋风、韦苇、黄云生、王泉根、方卫平等学者为代表的儿童文学理论工作者，共同开创了幼儿文学研究的新局面。

知识与能力训练

一、知识训练

（一）填空题

1. 幼儿文学是为_____岁幼儿创作或改编的文学。
2. 幼儿接受幼儿文学的方式包括_____、_____、_____。
3. 幼儿文学的美学特征包括_____、_____、_____。
4. 1697 年，法国作家夏尔·贝洛采录、整理和加工了欧洲广为流传的民间故事，出版了_____。
5. 1593 年我国出现了第一部由吕坤编写的儿歌专集_____。

（二）简答题

1. 简述幼儿文学的文体特征。
2. 简述幼儿文学的作用。

二、能力训练

1. 回忆儿时令自己印象最深刻的幼儿文学作品，并描述其特点，以及印象深刻的原因。
2. 选择一篇幼儿文学作品（体裁不限），分析作品体现的幼儿文学特有的乐趣和特点。

第二章

儿歌、幼儿诗

导语:幼儿诗歌似乎是童年的另一个代名词,它就像积木和魔方,给予孩子梦想和力量,忠实地记录了孩子的笑声和心跳;它就像黎明的第一道曙光,最先点燃孩子的想象之灯。

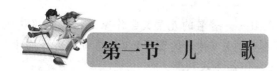

第一节 儿 歌

一、儿歌的概念

儿歌是适合婴幼儿听赏念唱的简短的歌谣体诗歌。在古代,儿歌被称为童谣,具有浓郁的民歌风格并传承至今。它是人一生中最早接触、最易接受的一种文学形式,在幼儿文学领域中占有重要的地位。

二、儿歌的特点

婴幼儿既然是儿歌的主要接受对象,他们在年龄阶段上的心理特征、审美要求以及生活方式也决定了这一文学形式的自身特点。

（一）节奏鲜明,音韵和谐,富有音乐性

儿歌的音乐性主要表现在它的语言的韵律美和节奏感上。儿歌必须押韵,押韵是增强儿歌音乐性的重要手段。为了使儿歌声调和谐、容易记忆,对押韵十分讲究。也就是说,儿歌的相关句子的最后一个字韵母相同或相近,这样才能使作品读起来朗朗上口,富有韵律美。常见的押韵形式有以下几种:一是首句入韵,句句押韵,一韵到底;二是偶句押韵,首句可押可不押;三是以音节为单位押韵,或在中间押韵。如杨福康的《小泥鳅》:

小泥鳅，滑溜溜，

妈妈叫他去打酒，

拎着小篮到处走；

妈妈叫他去买油，

打翻油瓶泼光油。

瞅瞅妈妈扭呀扭，

羞得钻进泥里头。

这首儿歌句句押 iu 韵，一韵到底，由于首句就入韵，且句句押韵，因此韵脚绵密流畅，节奏紧凑鲜明，韵律流畅欢快，读起来顺口，听起来悦耳。如圣野的《过河谣》：

蚂蚁过河叶子上飘，

鸭子过河水上摇，

猴子过河荡秋千，

长颈鹿过河踩高跷，

小猫过河踩牛背，

兔子过河蹦又跳。

〖作者简介〗

圣野，男，1922 年生，浙江东阳人，著名的儿童文学作家。出版有《欢迎小雨点》《和太阳比一比》《奶奶故事多》《春娃娃》《神奇的窗子》《竹林奇遇》等四十多本儿童诗集。一些诗作曾多次被译成外文，作品多次获奖。

这首儿歌语言浅显传神，首句即入韵，每逢偶句押 ao 韵，既具有"一个韵押到底"所形成的流畅轻快的音乐美，又具有隔句相押所形成的舒缓从容的特点。又如金波的《蝴蝶飞》：

追、追，

蝴蝶飞。

飞远啦，

不见啦，

飞过竹篱笆，

变成一朵花。

这首儿歌一、二句押 ei 韵，后四句换韵押 a 韵。换韵并没有打破儿歌所表现出来的音乐一般的美感，反而随着蝴蝶的舞姿烘托出一种甜美柔婉的气氛。

〖作者简介〗

金波是著名儿童文学作家，原名王金波，笔名金波，生于 1935 年。北京人，祖籍河北冀县（现河北省冀州市），1961 年毕业于北京师范学院中文系。1957 年开始发表作品。作品曾多次获得国家图书奖、"五个一工程"奖、中国作家协会全国优秀儿童文学奖、宋庆龄儿童文学奖、冰心图书奖、全国幼儿图书奖。1992 年获国际安徒生奖提名。

节奏是儿歌的灵魂。没有节奏就无所谓儿歌，而节奏是由句子的停顿决定的。在儿歌中有规律地出现一定数量的音节，形成一定数量的节拍，念唱起来有短暂的停顿，这就形成了节奏。常见的儿歌以三言、五言、七言和三三七言居多，四言、六言次之。一般说来，三言、四言为两拍，五言、六言为三拍，七言为四拍。如郑春华的《甜嘴巴》：

	节拍：			
小/娃娃，	×	××		
甜/嘴巴，	×	××		
喊/妈妈，	×	××		
喊/爸爸，	×	××		
喊得/奶奶/笑/掉牙。	××	××	×	××

『作者简介』

郑春华，女，1959年生，浙江淳安人，回族。中国作家协会会员，上海少年儿童出版社编辑。出版有儿童诗集《甜甜的托儿所》《小豆芽芽》《圆圆和圈圈》，中篇小说《紫罗兰幼儿园》，童话集《郑春华童话》等。其代表作为《大头儿子和小头爸爸》。

儿歌的句式自由多变，音韵节奏随情绪变化而自然变化，为此儿歌经常运用摹状、摹声、摹色等表现手法突出所描写的事物的形态、声音、色彩；也常常采用比喻、拟人、连锁、反复等手法，增强儿歌的感染力。如鲁兵的《小刺猬理发》：

小/刺猬，
去/理发，
嚓/嚓/嚓，
嚓/嚓/嚓，
理完/头发/瞧瞧/他，
不是/小/刺猬。
是个/小/娃娃。

『作者简介』

鲁兵（1924—2006），男，浙江金华人。代表作有《唱的是山歌》《老虎外婆》《小猪奴尼》。他还节编了古典文学作品《水浒传》《西游记》《说岳全传》，改写了《小西游记》《包公赶驴》等。其儿童文学主张"儿童文学就是教育儿童的文学"的观点，20世纪80年代引发了一场关于"儿童文学到底是什么样的文学"的大讨论。

这首儿歌从句式上看，有三字句、五字句、七字句，既有句式上的调和，又有音节上的变化。另外，拟人手法、象声词的运用使儿歌更为精彩、简洁有趣。如谢武彰的《矮矮的鸭子》：

一排鸭子，个子矮矮。
走起路来，屁股歪歪。
翘膀拍拍，太阳晒晒。
伸长脖子，吃吃青菜。
一排鸭子，个子矮矮。
走起路来，屁股歪歪。

这首儿歌是四言句式，节奏为两拍，两字一拍，节奏感强，语调铿锵，朗朗上口。

儿歌是听觉的艺术。和谐的韵律、明快的节奏吸引着幼儿徜徉在儿歌的世界，聆听、念唱，流连忘返。音乐性在儿歌中的重要意义绝不亚于语义，即使有些儿歌在内容上没有太多意义，但其通过音韵和节奏体现出来的韵律艺术仍深受幼儿欢迎。音乐性是儿歌

区别于其他文学样式的最显著特征。

（二）语言浅显，篇幅短小，主题单一

一方面，儿歌是以口耳相传的方式传播的；另一方面，考虑到幼儿不识字，生活经验少，对事物的分辨能力较弱，理解表面化、单纯化、模仿性强等自身特点，为了便于婴幼儿念唱和记忆，要求儿歌的语言浅显、内容正确、主题单一。

从心理学角度看，幼儿年龄小，有意注意和记忆的能力较差，易受情感的影响，因此篇幅短小、易记易唱、通俗有趣便成为儿歌的重要特征。如丁曲的《敲门》：

> 噔！噔！噔！——像雷轰。
>
> 猫儿藏进洞，鸡儿飞上笼；
>
> 门儿发抖——痛！痛！痛！
>
> 叮！叮！叮！——像弹琴。
>
> 猫儿笑眯眯，狗儿来欢迎；
>
> 门儿咧嘴——请、请、请！

这首儿歌通过声响轻重，猫儿、鸡儿、狗儿情绪，还有门儿的不同反应对比，教会幼儿如何正确敲门，篇幅虽小，却引人入胜，生动有趣，余味无穷。如寒枫的《我家弟弟真淘气》：

> 我家弟弟真淘气儿，
>
> 见我他就拍肚皮儿，
>
> 吃起西瓜不吐籽儿，
>
> 吃起黄瓜不洗泥儿，
>
> 吃起香蕉不歇气儿，
>
> 吃起苹果不削皮儿，
>
> 说他轻了不顶事儿，
>
> 说他重了不理人儿，
>
> 睡到半夜肚子痛，
>
> 请来医生给打针儿。

作者犹如摄影师，快速抓拍了弟弟的几个生活镜头，再现了一个淘气包形象，内容单纯，情节简单，但让幼儿体会到"弦外之音"，寓意于歌。

（三）形式活泼，歌戏结合，富有情趣

儿歌与游戏相依相存，周作人说："儿童游戏，有歌以先之或和之者。"唱儿歌而不做游戏会显得单调乏味，做游戏而不唱儿歌会显得呆板扫兴。因此对幼儿来说，儿歌不仅是愉悦的，而且是实用的。歌戏互补、边玩边唱总是不可分离的。在传统儿歌中，如拍手谣、跳绳歌、谜语歌、绕口令、数数歌等，无不充满游戏精神，即使现在一般的儿歌也往往会丰富游戏的形式。如岸冈的《老鼠送礼》：

> 小老鼠，
>
> 去送礼，

求猫别再吃自己。

猫笑了，

谢谢你，

一爪抓进嘴巴里。

这是一首揶揄小老鼠自投罗网的儿歌。如果请两个小朋友分别扮演猫和老鼠，一边说儿歌，一边表演，当"猫"抓住"小老鼠"吃掉的瞬间，孩子们一定会笑得非常开心。又如《拍手歌》：

你拍一，我拍一，一个宝宝开飞机。

你拍二，我拍二，两个宝宝梳小辫。

你拍三，我拍三，三个宝宝去爬山。

你拍四，我拍四，四个宝宝学认字。

你拍五，我拍五，五个宝宝敲锣鼓。

你拍六，我拍六，六个宝宝吃石榴。

你拍七，我拍七，七个宝宝做游戏。

你拍八，我拍八，八个宝宝吹喇叭。

你拍九，我拍九，九个宝宝是朋友。

你拍十，我拍十，吃饭干净不挑食。

这首儿歌可以两人一组进行操作，在轻松自由的歌戏中使他们学会合作与分享，并能感受到儿歌中所营造出的欢快活泼的氛围。

三、儿歌的形式

我国儿歌在长期流传过程中，经过一代又一代人的润色加工与不断创新，逐步形成多种特殊的形式，深受幼儿喜爱。现介绍几种常见的传统儿歌形式。

（一）摇篮曲

摇篮曲又称催眠曲、摇篮歌，是母亲或其他成人哄宝宝睡觉时低声哼唱的歌谣。这是人的一生中最早接触到的文学样式，它一般有"睡觉""宝宝"一类的字眼，母爱永远是它的主旋律。其特点是节奏舒缓，韵律和谐，音调柔和动听。如陈伯吹的《摇篮曲》：

风不吹，浪不高，

小小船儿轻轻摇，

小宝宝啊要睡觉。

风不吹，树不摇，

小鸟不飞也不叫，

小宝宝啊快睡觉。

风不吹，云不飘，

蓝色的天空静悄悄，

小宝宝啊好好睡一觉。

这首儿歌分为三小节，每一小节都渲染出一种宁静的氛围。儿歌意象主要为小船、小鸟和蓝色的天空。随着风越来越小，四周越来越静，摇篮中的孩子也渐渐进入甜美的梦乡，从而营造出如诗如画般幽远静谧的意境，同时表现出母亲摇着孩童入睡时内心的安详与慈爱。

『作者简介』

陈伯吹（1906—1997年），男，上海市宝山区人。中国著名的儿童文学作家、翻译家、出版家、教育家。是中国儿童文学的一代宗师，在海内外享有极高的声誉。著有童话集《一只想飞的猫》、评论集《儿童文学简论》等。1981年设立的"陈伯吹儿童文学园丁奖"旨在鼓励国内作家参与儿童文学创作，1988年改名为"陈伯吹儿童文学奖"。

（二）数数歌

数数歌是将数字和事物的形象相结合，通过数数吟唱，以帮助幼儿认识数的儿歌。它用儿歌的形式来培养幼儿"数"的观念，使数学和文学巧妙结合。其意义在于：把抽象的数字和具体的事物联系在一起，由抽象概念变为具体形象，引起幼儿的兴趣，从而达到学习数学的目的。如《认数字》：

1像铅笔细又长，

2像鸭子水中游，

3像耳朵听声音，

4像红旗迎风飘，

5像秤钩能买菜，

6像哨子嘟嘟响，

7像镰刀割青草，

8像葫芦挂藤上，

9像勺子能盛饭，

10像铅笔加鸡蛋。

这首儿歌的作者把相对枯燥的数字巧妙地比喻成形象各异的物品，帮助幼儿正确识记数字。又如《五指歌》：

一二三四五，

上山打老虎，

老虎打不到，

打到小松鼠，

松鼠有几个，

让我数一数，

数来又数去，

一二三四五。

这首儿歌主要教幼儿学习五以内数的数数及按物点数的方法。有的数数歌还把数字和动植物知识相结合。如安徽儿歌《没有腿》：

> 小黑鸡，两条腿，
>
> 小黄牛，四条腿，
>
> 蜻蜓六条腿，
>
> 蜘蛛八条腿，
>
> 螃蟹十条腿，
>
> 蚯蚓鳝鱼没有腿。

（三）问答歌

问答歌也叫盘歌，或对歌。它是通过设问作答的方式表现作品内容的一种儿歌。形式是一问一答或连问连答，具有内容通俗、句法简短、幼儿可自编自唱的特点。这种儿歌既能培养幼儿观察并比较事物的能力，又能帮助幼儿发展创造力和敏捷性。如《对话谣》：

> 我说一，谁对一？什么菜叶是扁的？
>
> 你说一，我对一，韭菜菜叶是扁的。
>
> 我说二，谁对二？什么菜叶有香味？
>
> 你说二，我对二，香菜、芹菜有香味。
>
> 我说三，谁对三？什么青青两头尖？
>
> 你说三，我对三，豆角青青两头尖。
>
> 我说四，谁对四？什么瓜儿带着刺？
>
> 你说四，我对四，新鲜黄瓜带着刺。
>
> 我说五，谁对五？什么也叫马铃薯？
>
> 你说五，我对五，土豆也叫马铃薯。
>
> 我说六，谁对六？什么菜儿像个球？
>
> 你说六，我对六，甘蓝圆圆像个球。
>
> 我说七，谁对七？什么菜有圆有长的？
>
> 你说七，我对七，茄子有圆有长的。
>
> 我说八，谁对八？又甜又面什么瓜？
>
> 你说八，我对八，又甜又面老倭瓜。
>
> 我说九，谁对九？又脆又甜的有没有？
>
> 你说九，我对九，又脆又甜莲花藕。
>
> 我说十，谁对十？什么红红绿绿最好吃？
>
> 你说十，我对十，西红柿红红绿绿最好吃。

这首儿歌一问一对，既能帮助幼儿掌握一至十的数序，又能让孩子在对数过程中认识常见的蔬菜瓜果。

（四）绕口令

绕口令又称急口令、拗口令，指用双声、叠韵词语和发音相近的字词连缀成有一定

意义的儿歌。其特点是押韵、拗口。经常练习绕口令既能训练幼儿口齿清楚、正确地吐字辨音，提高口语能力，又能使其思维更加敏捷、灵活。如儿歌《扁担宽》：

> 板凳宽，扁担长，
>
> 扁担想绑在板凳上，
>
> 板凳不让扁担绑在板凳上，
>
> 扁担偏要绑在板凳上，
>
> 板凳偏不让扁担绑在板凳上。

当孩子们快速朗诵这首绕口令时，会有些拗口，很容易把"扁担""板凳"等词念混淆了。在反复练习中会促使孩子加强与巩固发音吐字的能力。又如《牛和柳》：

> 河边有棵柳，
>
> 柳下有头牛。
>
> 牛走柳不走，
>
> 柳不走牛走。
>
> 柳树垂柳碰牛头，
>
> 柳碰牛头牛啃柳。
>
> 垂柳摇摇不碰牛，
>
> 柳不碰牛不啃柳。

这首绕口令能帮助幼儿正确练习易发错的声母 n 和 l 的发音。

（五）连锁调

连锁调又称连珠体儿歌。整首儿歌主要使用顶真的修辞手法，即上一句末尾的词语与下一句开头的词语相同，或者使用谐音词作为连接上下文的桥梁，经常是"随韵接合，义不相贯"（周作人）。如金波的《野牵牛》：

> 野牵牛，爬高楼；
>
> 高楼高，爬树梢；
>
> 树梢长，爬东墙；
>
> 东墙滑，爬篱笆；
>
> 篱笆细，不敢爬；
>
> 躺在地上吹喇叭：
>
> 嘀嘀嗒，嘀嘀嗒！

这首儿歌运用了顶真的修辞手法，上下句连锁相扣，内容连贯流畅，给人一气呵成的感觉，具有好唱易记、音乐性强的特点。

（六）谜语歌

谜语歌是以歌谣的形式介绍事物的外形特征或其功能作用等，而不说出事物的名称，让幼儿思索、揣度、猜测的一种语言游戏。谜语歌一般由谜面、谜底和谜目三部分构成。所描绘的现象或事物的特征叫谜面，谜底就是谜语的答案，谜目是对谜底的提示（打⋯⋯）。猜谜活动不仅有助于儿童对事物现象与本质的认识，丰富他们的知识，提高其语言理解的能力，而且在猜谜的过程中能够启发儿童的思维、培养他们的想象力。如《耳朵》：

> 一对双胞胎，
> 住在山两边，
> 说话都听见，
> 从来不见面。

（打一人体器官）

谜语中运用了拟人、夸张的手法，通过形象化的语言把耳朵的特点准确地描述出来，同时又把耳朵这一谜底隐藏起来，让幼儿猜测。在猜测过程中培养其联想、推断能力。又如《螃蟹》：

> 八只脚，抬面鼓，
> 两把剪刀鼓前舞，
> 生来横行又霸道，
> 嘴里常把泡沫吐。

（打一动物）

这首谜语歌用比喻、拟人的手法把螃蟹的外形特点、动作特征、习性生动形象地描述出来，幼儿只要开动脑筋，就能猜出谜底。

（七）颠倒歌

颠倒歌又称错了歌、古怪歌或滑稽歌。它一般运用夸张的手法，故意颠倒地描述大自然和社会生活中的某些事物和现象的情况，以达到用表面的荒诞揭示事物的本相和实质目的的传统儿歌形式。新奇的构思、大胆的夸张、幽默的风格构成了其特点。颠倒歌的意义在于使幼儿在欢笑中思考，加深其对事物的正面理解和认识，从而训练其分辨事物的能力。如北京儿歌《稀奇稀奇真稀奇》：

> 稀奇稀奇真稀奇，
> 麻雀踩死老母鸡，
> 蚂蚁身长三尺六，
> 八十岁的老头儿坐在摇篮里。

又如传统儿歌《听我唱个颠倒歌》：

> 太阳从西往东落，听我唱个颠倒歌。
> 天上打雷没有响，地下石头滚上坡。
> 江里骆驼会下蛋，山上鲤鱼搭成窝。
> 腊月苦热直淌汗，六月暴冷打哆嗦。
> 黄河中心割韭菜，龙门山上捉田螺。
> 捉到田螺比缸大，抱了田螺看外婆。
> 外婆在摇篮里哇哇哭，放下田螺抱外婆。

这一类儿歌，乍看起来十分荒谬，但通过反常、颠倒的手法，突出事物的本质特征，诙谐风趣，逗人发笑，使得是非黑白更为分明。

（八）游戏歌

游戏歌就是幼儿游戏时伴随着一定的游戏动作而吟唱的儿歌。因为幼儿的游戏是多种多样的，伴随游戏而唱的儿歌形式也是丰富多彩的。如配合"跳绳"游戏的《跳绳歌》：

绳子抢得团团转，妹妹进来跳跳看。

一二三四五六七，跳得过的尽你玩。

一二三四五六七，跳不过的就要换。

绳子抢得团团转，妹妹进来跳跳看。

一二三四五六七，跳得过的尽你玩。

一二三四五六七，跳不过的就要换。

绳子抢得团团转，妹妹进来跳跳看。

一二三四五六七，跳得过的尽你玩。

一二三四五六七，跳不过的就要换。

如配合"踢毽"游戏的《踢毽歌》：

一个毽儿踢两半儿，

打花果儿绕花线儿，

里踢外拐，八仙过海，

九十九，一百。

游戏歌不胜枚举，在孩子们中广为流传的还有很多，如《找朋友》《丢手绢》《拉大锯》《拍手歌》《老鹰捉小鸡》等。

（九）时序歌

时序歌又称时令歌，是指用优美的韵律来引导幼儿根据时序的变化去初步认识、了解自然现象的传统儿歌。时序歌是儿童最初步的自然知识教材。它能帮助幼儿观察大自然、认识不同时节的不同景物、农事活动及有时间特征的事物。如河南儿歌《一年里的蔬菜》：

一月菠菜才发青，

二月栽的羊角葱，

三月芹菜出了地，

四月竹笋出"汽艇"，

五月黄瓜大街卖，

六月葫芦弯似弓，

七月茄子头向下，

八月辣椒满树红，

九月柿子红似火，

十月萝卜上秤称，

十一月白菜家家有，

十二月蒜苗水灵灵。

又如浙江儿歌《十二月水果》：

> 正月甘蔗节节高，
> 二月橄榄两头黄，
> 三月樱桃粒粒红，
> 四月枇杷如蜜糖，
> 五月杨梅红似火，
> 六月莲子满池塘，
> 七月南枣树头白，
> 八月菱角如刀枪，
> 九月石榴露齿笑，
> 十月金橘满园香，
> 十一月柚子金样黄，
> 十二月龙眼荔枝凑成双。

这两首儿歌都介绍了一年十二个月的名称，同时分别在每句介绍当月具有代表性的蔬菜、水果，描写简练、形象传神，极富生活情趣。这不仅可以培养幼儿的观察、探究能力，还可同时达到开阔其眼界、增长知识的目的。

（十）字头歌

字头歌的特点是每句末尾的字词几乎完全相同，多以"子""儿""头"等作为韵脚，一韵到底，具有很强的韵律感，深受幼儿喜爱。如夏晓红的《猴子搭戏台子》：

> 小猴子搭戏台子，
> 穿起一条小裙子，
> 引出两头小狮子，
> 舞起三个响铃子，
> 穿过四个小圈子，
> 抛起五顶小帽子，
> 叠起六把小椅子，
> 摆出七张小桌子，
> 转动八个小盘子，
> 挂起九面小旗子，
> 变出十个小果子，
> 人人都夸小猴子。

这是一首以"子"字做尾字的字头歌。这首字头歌的妙处不仅在于"子"字尾，而且以幼儿喜爱的马戏情节贯穿始终，把动词、数字和量词精心有序排列，组织其中，使儿歌具有丰富的知识内涵。

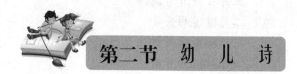

第二节 幼 儿 诗

一、幼儿诗的概念

幼儿诗是指适合幼儿听赏吟诵的自由体短诗。这个概念包含三方面含义：一是幼儿诗的接受对象是幼儿，必须书写幼儿的情感，彰显幼儿的情趣，为幼儿认可、欢迎和喜爱；二是幼儿的接受方式是听赏、吟诵、理解；三是幼儿诗是自由体短诗，要有诗的情韵情致、意象，但不要求严格的韵律，篇幅也不宜太长。

二、幼儿诗的艺术特征

幼儿诗作为诗歌王国的组成部分，具有所有诗歌类作品的共同特点，同时又有自身的特征。其艺术特征主要表现在以下四个方面。

（一）率真明朗的情感性

情感性是所有诗的共同特征。幼儿自身的心理特点决定其看待事物更为感性，常常赋予万物以灵性，这就使其情感表现不同于成人。幼儿的心灵更加纯真、质朴与活泼。幼儿诗要善于书写出独特的思想情感，这样才能引发其心灵的共鸣。如谢武彰的《风》：

风，在哪里？

他在教小草做体操。

风，在哪里？

他忙着把大树摇一摇。

小草和大树都不动了，

风，不知道哪里去了？

风，在成人的眼里是一种司空见惯的自然现象，但从孩子的视角出发就完全不一样了，风这种看不见摸不着的事物被他们率真质朴地认为是一个调皮的孩子。这首诗运用拟人的修辞手法，使"风"变得生动、形象。它一会儿教小草做操，一会儿摇大树的枝条，玩累了，不知道跑到哪里休息了。这符合幼儿独特的情感需要，富有童趣。

（二）形象鲜明的叙事性

诗的本质是抒情的，幼儿诗却往往要通过叙事来抒发情感，比成人诗多了叙事的成分。这是因为幼儿思维的具体形象性决定了幼儿对鲜明生动、可视可感的诗歌接受起来更为容易，通过叙述幼儿熟悉的人和事物来抒情就成了幼儿诗的特点之一。如圣野的《雷公公和啄木鸟》：

我装雷公公，
"轰轰轰！"
去敲奶奶的门。
敲了老半天，
敲得越是响呀，
里面越是没声音。

我装啄木鸟，
"笃笃笃！"
请奶奶给我开开门。
奶奶奔出来，
像闪电一样，
欢欢喜喜接小孙。

奶奶，奶奶，
雷公公声音大，
为什么听不见？
啄木鸟声音小，
为啥倒听得见？

奶奶告诉我，
当我像小强盗的时候，
她的耳朵就聋了；
当我像小客人的时候，
她的耳朵就不聋。

　　这首诗歌借助幼儿熟知的雷公公、啄木鸟、小强盗、小客人这一系列形象，将孙子前后敲门的方式与奶奶对其态度进行对比，将文明礼貌教育蕴含其中，以通俗易懂的方式说明含蓄深刻的道理。

　　（三）奇妙丰富的想象力

　　艾青曾说："诗人最重要的才能是运用想象。"可以说丰富奇妙的想象是诗歌的重要创作来源。幼儿正处在想象力旺盛发展的时期，他们的想象常常带有幻想性和夸张性的成分，他们总是用创造性想象来诠释世界上的一切事物，因而与成年人有很大差异。因此，为幼儿提供的诗歌，必须创造优美的意境，以契合幼儿的丰富想象，激发幼儿的童真童趣，引导他们展开想象的翅膀为目的，让他们在绚丽的联想中感悟诗的精髓，引起感情上的共鸣。如管用和的《瀑布》：

这山崖像个爷爷，好老、好老。
浑身的皱纹，有千条万条。
嘿！你看

一把长长的白胡须，从头拖到脚。

他不断地唱啊唱，

胡须也不停地飘啊飘。

作者以孩童的眼光打量山崖、瀑布：用"浑身的皱纹"来写老人的饱经沧桑，用"一把长长的白胡须"来写老人的高雅飘逸、超凡脱俗的风姿，这种奇思妙想用拟人的手法表现出来，符合孩子们感受世界的心理特点。

『作者简介』

管用和，男，1937 年生，湖北孝感市人。中国作家协会会员，中国音乐家协会会员。著有诗集《彩色的童年》、童话诗集《小鲤鱼找珍珠》、散文集《萤火》等。

（四）简明流畅的音乐性

幼儿诗是适合幼儿听赏吟诵的诗歌，幼儿对合辙押韵、朗朗上口的文学作品具有天然的喜好，因此与成人诗相比，幼儿诗普遍具有和谐的音韵和鲜明的节奏，更讲究音乐性。如黎焕颐的《雨是云的娃娃》：

雨，是云的娃娃，

蹦蹦跳跳自天而下。

走到大海，大海笑起浪花。

走到沙漠，沙漠张开嘴巴。

走到森林，森林沙沙。

走到屋檐，屋檐哗哗哗。

听，雨在讲话："我来啦！我来啦！"

于是，大地牵上小树、小草、小花，

还有小苗苗、小豆荚，满山遍野出来迎接它。

诗人用拟人的手法描写了"雨"这个"云的娃娃"的形象，它像一个快乐调皮的孩子自天而下，它的到来引得大海"笑起浪花"，逗得沙漠张开"嘴巴"，森林发出"沙沙"的响声，屋檐响起"哗哗哗"的声音，就连大地、小树、小草、小花，还有小苗苗、小豆荚都高兴地出来迎接它。聆听这样的诗句就像听到一首节奏明快、韵律优美的歌曲，给人以万物复苏、欢心喜悦之感。

『作者简介』

黎焕颐，1930 年生，贵州遵义人。著有《迟来的爱情》《春天的对话》《起飞》《黎焕颐抒情诗选》等 20 多部诗集，著有随笔散文《男子汉的情怀》《我爱·我恨·我歌》等。

三、幼儿诗的分类

幼儿诗从不同的角度分为不同类别，从表现手法上分为叙事诗和抒情诗；从内容上分为叙事诗、童话诗、寓言诗、题画诗、散文诗、讽刺诗、科学诗等。下面介绍几种常见的幼儿诗。

（一）幼儿抒情诗

幼儿抒情诗是指侧重抒发幼儿内心情感的诗。在幼儿诗的艺术特征中曾提到，叙事性是幼儿诗的特点，因此幼儿诗中一般没有纯粹的直接抒情。这里的幼儿抒情诗只是相对于叙事诗而言的，它没有完整的故事情节，而是描写对某种生活现象或大自然景物的感受，一般采用直抒胸臆、借景抒情或托物言志的写作手法。这些抒情诗总是充满了想象和激情，富有感染力。如林焕彰的《飞，只是想飞而已》：

> 飞，只是想飞而已
> 想飞，就感觉是
> 飞了起来
>
> 我们，冉冉上升
> 我们，不要翅膀
> 我们想飞
> 就飞了起来，而且是
> 高高兴兴地
> 飞了起来

这是一首运用直抒胸臆手法的抒情诗。一群欢呼雀跃的孩子摇摆着手臂，如同一群无忧无虑的鸟儿飞翔天际，"不要翅膀"，只要有"想飞"的念头，飞翔的梦想就能在自由的想象中实现，充满了童真童趣。

『作者简介』

林焕彰，1939 年生，台湾省宜兰县人。创办了《儿童文学家》季刊。出版有《牧云初集》《斑鸠与陷阱》《童年的梦》《小河有一首诗》《妹妹的红雨鞋》等四十余种诗集、曾多次获奖。

（二）幼儿童话诗

幼儿童话诗是叙事诗的一种。它是以诗歌的形式讲述童话故事的诗。其特点：以诗歌的形式来表现具有大胆想象和极度夸张特征的童话故事内容；它和幻想性的抒情诗比较，重于叙事；它和童话故事相比，故事情节相对简单。幼儿童话诗有鲁兵的《小猪奴尼》《雪狮子》《虎娃》，马尔夏克的《笨耗子的故事》，普希金的《渔夫和金鱼的故事》等。如胡潇的《青蛙给星星打电话》：

> 青蛙给星星打电话：
> "喂！喂！
> 小星星，
> 天上有些啥？"
>
> 星星告诉青蛙：

“天上美着哪，
金灿灿的太阳，
红彤彤的晚霞。
风妈妈的摇篮里，
躲着白云娃娃。
亮晶晶的月亮宫殿，
就是我的家。
喂！喂！
小青蛙，
到天上来玩玩吧。”

青蛙听到了星星的话，
摇着头回答：
“不用啦，不用啦，
水里和天上是一样的呀！”

　　这是一首意境优美、极富想象的儿童诗。全诗以对话的形式，描写了美丽的天空与可爱的青蛙和星星。诗中以拟人的手法塑造星星、青蛙与天空的形象，贴近儿童的心灵，体现了儿童天真、善良、亲近大自然的天性。

（三）幼儿生活故事诗

　　这种叙事诗与童话诗的区别在于它所讲述的是现实生活故事。它以跳跃式的手法将故事情节融入诗歌，情节单纯，形象传神，相比于故事更富感情色彩。例如，柯岩的《小弟和小猫》、任溶溶的《爸爸的老师》、傅天琳的《我是男子汉》等都是生活故事诗。如张秋生的《只听半句》：

他无论听谁讲话
——只听半句。

奶奶告诉他：天冷了……
他说：知道了，知道了，
我已经加了一件衣裳。

爸爸说：瞧你这道算术题……
他说：知道了，知道了，
我以后一定算仔细。

老师告诉大家：明天的电影是上午的儿童场……
他说：知道了，知道了，
儿童场总不见得放在晚上！

他见公园里有张椅子，
园丁告诉他：这椅子……
他说：知道了，知道了，
这椅子只许坐，不许躺！

园丁来不及阻挡，
他已经一屁股坐上。
刚刚刷上的油漆，
在他屁股上画了两道杠杠。

这怪谁呢？
只怪他听话只听半句……

　　这是一首富有教育意义的幼儿生活故事诗，仅通过几个生活场景的描写，就塑造出一个马虎而急性子的孩童形象。诗的最后以一问一答的形式结束，对幼儿起到教育作用。诗歌叙事生动具体，情感抒发真实自然，语言浅显流畅，读后使人忍俊不禁。

　　『作者简介』

　　张秋生，男，1939生于上海，天津市静海县人，中国著名儿童文学家。出版有儿童诗集《"啄木鸟"小队》《校园里的蔷薇花》《燃烧吧，篝火》《三个胡大刚的故事》《爱美的孩子》，童话诗集《小猴学本领》《小粗心奇遇》《天上来的百兽王》，童话集《小松鼠和他的伙伴们》《小巴掌童话百篇》《丫形树上的初级女巫》《鸡蛋·鸭蛋·老鼠蛋》《来自桦树林的蒙面大盗》等。作品多次获陈伯吹儿童文学奖。

　　（四）幼儿讽刺诗

　　幼儿讽刺诗是以夸张讽刺的手法，针对幼儿生活中的不良习惯进行委婉的批评和善意的嘲讽，运用诙谐幽默的语言，使幼儿在笑声中受到启发和教育。金近的《小队长的苦恼》、圣野的《我是木头人》、李少白的《他有三双巧手》、法国吉斯诺斯的《狗鱼旅行家》等都是典型的幼儿讽刺诗。如任溶溶的《强强穿衣服》：

早晨七点多钟，强强起了床，
看了半天的书，他才穿衣裳。

穿上一个袖子，他就去洗脸，
再穿一个袖子，他去吃早点。

扣上两颗扣子，他去玩邮票，
再扣两颗扣子，中饭时间到。

　　　　　　　　穿上一条裤腿，他去踢球玩，
　　　　　　　　再穿一条裤腿，已经吃晚饭。

　　　　　　　　穿上一只袜子，他听无线电，
　　　　　　　　等无线电听完，都快闭上眼。

　　　　　　　　他再拿只袜子，刚刚要穿上，
　　　　　　　　可是妈妈说道："脱掉衣裳，快上床！"

　　作者以夸张的手法，采用列举事例的形式使强强这个做事拖拉、不专心的孩子形象跃然纸上。尤其那句"脱掉衣裳，快上床！"极具讽刺意味，让幼儿在笑声中思考。

　　『作者简介』

　　任溶溶，1923年生，男，广东鹤山人。著名儿童文学作家，翻译家。著有童话集《没头脑和不高兴》，儿童诗集《一个可大可小的人》《小孩子懂大事情》《给巨人的书》等。译著有童话剧剧本《十二个月》，童话《安徒生童话全集》《木偶奇遇记》《洋葱头历险记》等。曾获陈伯吹儿童文学奖、宋庆龄儿童文学奖等多种奖项。

　　（五）幼儿寓言诗

　　幼儿寓言属于诗体寓言，通过以浅显的语言讲小故事，寄托某些生活经验和教训，告诉孩子们一些道理。大多数幼儿寓言诗都有鲜活的动物世界或植物世界，在这些动植物身上，诗人们多要负载一定的情感，或讽刺，或劝诫，或歌颂。林焕彰的《螃蟹和鱼》、张秋生的《猫和狗的会餐》等都是经典的寓言诗。如高洪波的《小虎问路》：

　　　　　　　　有一只骄傲的小老虎，
　　　　　　　　在大森林里迷了路。
　　　　　　　　向谁去问个清楚呢？
　　　　　　　　它找到蒙头大睡的野猪：
　　　　　　　　"喂，快停止你难听的呼噜，
　　　　　　　　指给我一条回家的路途。"
　　　　　　　　野猪生气地眨眨眼，
　　　　　　　　转给小老虎半个屁股。

　　　　　　　　小老虎讨个没趣儿，
　　　　　　　　又去问忙碌的松鼠：
　　　　　　　　"嘿！如果你告诉我的住处，
　　　　　　　　我让妈妈给你最好的食物！"
　　　　　　　　松鼠像压根儿就没听见，
　　　　　　　　照样晾它的大蘑菇。

小老虎勃然大怒，
冲向一只戴眼镜的老白兔：
"哼！花了眼的兔老头，
快给我指一条回家的路！
我的腿已经走得发软，
我的肚子已经饿得打鼓！"
白兔慢吞吞地抬起头：
"森林里的路大家都熟，
可像你这样不懂礼貌，
哪怕踩着路，你也问不出……"

这首寓言诗讲述了小老虎问路的故事。作品把寓意自然地融合在简单的情节之中，让幼儿明白一个道理：如果一个人自高自大，讲话没礼貌，就没有人愿意帮助他。

（六）幼儿科学诗

幼儿科学诗是科学文艺的一种重要形式。它是把科学知识和诗歌结合起来，用优美凝练的诗句来介绍自然界或生活中的常识，让孩子在念唱中学到知识，得到艺术享受，培养幼儿对科学的热爱。如高士其的《我们的土壤妈妈》、管用和的《雾》、李松波的《为黄鼠狼辩》等都属于幼儿科学诗。如美国库斯金的《我是草莓》（王世跃译）：

我喜欢生长，
生长真叫人喜欢。
叶子软软的，
太阳暖暖的。
我熟了红了圆了，
就有人把我扔到篓子里边。
做草莓不是总那么好玩。
今天早晨，他们
把我放进冰淇淋，
我冷得直打战战。

作为一首科学诗，本诗以拟人的手法描写草莓生长直至成熟再到被采摘与加工成冰淇淋的过程，写出草莓生长时对阳光的需要，成熟时的形态，采摘时的情景与收获后的用途，使幼儿身临其境地了解有关草莓的知识，寓教于乐。

（七）幼儿题画诗

幼儿题画诗是指适合幼儿欣赏的为某些绘画作品或者摄影作品而作的诗歌，包括古诗和自由诗。古诗如苏轼的《惠崇〈春江晚景〉》、王冕的《墨梅》，自由诗如柯岩的《老树的故事》、《春天最早来到哪里》等都是题画诗。如杜风的《牵牛花》：

牵牛花没有手也没有脚，
它碰到什么都会往上爬，
一直爬到我的楼窗口，
探出头来，看我画画。

这首短小精悍的题画诗将牵牛花拟人化，利用其善于攀爬的特点展开想象，以富有童趣的视角塑造出牵牛花活泼、可爱的形象。

（八）幼儿散文诗

幼儿散文诗是以散文的形式写的诗，既有诗的抒情性与内在韵律、优美意境，又有散文分段不分行的自由表达方式。如楼飞甫的《春雨的色彩》：

春雨，像春姑娘纺出的线，轻轻地落到地下，沙沙沙，沙沙沙……

田野里，一群小鸟正在争论一个有趣的问题：春雨到底是什么颜色的？

小燕子说："不对，春雨是绿色的。你们瞧！春雨落在草地上，草地绿了！春雨淋在柳树上，柳枝儿绿了。"

小麻雀说："不不不！春雨是红色的。你们瞧！春雨洒在桃树上，桃花红了！春雨滴在杏树上，杏花红了。"

小黄莺说："不对，不对，春雨是黄色的。不是吗？它落在油菜地里，油菜花黄了；它落在蒲公英上，蒲公英的花也黄了。"

春雨听了大家的争论，下得更欢了，沙沙沙，沙沙沙……

第三节　儿歌、幼儿诗阅读欣赏

一、儿歌、幼儿诗的异同

（一）儿歌、幼儿诗的相同点

儿歌和幼儿诗同属儿童诗歌，具有共同特征，如语言简练、讲究韵律、节奏感强，形象贴近生活等。

（二）儿歌、幼儿诗的不同点

1）在历史渊源上，儿歌有着悠久的历史传统，它来源于民间文学，以口耳相传的形式流传下来，并形成了固定的形式。而幼儿诗源于 20 世纪的"五四"新文化运动，由自由体新诗演变发展而成。

2）在篇幅上，儿歌短小，结构简单；幼儿诗可长可短，结构较复杂。

3）在韵律上，儿歌讲究韵律节奏，注重语音外在表现形式上的音乐感，被称为"半格律诗"，依靠听觉的成分多；而幼儿诗可以更自由、少约束，音乐美体现于诗意之中，称为"自由体"，依靠联想思考的成分多。

4）在语言运用上，儿歌讲究顺口自然，且有"俗味"；而幼儿诗的遣词造句在晓畅、浅白之中多了"稚趣"，注重情感的纯度。

5）在表达效果上，儿歌适宜歌唱游戏，有娱乐作用；而幼儿诗适合听赏吟诵，有审美和陶冶情操的作用。

二、儿歌、幼儿诗阅读欣赏指导

（一）儿歌的阅读欣赏指导

儿歌是一种特殊的语言创造，在幼儿文学体裁中，儿歌是最具有幼儿语言本色的文体，古人称之为"天籁之声"。儿歌的这种特殊性，要求我们在阅读欣赏时，首先，要抓住儿歌的独有特征去品味儿歌，重点是抓住儿歌的节奏感、韵律感；其次，要考虑儿歌是否浅显易懂，把所描述的事物通俗化、口语化；再次，准确把握不同形式儿歌的各自特点，如颠倒歌、绕口令、问答歌等；最后，要反复朗读，朗读是领略、欣赏儿歌之美的最重要、最基本的途径。

（二）幼儿诗的阅读欣赏指导

幼儿诗歌的接受对象是学龄前儿童，这就要求幼师专业学生倾听幼儿的声音，这样才能与诗人进行心灵的沟通、思想的碰撞和情感的交流，对诗歌有整体领悟。幼儿诗的阅读欣赏通常从以下几方面入手。

1. 反复朗诵，欣赏幼儿诗的语言美

幼儿诗的语言是经过悉心锤炼的，讲究和谐优美，贴切、有张力的关键性词语往往是诗歌的点睛之笔。只有反复朗诵，细细地咀嚼品味，才能感受到幼儿诗的语言魅力，感受到诗歌独有的美感。如任大霖的《小雪花》：

> 是谁敲着窗，叮叮叮！
> 是我，是我小雪花！
>
> 小雪花，你从天上来，
> 你看见了什么？
>
> 我看见冬天老人，张着冰冻的翅膀，
> 驾着北风，飞到这儿。

这首诗采用一问一答的形式，富有节奏感，音韵和谐优美。"小雪花，你从天上来，你看见了什么？"其中"看见"一词用得特别好，表现出孩子典型的好奇的心理特点，而小雪花回答"我看见冬天老人，张着冰冻的翅膀，驾着北风，飞到这儿"。这里把"冬天"比作老人，"张着""驾着""飞到"等一连串动词的贴切运用，使人仿佛进入童话

世界。诗歌的语言美在此体现得淋漓尽致。

2. 在幼儿诗欣赏中要善于联想与想象

联想灵动自由、想象奇妙丰富是幼儿诗歌的鲜明特色。我们在阅读欣赏时，一定要善于想象，同诗人共同感受。如金波的《会飞的花朵》：

> 蝴蝶，蝴蝶，
> 你飞过田野，飞过山冈，
> 在我们春天的土地上，
> 到处有鲜花开放。
>
> 红的花，黄的花，紫的花，
> 汇成了鲜花的海洋，
> 蝴蝶从这里飞过，
> 张开了五颜六色的翅膀。
>
> 蝴蝶，蝴蝶，
> 你像会飞的花朵，
> 你飞呀飞，飞向远方，
> 远方也是鲜花的海洋……

诗人把蝴蝶说成"会飞的花朵"，准确地抓住了蝴蝶与鲜花的相似点，为幼儿架起了想象的桥梁，幼儿的思绪就会自然而然地陶醉其中，随着蝴蝶而飞向远方，畅游花海……

3. 欣赏幼儿诗的意象美

幼儿诗的语言十分凝练，其意象间的跨度很大，在阅读欣赏时，要反复揣摩、体味诗的意象，感受诗的意境，从而体会诗中的美感，获得美的享受。如叶圣陶的《小小的船》：

> 弯弯的月儿小小的船。
> 小小的船儿两头尖。
> 我在小小的船里坐，
> 只看见闪闪的星星蓝蓝的天。

诗人以优美的语言、形象的比喻，描绘了一幅奇妙的夜景图——月儿是小船，"我"正坐在"船"上看着蓝蓝的天空和闪闪的星星……虽然只有寥寥几行，但是蓝天、明月、繁星、儿童组成的绝佳意境完美地展现在眼前，令人赞叹！

三、儿歌、幼儿诗赏析

大皮鞋

陈家华

> 小弟弟，真好笑，
> 爸爸的皮鞋脚上套。

皮鞋大，脚板小，
走起路来像姥姥。

作品赏析：这首儿歌描写小弟弟穿上大人皮鞋后憨态可掬的姿态，抓住生活中有趣的小细节，展现小孩的活泼可爱，同时整首儿歌合辙押韵，具有鲜明的节奏变化，读起来朗朗上口，极富音律美，易被孩子接受。

梅花鹿
樊发稼

头长小树两棵，
树上不能筑窝；
全身花儿朵朵，
从来不结果果。

作品赏析：这首儿歌完全可以作为谜语使用，以比喻的手法生动形象地展现了梅花鹿像小树一样的鹿角和花瓣般的花纹这两个突出特征，符合孩子对事物的认知规律，使其对梅花鹿有了最直观的了解，贴切形象，富有童真童趣。

石榴
林颂英

石榴婆婆，
宝宝最多，
一个一个，
满屋子坐，
哎哟，哎哟
挤破小屋。

作品赏析：这首儿歌用拟人的写作手法，将石榴比作婆婆，石榴籽比作石榴婆婆的好宝宝，生动形象地描绘了石榴成熟时，晶莹剔透的石榴籽挤破外皮的情态，描写极富趣味。同时儿歌中众多的石榴籽互相推挤还发出"哎哟，哎哟"的喊叫，热闹非凡，妙趣横生且富有画面感。四言句式，简短整齐，便于幼儿吟唱。

四季儿歌
佚名

春风暖，布谷叫，小苗出土咧嘴笑；
夏天热，蝉儿叫，荷花出水咧嘴笑；
秋天凉，雁儿叫，颗颗棉桃咧嘴笑；
冬季里，雪花飘，朵朵梅花咧嘴笑；
过新年，放鞭炮，小朋友们咧嘴笑。

作品赏析：这首儿歌运用拟人与排比的手法描写了四季的气候特点与代表性的事物，分别写出了春天时的春风和煦，草长莺飞；夏天时天气炎热，蝉儿高歌，荷花怒放；秋天时渐渐转凉，大雁南飞，棉桃收获；冬天时银装素裹，梅花绽放。并在最后加入新年时热闹非凡的景象，暗示着又一个春天的到来，富有整体性。儿歌中多用"叫""飘""笑"等动词，渲染欢快和谐的氛围，静物动写，契合孩子们对事物的认知心理，极富

儿童情趣，给孩子以亲切感。

小豆芽

吴铖

小豆芽，

歪歪嘴。

胖嘟嘟儿没长腿。

没长腿，

咋走路，

蹲在水里打呼噜。

睡一觉，

醒来了，

伸出小脚踩高跷。

作品赏析： 这是一首三三七言的儿歌。它将豆芽比作可爱的孩子，以富有童趣的语言写出豆芽在水中生长的过程，寓教于乐。同时，用"胖嘟嘟""歪歪嘴"等词汇塑造了豆芽活泼俏皮的形象，深入人心，惟妙惟肖。

月亮藏猫猫

滕毓旭

月亮月亮藏猫猫，

躲进云里找不到。

风儿娃娃有办法，

鼓着嘴巴吹开了，

吹一下，云跑了。

吹两下，云散了。

月亮月亮藏不住，

咧着嘴巴咯咯笑。

作品赏析： 这是一首七言儿歌，格律工整，押韵整齐。儿歌将风吹云散和一轮明月从云中显现的自然情景比喻成幼儿间藏猫猫的游戏，在字里行间注入儿时的趣味，孩子们在阅读时仿佛听到天上传来的嬉笑声，使人遐想无限。

小熊过桥

蒋应武

小竹桥，

摇摇摇，

有个小熊来过桥。

走不稳，站不牢，

走到桥上心乱跳。

头上乌鸦哇哇叫，
桥下流水哗哗笑。
"妈妈，妈妈你来呀，
快把小熊抱过桥！"

河里鲤鱼跳出水，
对着小熊大声叫：
"小熊，小熊不要怕，
眼睛向着前面瞧！"

一二三，
向前跑，
小熊过桥回头笑，
鲤鱼乐得尾巴摇。

作品赏析：每个人在成长过程中总会遇到艰难险阻，而当孩子们脱离对父母的依赖，鼓起勇气去面对去挑战看似不可战胜的困难时，他们收获的是宝贵的成长经验。这首叙事性极强的儿歌就讲述了这样一个有关成长的故事。面对摇晃的竹桥与内心的恐惧，小熊曾有过对妈妈的依赖，但他在鲤鱼的鼓励下，最终还是鼓起勇气，直面困境，并到达了彼岸。全诗前半段描写环境，渲染紧张的氛围，表现小熊心中的紧张与恐惧，后半段描写小熊的心理变化过程，完整地将小熊过桥展现在孩子们眼前，体现了勇气的重要性，极富教育意义。

粗心的小画家

许浪

丁丁喜欢画图画，
红蓝铅笔一大把，
他对别人把口夸，
什么东西都能画，
画只螃蟹四条腿；
画只鸭子尖嘴巴；
画只小兔圆耳朵；
画匹马儿没尾巴。
哈哈哈，哈哈哈，
真是个粗心的小画家！

作品赏析：这首儿歌着重教育孩子要养成细心的好习惯，儿歌中的丁丁因为粗心造成画作中存在有很多细节上的错误，诸如四条腿的螃蟹、尖嘴的鸭子等。在朗诵这首儿歌时，要启发孩子真正探究，从而了解儿歌中事物的真实情态，既能激发孩子的好奇心，又使其增长知识，同时让孩子了解做事情要细心观察才不会像丁丁那样犯粗心的错误。

辣椒
聪聪

小青树，个儿不高，

开白花，结绿刀。

绿刀圆又尖，

变得红艳艳。

馋得蚱蜢咬一口，

呀！辣得翻跟斗。

作品赏析：这首儿歌去掉题目后也可以作为谜语来读，它通过比喻和拟人的手法描写了辣椒由开花结果到果实成熟的生长全过程，成熟之后辣椒辣的特征——色形味俱全。同时写出小蚱蜢吃辣椒后的样子，一定会引起很多孩子的共鸣，使他们加深对儿歌的印象。

手指歌
滕毓旭

一个指头按电钮，

两个指头捡豆豆，

三个指头解扣扣，

四个指头提兜兜，

五个指头握一起，

攥个拳头有劲头。

作品赏析：这是一首数数歌。儿歌中，随着手指的增加，它们协同工作所能做的事情也越来越多，最后五个手指在一起就形成了一个有力的拳头。这首儿歌不仅告诉孩子手指的作用，更让孩子明白人多力量大，大家团结协作就会形成有力的团体，让一切困难迎刃而解的道理。

阿宝的耳朵
王汶

阿宝不爱洗耳朵，

泥土积了半寸厚。

一天到外面走哇走，

一粒种子飞进耳朵沟。

春天到，太阳照，

耳朵里面长出草。

小牛见了眯眯笑，

追着阿宝吃青草。

作品赏析：这是一首幽默风趣的儿歌，它用夸张的写作手法，极言阿宝的耳朵脏得可以长出青草，引得小牛追着吃。情节生动有趣，语言丰富活泼，阿宝这个不讲卫生的小孩子形象跃然纸上，从而善意批评了不讲卫生的小朋友。

小蝌蚪

望安

小蝌蚪，细尾巴。

身子黑，脑袋大。

水里生，水里长。

长着长着就变啦！

多了四条腿，没了细尾巴，

脱下黑衣裳，换上绿衣褂。

咦！变成一只小青蛙。

作品赏析：儿歌用拟人的手法详细描写了小蝌蚪变成青蛙的过程，介绍了蝌蚪的黑色身子、头大、细尾巴与变成青蛙后多了四条腿、尾巴消失、变成绿色这些显著特征，增加了幼儿对其生长变化知识的了解。儿歌语言生动活泼，引人入胜。

可爱的小花猫

易晓梅

小花猫，学电脑，

双脚按住小鼠标。

小鼠标，不逃跑，

拱起身子让猫咬。

小猫痛得胡子翘，

两眼一瞪喵喵叫：

"这只老鼠不得了。

全是骨头没皮毛。"

作品赏析：现在电脑已经普及，小朋友学电脑已是常见之事，儿歌内容非常贴近幼儿的生活，使小朋友读起来感到亲切。作者采用拟人的手法，将小猫的动作、神态、语言进行细节描写，写出了小猫的憨态，增添了儿歌的生动性和形象性。而暗喻手法的运用，会使孩子们在会心一笑中体会到儿歌的趣味性。

十二生肖歌

佚名

老鼠前面走，

跟着老黄牛，

老虎一声吼，

兔子抖三抖，

天上龙在游，

草里蛇在扭，

马儿过山沟，

碰见羊老头，

猴子翻筋斗，

金鸡喊加油，

黄狗半夜守门口，

肥猪整天睡不够。

作品赏析：这首儿歌按顺序介绍了中国传统的十二个生肖，同时每一句介绍了生肖动物的主要特点，整首儿歌朗朗上口，寓教于乐，符合孩子的认知规律。

圆圆和圈圈

郑春华

有个圆圆，

爱画圈圈，

大圈像太阳，

小圈像雨点。

晚上圆圆睡了，

圈圈很想圆圆，

就悄悄地、慢慢地滚，

滚进圆圆的梦里面——

一会儿变摇鼓，

逗着圆圆玩；

一会儿变气球，

围着圆圆转……

圆圆睡醒了，

圈圈眨眨眼，

变成大苹果，

躲在枕头边。

作品赏析：这首诗中，梦境与现实交织在一起，圆圈幻化成太阳、雨点、摇鼓、气球，生动而形象，符合孩子的认知规律。圆圈的不断变化，符合孩子们丰富多彩的想象。诗歌叙事轻快简洁，由抽象的圆圈引导孩子想象各种球形的事物，有助于唤起孩子们的想象力，很有意义。

林中

金波

小鸟飞上树梢，

叽叽喳喳地叫。

它说，是它的歌，

唤醒了绿的树芽、

红的花苞。

小树不停地摇，
不停地摇。
它说，是它
绿的嫩芽，
红的花苞，
引来了小鸟。

你听树林里，
整个春天、夏天，
就这样热闹。

作品赏析：这首儿歌以拟人的手法描写了春夏时节小鸟在红花绿叶间嬉戏喧闹的景象，热闹而富有诗意，渲染出春夏时蓬勃的生机，相信这诗情画意一定会感染到每一位小读者，让他们徜徉在红花绿叶间，感受大自然的神奇与美好。

蒲公英
黎焕颐

你有翅膀吗？
告诉我，蒲公英。

你飞得很高——
天上的道路，
是云彩铺成；
我要跟着你，
去看神秘的星星。

你飞得很远——
远方的风景，
一定很迷人；
我要跟着你，
去做快活的旅行。

作品赏析：蒲公英是否有翅膀，对于成年人来说极易解答，而对孩子来说变得神奇而深奥。以儿童的眼光探究这未知的领域并由此产生丰富的联想就生成了这首小诗的意境。小诗以"你有翅膀吗？"问句开篇，巧妙地写出了蒲公英随风飘扬的特征，接下来的几小节承接第一节，随着蒲公英飞得很高很远，与它一起畅游了一个奇幻世界，孩子的心随着蒲公英一起看奇妙的星星，快活地旅行，在这奇妙的世界里畅游。

童话
郭风

小野菊坐在篱笆的后面，
侧着头，想道：

"我长大了，
要有一把蓝色的遮阳伞；
那时候，我会很好看，
我要和蜜蜂谈话！"

站在她旁边的蒲公英，插嘴道：
"可是，那有什么好呢？"
小野菊马上问道：
"可是，你会比我好吗？"

"我长大了，会有一顶
旅行用的，黄色的小便帽；
我要带一只白羽毛的毽子，
旅行到很多地方！"
小野菊沉思地说："那真的很好，
可是，我不要像你！"

　　作品赏析：这是一首童话诗，诗中的小野菊和蒲公英分明就是两个孩子的形象，一个女孩，一个男孩，互相倾诉着各自的梦想，满怀憧憬和希望，天真无邪，极富儿童情趣。诗中表面上似乎不太讲究节奏和押韵，但读起来其内在的意蕴和诗味让人回味无穷。

春雨
刘饶民

滴答，滴答，
下小雨啦……

种子说：
"下吧，下吧，
我要发芽。"

梨树说：
"下吧，下吧，
我要开花。"

麦苗说：
"下吧，下吧，
我要长大。"

小朋友说：
"下吧，下吧，

我要种瓜。"

滴答，滴答，

下小雨啦……

作品赏析：这首诗运用反复的手法，巧妙地以"滴答，滴答"的春雨声贯穿始终，营造出美丽的意境，令小读者感受到春雨带来的生机与喜悦。整首诗的语言简洁明快、韵律优美，作者巧妙运用拟人手法更增加了孩子们对春天的憧憬和期盼，富有美感。

自己去吧
李少白

小鸭说："妈妈，您带我去游泳好吗？"

妈妈说："小溪的水不深，自己去游吧。"

过了几天，小鸭学会了游泳。

小鹰说："妈妈，我想去山那边看看，您带我去好吗？"

妈妈说："山那边风景很美，自己去看吧。"

过了几天，小鹰学会了飞翔。

小猴子说："妈妈，我饿了，真想吃桃子呀！"

妈妈说："树上多着呢，你自己去摘吧！"

这样，小猴子学会了爬树。

作品赏析：这首诗以三段对话结构来完成，形式新颖，既抓住了三种动物的显著特征，又阐释出要摆脱依赖、独立自主地生活这一深刻道理。

小猪奴尼
鲁兵

有只小猪，

叫作奴尼，

妈妈说："奴尼，奴尼，

你多脏呀！快来洗一洗。"

奴尼说："妈妈，妈妈，

我不洗，我不要洗。"

妈妈挺生气，

来追奴尼。

奴尼真顽皮，

逃东逃西，

扑通——

掉进泥坑里，

泥坑里面，

净是烂泥，
奴尼又翻跟头又打滚，
玩了半天才爬起，
一摇一摆回家去。
妈妈来开门，
吓得妈妈打了个大喷嚏。
"啊——嚏，你是谁，
我不认得你。"
"妈妈，妈妈，
我是奴尼，我是奴尼。"
"不是，不是，
你不是奴尼。"
"是的，是的，
我真的是奴尼。"
"出去，出去！"
妈妈发了脾气。
"你再不出去，
我可不饶你。
扫把扫你，簸箕簸你，
当作垃圾倒了你。"

奴尼吓得逃呀，逃呀，
逃出两里地。
路上碰见羊姐姐，
织的毛衣真美丽。
"走开，走开！
别碰脏我的新毛衣。"
路上碰见猫阿姨，
带着孩子在游戏。
"走开，走开！
别吓坏我的小猫咪。"
最后碰见牛婶婶，
在吊井水洗大衣。
"哎呀，哎呀！
哪来这么个脏东西？
快来，快来！
给你冲一冲，洗一洗。"
冲呀冲，

洗呀洗……

井水用了一百桶，

肥皂泡泡满天飞，

洗掉烂泥，

是个奴尼。

奴尼回家去，

妈妈真欢喜。

"奴尼，奴尼。

你几时学会了自己洗？"

奴尼，奴尼，

鼻子翘翘，眼睛挤挤。

"妈妈，妈妈，

明天我要学会自己洗。"

作品赏析：这是一首童话诗，作者主要运用拟人和夸张的手法塑造了一个活泼可爱但不爱干净的小猪形象，通过对小猪洗澡的描写，将小朋友不爱洗澡与小猪的习性有机结合，富有生活气息。整首诗节奏鲜明、押韵整齐，读起来朗朗上口，在活泼幽默的文字中蕴含着告诫小朋友爱洗澡讲卫生的主题，使孩子们在阅读与欢笑中有所收获。

猫和狗的会餐

张秋生

猫和狗，

进行一次友谊会餐。

他们各自带来了佳肴，

准备大吃一番。

猫带来了两条鱼，

一条有臭味，一条挺新鲜。

新鲜的鱼自己享用，

臭鱼放在狗的跟前。

狗带来了一锅子汤，

几张菜叶浮在上面。

他把菜和清汤盛给小猫，

下面的肉——留给自己方便。

猫说：今天的鱼太鲜美，

至于汤，实在一般；

狗说：今天的汤油水足，

至于鱼，难以下咽……

两位朋友

争得几乎翻脸。

其实，他们只要想想自己的行为，

就能找到正确的答案。

作品赏析：这首寓言诗语言简短，偶句押韵，音乐性强。诗歌讲述了猫和狗为交朋友而举行了友谊会餐，但都自私地只为自己着想，结果会餐成了一场闹剧。作者把寓意自然融合在生动的形象和简单的情节之中，让幼儿明白这样一个道理：交朋友要有真心，如果只考虑自己，不考虑别人，就没人愿意成为你的朋友。

小花狗是小跟班

林良

小花狗是爸爸的小跟班。

它会摇动短尾巴，

欢送爸爸上班。

它会叼着大拖鞋，

迎接爸爸下班。

早晚两份报纸，

也都由它管，

除了爸爸

谁也不准看。

作品赏析：这首诗以幼儿的视角，勾勒出一幅温馨的家庭生活场景，在孩子眼中，小花狗就是爸爸的小跟班：会摇着短尾巴，欢送爸爸上班；会叼着大拖鞋，迎接爸爸下班；更有意思的是，还能替爸爸看管报纸，不让任何人看。字里行间表达了对小花狗的喜爱之情。诗的语言浅白流畅，然而情感表达十分真切。

海带

谢采筏

我真想见见海的女儿，

但每次都没找着，

今天总算不坏，

捞到了她的飘带。

作品赏析：这首诗最成功的地方，在于它为海带找到一个新奇的喻体——海的女儿的飘带，由于这个喻体本身又包含着诗歌之外的丰富的故事和情感内容，从而使这首只有四行的小诗被赋予开阔的想象空间。

我喜欢你，狐狸

高洪波

你是一只小狐狸，

聪明有心计，

从乌鸦嘴里骗肉吃，

多么可爱的主意！

活该，

谁叫乌鸦爱唱歌，

呱呱呱自我吹嘘！

再说肉是它偷的，

你吃它吃都可以。

也许

你吃了这块肉

会变得漂亮无比！

尾巴像红红的火苗，

风一样掠过绿草地。

我崇拜你，狐狸，

你的狡猾是机智，

你的欺骗是有趣。

不管大人怎么说，

我喜欢你。

　　作品赏析：这首诗歌采取反其道而行之的方法，一反人们对狐狸不良的印象，用孩子的视角讴歌和赞美狐狸的聪明与机智。这种逆向思维的方式，实际上是孩子天性和心灵的真实反映。他们逆反，拥有自己独立的思维方式、独立的判断能力，但同时保持着隐秘的快乐。实际上，这首诗如同一个孩子的内心独白，表达了幼儿与成人世界有不同的认识。

对星星的诺言

[智利]密斯特拉尔

星星睁着眼睛，

挂在黑丝绒上亮晶晶：

你们从上往下望，

看我可纯真？

星星睁着眼睛，

嵌在宁谧的天空闪闪亮，

你们在高处，

说我可善良？

星星睁着眼睛，

睫毛眨不止，

你们为什么有这么多颜色

有蓝，有红，还有紫？

好奇的小眼睛，

彻夜睁着不睡眠，

玫瑰色的黎明

为什么要抹掉你们？

星星的小眼睛，
洒下泪滴或露珠。
你们在上面抖个不停，
是不是因为寒冷？

星星的小眼睛，
我向你们保证：
你们瞅着我，
我永远，永远纯真。

作品赏析：这首诗从一个孩子的视角来看天上的星辰，黑丝绒幕布般的天空中繁星闪烁，似乎有千万双眼睛好奇地看着孩子。蓝的，红的，紫的，浩瀚的星海中有着绚丽多彩的颜色，让孩子们心驰神往，他们不仅醉心于星海的绚丽，更是对星星为什么消失在玫瑰色的黎明与它们为什么在天际闪耀感到好奇，最后面对星星的眼睛，孩子保证要永远保持这颗纯真的童心。全诗主要用拟人和比喻的手法描绘夜空中繁星的壮丽奇幻，以及星海对孩子的震撼，文笔优美动人，使人神往。

捉月亮的网

[美国]西尔沃斯坦

我做了一个捉月亮的网，
今晚就要外出捕猎。
我要飞跑着把它抛向天空，
一定要套住那轮巨大的明月。
第二天，假如天上不见了月亮，
你完全可以这样想：
我已捕到了我的猎物，
把它装进了捉月亮的网。
万一月亮还在发光，
不妨瞧瞧下面，你会看清，
我正在天空自在地打着秋千，
网里的猎物却是个星星。

作品赏析：这首诗描写了一个孩子出门抓月亮的故事，阅读诗作，我们仿佛看到调皮的主人公拿着用梦做的网奔跑着捕捉月亮，网不小心挂在了星星上，于是他又在天空中自在地打秋千，一个开朗活泼而又充满想象力的孩子形象跃然纸上。这首诗作充满童趣又极富幻想色彩，使人心驰神往。

我学写字

[比利时]莫利斯·卡列姆

当我学着写"小绵羊"，

一下子，树呀，房子呀，栅栏呀，
凡是我眼睛看到的一切，
就都弯卷起来，像羊毛一样。

当我拿笔把"河流"，
写上我的小练习本，
我的眼前就溅起一片水花，
还从水底升起一座宫殿。

当我的笔写好了"草地"，
我就看见在花间忙碌的蜜蜂，
两只蝴蝶旋舞着，
我挥手就能把它们全兜进网中。

要是我写上"我的爸爸"，
我立刻就想唱唱歌儿蹦几下，
我个儿最高，身体最棒，
什么事我全能干得顶呱呱。

作品赏析：这首诗以孩子独特的角度，写他在学习写字时以丰富的想象将每个词语都转化为其所代表的事物，于是在学习的过程中时而仿佛来到河中，时而又置身花海，甚至还成为爸爸那样无所不能的人，这种想象无疑瑰丽奇妙，能引起小读者们共鸣的。

请进来
[越南]胡光阁

笃，笃，笃，
"谁敲门呀？"
"是我，小白兔。"
"你要真是小白兔，
就让我们看看你的耳朵。"

笃，笃，笃，
"谁敲门呀？"
"是我，小鹿。"
"真是小鹿吗，
让我们看看你头上的角。"

笃，笃，笃，
"谁敲门呀？"

"是我，花鸭。"
"你要真是花鸭，
让我们看看你的脚丫。"

笃，笃，笃，
"谁敲门呀？"
"是我，我是风。"
"你果真是风，
就请进来吧，
你自个儿从门缝往里钻。"

作品赏析：这首诗主要运用拟人手法，将小动物人格化，写它们来访时，主人让它们在门外证明身份，每一节都介绍了一种动物的突出特征，最后一节又描述了风无孔不入的特点，生动、有趣、传神。

祝你晚上好

[罗马尼亚]爱明内斯库

鸟儿倦了，
飞到枝丫间，
躲进了巢
祝你晚上好！

天鹅划过水面，
藏进芦苇睡觉，
愿天使与你同在
祝你晚上好！

树林静悄悄，
泉水叮咚敲，
花儿睡觉了
祝你晚上好！

月色正朦胧，
梦幻把一切笼罩，
和谐的世界
祝你晚上好！

作品赏析：这首诗塑造了一个如梦似幻的夜晚，月色朦胧下安静的树林中只能听见泉水叮咚，鸟儿飞回枝丫间的巢中，天鹅游回芦苇，花朵也沉沉睡去，它们共同渲染了静谧和谐的气氛，给我们展现一幅优美安静的森林夜景，让孩子们仿佛置身于这美妙的夜景中，得到美的体验。

四、儿歌、幼儿诗选读

摇篮

黄庆云

蓝天是摇篮,
摇着星宝宝,
白云轻轻飘,
星宝宝睡着了。

大海是摇篮,
摇着鱼宝宝,
浪花轻轻翻,
鱼宝宝睡着了。

花园是摇篮,
摇着花宝宝,
风儿轻轻吹,
花宝宝睡着了。

妈妈的手是摇篮,
摇着小宝宝,
歌儿轻轻唱,
宝宝睡着了。

高高山上一条藤

（绕口令）

高高山上一条藤,
藤条头上挂铜铃。
风吹藤动铜铃动,
风静藤停铜铃静。

小兔子开铺子

（子字歌）

小兔子,开铺子,
一张小桌子,
两把小椅子,
三双小筷子,
四个小瓶子,
五顶小帽子。

来了一群小猴子，
买走了一张小桌子，
两把小椅子，
三双小筷子，
四个小瓶子，
五顶小帽子。
小兔子的东西卖完了，
明天再来开铺子。

秋

许浪（字头歌）

高粱熟了昂着头，
谷子熟了低着头，
玉米熟了歪着头，
芦花白了摇着头，
一阵秋风吹来了，
树上苹果露着头。
娃娃唱起丰收歌，
拍着手儿点着头。

七个阿姨来摘果

（数数歌）

一二三四五六七，
七六五四三二一，
七个阿姨来摘果，
七个篮子手中提。
七个果子摆七样，
苹果、桃儿、石榴、梨，
还有栗子、柿子、李。

懒汉懒

（连锁调）

懒汉懒，
织毛毯。
毛毯织不齐，
就去学编席。
编席编不紧，
就去学磨粉。

磨粉磨不细，
就去学唱戏。
唱戏不入调，
就去学抬轿。
抬轿走得慢，
只好吃白饭。
白饭吃不成，
只好苦一生。

谁会飞
（问答歌）

谁会飞？
鸟会飞。
鸟儿怎样飞？
扑扑翅膀去又回。
谁会游？
鱼会游。
鱼儿怎样游？
摇摇尾巴掉掉头。
谁会跑？
马会跑。
马儿怎样跑？
四脚离地身不摇。
谁会爬？
虫会爬。
虫儿怎样爬？
许多脚儿慢慢爬。

你说好笑不好笑
佚名

颠倒歌，说颠倒，
石榴树上结樱桃，
杨柳树上结辣椒；
吹着鼓，打着号，
抬着大车拉着轿；
木头沉到底，
石头水上漂；
小鸡叼了秃老鹰，

老鼠抓住大花猫;
你说好笑不好笑。

错了歌
张继楼

刚刚三点过,
太阳就落坡。
鸭子跳上架,
猫儿进了窝。
蝙蝠天上飞,
正把蜜蜂捉。
狗儿不怕热,
舌头嘴边拖。
飞来萤火虫,
把我手烫破。
蚊子叽叽叫,
直往灯上落。
月圆星星多,
怎能不唱歌。
请你想一想,
唱错没唱错?

虎和兔
(绕口令)

坡上有只大老虎,
坡下有只小灰兔,
老虎饿肚肚,
想吃灰兔兔。
虎追兔,
兔躲虎,
老虎满坡追灰兔。
兔钻窝,
虎扑兔,
刺儿扎痛虎屁股。
气坏了虎,
乐坏了兔,
饿虎肚里咕咕咕,
笑坏窝里小灰兔。

扫地
金近

猫咪，猫咪，
妈妈叫他扫扫地。
扫一下，扫两下，
扫得灰尘满天飞。
扫得妈妈捂着脸，
阿嚏阿嚏打喷嚏。

夏天真热闹
佚名

小知了，忙吹箫；
小青蛙，把鼓敲；
纺织娘，打桥板；
蝈蝈儿，歌声高。
啊！夏天真热闹。

翻跟头
张继楼

小妞妞，围兜兜。
兜兜里头装豆豆，
吃了豆豆翻跟头。
左边翻个六，
漏了九颗豆；
右边翻个九，
漏了六颗豆。

一首唱不完的歌
任溶溶

吃了大西瓜，
瓜子种地下，
瓜子发出芽，
藤儿地上爬，
藤上开出花，
长成大西瓜。

吃了大西瓜，
瓜子种地下……

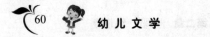

荷叶儿
鲁兵

荷叶儿，
当小床，
让我躺着乘风凉，
梦里闻到荷花香。

两只小象
常瑞

两只小象河边走，
扬起鼻子勾一勾，
就像一对好朋友，
见面握握手。

狗推磨
佚名

狗推磨，
猫烧锅，
兔子上去捏窝窝，
乒一个，
乓一个，
一捏捏了一箩筐。

零蛋蛋
陈显荣

小金鱼，
爱打扮，
穿了一身花花衫，
小金鱼，
真贪玩，
东游游呀西转转。
考考它，
干瞪眼，
吐出几个零蛋蛋。

小柳树
巩儒萍

小柳树，辫子长，

一甩甩到绿池塘。
蜻蜓把它当秋千，
小鱼用它挠痒痒。

我来了
张秋生

春天，用第一个小嫩芽说：我来了。
夏天，用第一个小花蕾说：我来了。
秋天，用第一张飘落的叶说：我来了。
冬天，用第一朵洁白的雪花说：我来了。

雪娃娃
董恒波

门口有个雪娃娃，
张着嘴巴不说话。
我拿苹果去喂他，
叫他不要想妈妈。

小司机
刘御

滴滴滴！
滴滴滴！
我是一个小司机。
爸爸妈妈上车吧，
我送你们上班去。

大苹果
佚名

我是一个大苹果，
小朋友们都爱我，
请你先去洗洗手，
要是手脏别碰我。

猴老哥
谢采筏

猴老哥，
烧小菜，
敲块冰，

做锅盖。
哎呀！
锅盖飞上天，
变成大云块。
猴哥傻了眼，
双手抓脑袋。

荡秋千

冬木

荡秋千，荡秋千
悠悠悠悠飞上天，
摘下白云一片片，
做件冬衣软绵绵，
送给卖火柴的小女孩，
欢欢喜喜过大年。

看雨云

传统儿歌

云往东，
下满坑；
云往南，
下满潭；
云往西，
披蓑衣；
云往北，
干研墨。

豆儿对歌

欧澄裁

什么豆儿圆？
什么豆儿扁？
什么豆儿长？
什么豆儿小不点儿？
豌豆粒儿圆，
蚕豆粒儿扁，
豇豆粒儿长，
绿豆粒儿小不点儿。

兜装豆

佚名

兜里装豆，
豆装满兜，
兜破漏豆。
倒出豆，
补破兜。
补好兜，
又装豆，
装满兜，
不漏豆。

捉泥鳅

杜虹

捉泥鳅，捉呀捉，
泥鳅泥鳅滑溜溜。
捉来捉去捉不到，
急得孩子蹦蹦跳。
妈妈拿来小鱼罩，
捉住泥鳅兜兜装。

小弟和小猫

柯岩

我家有个小弟弟，
聪明又淘气。
每天爬高又爬低，
满头满脸都是泥。

妈妈叫他来洗澡，
装没听见他就跑。
爸爸拿镜子把他照。
他闭上眼睛咯咯笑。

姐姐抱来小花猫，
拍拍爪子舔舔毛，
两眼一眯，"妙，妙，妙，
谁跟我玩，谁把我抱？"

弟弟伸出小黑手,
小猫连忙往后跳,
胡子一搬头一摇,
"不妙！不妙！太脏太脏我不要！"
姐姐听了哈哈笑,
爸爸妈妈皱眉毛。
弟弟听了真害臊,
"妈，妈！快快给我洗个澡!"

下巴上的洞洞
鲁兵

从前,
有个奇怪的娃娃,
娃娃,
有个奇怪的下巴,
下巴,
有个奇怪的洞洞,
洞洞,
谁知道它有多大。
瞧他,
一边饭往嘴里划,
一边从那洞洞往下撒。
如果饭桌是土地,
如果饭粒会发芽,
那么,
一天三餐饭,
他呀,
餐餐种庄稼,
可惜啥也没种出来,
只是粮食白白被糟蹋,
你们听了这个笑话,
都要摸一摸下巴,
要是也有个洞洞,
那就赶快塞住它。

为了一粒米
张继楼

红公鸡，花公鸡,

一见面，就生气。
颈毛一抖头一低，
你飞我跳打得急。
一个脸上抓破皮，
一个冠上鲜血滴。
要问打架为了啥？
只是为了一粒米。

我是男子汉

傅天琳

如果今天夜里突然起风，
不要怕，妈妈，
我是家里的男子汉。

我已经六岁了，我是男子汉，
我会举起长长的陀螺鞭子，
把不听话的风赶到没有灯光的角落，
让它罚站。

爸爸不会回来，今天不是星期天，
妈妈，你不要发愁，
我是男子汉，
我会用爸爸使过的锯子和斧子，
给你劈开生炉子的柴。
叔叔说男子汉就要有出息，
妈妈，你也有一个出息的
男子汉儿子。

如果你收到一封
从天上拍来的电报，
那就是你的男子汉儿子，
要摘来一颗星星，
照你写字到很晚很晚。

小猫走路没有声音

林焕彰

小猫走路没有声音，
小猫穿的鞋子是

妈妈用最好的皮做的；

小猫走路没有声音，
小猫知道它的鞋子是
妈妈用最好的皮做的；

小猫走路没有声音，
小猫知道它的鞋子是
妈妈用最好的皮做的，
小猫爱惜它的鞋子；

小猫走路没有声音，
小猫知道它的鞋子是
妈妈用最好的皮做的，
小猫爱惜它的鞋子，
小猫走路就轻轻地轻轻地；

小猫走路没有声音，
小猫知道它的鞋子是
妈妈用最好的皮做的，
小猫爱惜它的鞋子，
小猫走路就轻轻地轻轻地——
没有声音。

字典公公家里的争吵

金逸铭

字典公公家里的争吵，
吵个不停的是标点符号。

看它们的眼睛瞪得多大，
听它们的嗓门提得多高。
感叹号挂着拐杖，
小问号张大耳朵，
调皮的小逗号急得蹦蹦跳。

首先发言的是感叹号，
它的嗓门就像铜鼓敲：
"伙伴们，我的感情最强烈，

文章里谁也没有我重要!"

感叹号的话招来一阵嘲笑，
顶不服气的是小问号：
"哼，要是没有我来发问，
怎么引起读者的思考？"

小逗号说话头头是道，
它和顿号一起反驳小问号：
"要是我们不把句子隔开，
文章就会像一根长长的面条。"

学问深的要算省略号，
它的话总是那么深奥：
"要讲我的作用么……
哦，不说大家也知道。"

水平高的要数句号，
它总爱留在后面作总结报告：
"只有我才是文章的主角，
没有我，话就说得没完没了。"

大家争得不可开交，
字典公公把意见发表：
"孩子们，你们都很重要，
少一个，我们的文章就没这样美妙。"

小朋友，你听了字典公公家里的争吵，
心里想的啥，能不能让我知道？

小鸟音符

柯岩

小鸟，小鸟，
你们为什么
不坐在高高的树梢？
小鸟，小鸟，
你们为什么

在电线上来回跳跃？
明白了，明白了，
你们错把电线当成五线谱了。
小鸟音符，
呵，音符小鸟——
多么美丽的曲调……

世上的孩子有多少
刘上丽

世上的孩子有多少，
确切的数字无法知道。
假如，
世上的孩子一块儿叫，
吓得雷公悄悄地溜掉。
假如，
世上的孩子一块儿笑，
群山轰隆一声儿被震倒。
假如，
世上的孩子一块儿哭，
高山一下子变成海岛。
世上的孩子有多少，
不用计算你也该知道。

小猫晒太阳
林焕彰

小猫在阳台上
晒太阳，
它喜欢把自己卷成一个
小小的毛线球，
收集冬天的阳光。

翅膀
佚名

要是我有翅膀，
像小鸟一样飞翔，该有多好啊！
我对妈妈说：
"你生了我，再给我一对翅膀吧！"

一天，妈妈真的给我装上了翅膀。

我飞啊飞，飞到星姑姑身边，
看看它怎样眨眼睛，
为啥一闪一闪亮晶晶？
可它挡住我说：
"你的翅膀是别人给的，
不动脑筋的孩子我不欢迎。"

我飞啊飞，飞到月婆婆身边，
我想上去看看它怎样变脸，
为啥有时弯弯，有时圆圆？
可它挡住我说：
"你的翅膀是别人给的，
不动脑筋的孩子我不欢迎。"

我飞啊飞，飞到太阳公公身边，
我想上去看看太阳公公烧什么，
为啥是通红通红的？
可它挡住我说：
"你的翅膀是别人给的，
不动脑筋的孩子我不欢迎。"

我难过极了，
我想了又想，
回家对妈妈说：
"我要自己做翅膀，
妈妈呀，快让我上学去吧，
插上知识的翅膀，
飞翔，飞翔。"

爸爸的老师
任溶溶

谁不知道我的爸爸，
他是大数学家，
再难的题也能解答，
嗨，他的学问真大。
我这有学问的爸爸，

今天一副严肃样子。
他有什么要紧事情？
原来去看老师！
我的爸爸还有老师？
你说多么新鲜，
这老师是怎么个人，
我倒真想见见。
我一个劲求我爸爸，
带我去看看他。
我的爸爸眼睛一眨，
对我说道："唔，好吧！"
可是爸爸临走以前，
把我反复叮咛，
要我注意这个那个，
当然，我什么都答应。
我一路想着这位老师，
该是怎么个人。
他一定是胡子很长，
满肚子的学问。
他当然比爸爸强，
是位老数学家。
他要不是老数学家，
怎能教我爸爸？
可是结果你倒猜猜：
爸爸给谁鞠躬？
就算你猜三天三夜，
一准没法猜中。
鞠躬的人如果是我，
那还不算稀奇，
因为爸爸这位老师，
就是我的老师！
不过我念三年级了，
她呢，
还在教一年级。
她是我爸爸的老师，
你说多有意思啊！
这位老师看着爸爸，
就像看个娃娃：

"你这些年在数学上
成绩确实很大……"
你想爸爸怎么回答:
"我得感谢老师,
是老师您教会了我,
懂得二二得四……"
我才知道我的爸爸,
虽然学问很大,
却有位一年级的老师,
曾经教导过他。

慈母泪

[日本]福岛元

汇集起
天下母亲的泪,
注入海洋,
海洋定将化出
美丽的樱贝。

汇集起
天下母亲的泪,
抛向天空,
天空定将撒满
明亮的星辉。

汇集起
天下母亲的泪,
洒下大地,
大地定将绽开
鲜艳的花蕾。

让天下的慈母泪啊,
都倾入赤子的心扉,
孩子们……
定将个个满怀挚爱
心地聪睿。

我是雪

[美国]库斯金

我比你　更柔软　更寒冷　更洁白。
我能做一些　你做不到的事情。
我能叫任何东西　任何东西
美丽起来：
仓库　铁轨　水泥　旧栅栏
我能叫任何东西　任何东西
美丽起来。
不管碰到什么　不管在哪里，
甚至堆满垃圾的地方
在我落过以后　也显得格外可爱。
我是雪。

棍子上的屋盖

[意大利]姜尼·罗大里，任溶溶译

我给你写首诗讲讲下雨：
下雨天大家都躲在家哪儿也不去。
我可拿个小棍子顶个屋盖，
走到东走到西，自由自在。

尽管那倾盆雨哗哗地下，
尽管那阵头雨劈劈啪啪，
尽管那黑绸的屋盖上滴滴答答，
我简直压根儿不去理它……
我这个小屋盖，
雨穿不过，
我就在雨中，唱我的歌。

笼子里的朋友

[苏联]马尔夏克，韦苇译

大象

小朋友送给大象一双小鞋，
大象接过鞋子一瞅说：
"我穿的鞋要又宽又大，
并且一双不够，得四只！"

长颈鹿

小朋友看到地上的花儿很漂亮，
伸手就能摘一朵，
这么老长老长的脖子，
要摘身边的花儿可就费事喽！

小老虎

当心，可别一个劲儿挨近我，
我不是猫咪，我是老虎！

斑马

满身全是一模一样，
这种斑马的老家在非洲，
你们藏猫猫倒是挺方便的，
往草丛一钻就谁也看不出。
满身全是一条一条，
就像小学生摊开的练习本，
在马身上画这么些条条，
从头画到脚，真好玩。

眼泪

[捷克斯洛伐克]弗·赫鲁宾，韦苇译

谁想哭鼻子谁哭去吧，
我倒不哭，那玩意儿我不喜欢。
我还为哭鼻子的小朋友感到可惜哩：
因为漾着泪水的眼睛看不见太阳！

水城威尼斯

[意大利]姜尼·罗大里，任溶溶译

水面上一座古桥，
一个月亮在古桥上挂。

水面下一座古桥
一个月亮挂在古桥下。

天上一眨眨的是星星，
水的下面星星一眨一眨。

你说哪一座古桥是真？

你说哪一座古桥是假？

鱼儿睡在哪里

[俄罗斯]托克玛科娃，韦苇译

夜里很黑，夜里静悄悄，

鱼儿，鱼儿，你在哪里睡觉？

狐狸往洞里躲。

狗钻进了自己的窝。

松鼠溜进了树洞。

老鼠溜进了地洞。

可是，河里，水里。

哪儿也找不到你的身影。

黑咕隆咚的，静悄悄的，

鱼儿，鱼儿，你睡在哪里？

第四节　儿歌、幼儿诗的实践方法

一、小班活动设计案例

（一）活动名称

你是我的好朋友。

（二）活动目标

1）学会念儿歌。

2）通过儿歌能掌握"你""我"等人称代词。

3）乐意和小朋友一起玩游戏。

（三）活动准备

1）幼儿能说出同班小朋友的名字。

2）歌曲《找朋友》。

3）欢快的背景轻音乐。

（四）活动过程

1）播放歌曲，活跃气氛。教师随机走到小朋友面前，和他/她跳跳、抱抱。

2）出示手偶，讲述故事并提问：

① 猴哥哥和猴弟弟平时是怎么在一起的？

② 它们为什么要这样做呢？

（小结：像猴哥哥和猴弟弟那样，整天待在一起，你帮我我帮你，你关心我我关心你，这就是好朋友。我们的小朋友每天在一起唱歌、跳舞、做游戏，也是好朋友。）

3）学习儿歌，合作表演

① 教师示范朗诵儿歌两遍。第二遍朗诵时加入动作。

② 幼儿和教师一起朗诵做动作数遍。

③ 儿歌第四句"我们小手碰小手"可以由幼儿自己创编，如"我的小脸碰小脸""我的小脚碰小脚"等，并根据创编内容改变动作。

④ 请掌握较好的幼儿到前面带领小朋友们表演，引起幼儿朗诵的兴趣。

⑤ 可以采取小组或两两合作的形式表演。

4）游戏：你是我的好朋友。

规则：自由结伴，在轻松的音乐下边念儿歌边表演。

（五）活动结束

教师总结。

附儿歌：

你是我的好朋友

佚名

你是我的好朋友，（有节奏地指对方）

我是你的好朋友。（有节奏地指自己）

好朋友，好朋友，（有节奏地拍手）

我们小手碰小手。（和朋友手心对手心拍手）

二、中班活动设计案例

（一）活动名称

家。

（二）活动目标

1）初步学习诗歌内容，理解"家"的含义。

2）借助图画和已有经验，理解、感受、记忆诗歌内容，并尝试仿编诗歌。

3）感受诗歌的意境，体验家的温馨。

（三）活动准备

1）画有蓝天、树林、草地、河水、花、幼儿园的单幅背景图。

2）白云、小鸟、小羊、小鱼、蝴蝶、小朋友贴绒教具。

3）大黑板、书架、背景音乐、纸、记号笔。

（四）活动过程

1）导入。

提问：我们每个人都有自己的家，你们喜欢自己的家吗？你的家在哪里？家里有谁？

2）引导幼儿欣赏儿歌内容，初步理解作品的含义。

① 幼儿自由讨论，说说小客人的家在哪里。

a. 今天，有一群小客人来我们幼儿园，我们看看他们是谁？（出示白云、小鸟、小羊、小鱼、蝴蝶、小朋友贴绒教具）

b. 你们知道他们的家在哪里吗？蓝蓝的天空是谁的家？小鸟的家在哪里？谁能模仿小鸟飞行的样子？

c. 绿绿的草地是谁的家？小鱼的家为什么在水里？请小朋友们讨论。

d. 红红的花是谁的家？幼儿园是谁的家？请小朋友们讨论。

② 深入讲解儿歌的含义，幼儿尝试朗诵儿歌。

a. 教师示范朗诵。

提问：你最喜欢诗歌中的哪一句？为什么？

b. 幼儿跟着老师有感情地朗诵整首诗歌。

c. 将部分贴绒教具拿掉，帮助幼儿记忆诗歌。

d. 集体朗诵儿歌。

3）尝试仿编诗歌。教师用一种小动物示范创编儿歌，使幼儿发挥想象力，自由创编儿歌。

① 幼儿自由组成小组，练习仿编，由教师引导。

② 小组相互交流练习。

（五）活动结束

以歌曲《我有一个幸福的家》结束活动，让幼儿感受家、爸爸妈妈所带来的爱。

（六）活动延伸

回家和父母照一张亲子照片，将其贴在班级主题墙上。

附儿歌：

家

佚名

蓝蓝的天空是白云的家，

密密的树林是小鸟的家，
绿绿的草地是小羊的家，
清清的河水是小鱼的家，
红红的花儿是蝴蝶的家，
快乐的幼儿园是小朋友的家。

附说课稿：

一、说教材

《家》选自中班上学期第三个主题《我爱我家》，《家》这首儿歌文字形象，巧妙地运用了叠音，读起来朗朗上口，符合中班语言教学目标中提出的"让幼儿理解简短的文学作品内容，培养幼儿的想象力，口语表达能力的要求"。

二、说教学目标、说重点难点

根据我班幼儿语言发展的实际水平、年龄特点、兴趣需要，以及本主题的总目标，确定本活动的目标。

1）初步学习诗歌内容，理解"家"的含义。

2）借助图片和已有经验，理解、感受、记忆诗歌内容，并尝试仿编诗歌。

3）感受诗歌的意境，体验家的温馨。

根据活动目标，我把本次活动的重点预设为在猜猜、想想、玩玩中让幼儿自然而然地学会儿歌。尝试创编儿歌则为活动难点。

三、说教学准备

为了更好地完成教学任务，我进行如下准备。

1）反映儿歌内容的《家》的背景图及贴绒教具。

2）音乐、笔、纸等。

四、说教法、学法

根据幼儿的认知水平、实际情况和教材自身的特点，我采用了观察法、游戏法、直观演示法等教学方法，另外，结合语言、游戏、操作探索等活动，通过形式多样的教学策略和手段，使儿歌教学变得生动、活泼，让幼儿快快乐乐学儿歌，从而促进其语言的发展。

五、说活动过程

为了能紧扣教学目标，顺利展开教育活动，我设计了以下几个环节。

（一）激情导入

以教师提问"你们喜欢自己的家吗？家中都有谁"引出活动导入。

（二）引导幼儿欣赏儿歌，初步理解儿歌的含义

教师结合教具的使用，清晰、有感情地朗诵，引导幼儿感受儿歌的内容。

出示背景图，引导幼儿学习儿歌，并提问以下几个问题？

1）蓝蓝的天空是谁的家？小鸟的家在哪里？请小朋友模仿小鸟飞行的样子。

2）绿绿的草地是谁的家？小鱼的家为什么在水里？请小朋友们进行讨论。

3）红红的花儿是谁的家？幼儿园是谁的家？请小朋友们进行讨论。

（三）深入讲解儿歌，引导幼儿尝试朗诵儿歌

1）教师示范朗诵。

2）幼儿跟着老师有感情地朗诵整首诗歌。

3）将部分贴绒教具拿掉，帮助幼儿记忆诗歌。

4）集体朗诵儿歌。

（四）尝试仿编诗歌

教师用一种小动物示范创编儿歌，然后使幼儿发挥想象力，自由创编儿歌。

1）幼儿自由组成小组，练习仿编，由教师引导。

2）小组相互交流练习。

（五）结束活动

以歌曲《我有一个幸福的家》结束活动，让幼儿感受家、爸爸妈妈所带来的爱。

（六）活动延伸

回家和父母照一张亲子照片，将其贴在班级主题墙上。

三、大班活动设计案例

（一）活动名称

小雪花。

（二）活动目标

1）懂得散文中比喻手法的特殊作用，学习并理解"洁白""松软"等词汇。

2）通过欣赏散文，使幼儿对散文诗感兴趣，萌发幼儿感受美、表现美的情趣。

3）根据散文原有的格式，引导幼儿学习适当的仿编。

（三）活动准备

1）反映诗歌内容的教学挂图《小雪花》和多媒体课件。

2）舒缓的音乐。

（四）活动过程

1）导入：组织幼儿外出观察雪景，看一看大雪过后周围的环境发生了哪些变化。根据需要引导幼儿观察，并提出以下两个问题。

① 看一看雪都落到了哪里？落到屋顶上的雪像什么？

② 挂到树枝上的雪像什么？

2）引导幼儿欣赏散文诗、体验作品。

① 欣赏第一自然段，提问：雪花是怎样落下来的？谁能模仿一下？学一学？

② 欣赏第二自然段，提问：雪花分别落在哪些地方？那里会有什么变化？引导幼儿交流讨论：为什么说雪花像"美丽的白纱""闪光的银瓦""松软的棉絮"？

（理解词汇：雪花像"美丽的白纱""闪光的银瓦""松软的棉絮"）

③ 欣赏第三自然段，提问："雪花为什么能让空气更加清新？"

3）引导幼儿尝试朗诵诗歌，感受诗歌的意境美。

① 让幼儿跟随教师边看图片边小声朗诵。

② 在孩子们熟练朗读的基础上，引导他们尝试进行配乐朗诵。

③ 根据诗歌内容创编相应的动作，边做动作边进行配乐朗诵，进一步感受诗歌的意境。

④ 集体朗诵散文诗。

4）尝试仿编诗歌。

激发兴趣：询问孩子喜欢雪花吗，请幼儿像诗中描述的那样说一句话。

① 幼儿自由组成小组，练习仿编，由教师引导。

② 小组相互交流练习。

（五）活动结束

"你们想和雪花一起跳舞吗？那我们一边唱歌，一边来和小雪花玩耍好吗？以歌曲《小雪花》结束活动。

（六）活动延伸

在音乐区里玩音乐游戏《小雪花》，教师佩戴"北风"字卡扮演北风阿姨，幼儿扮演小雪花，一起玩音乐游戏《小雪花》。

附儿歌：

小雪花

佚名

我是洁白的小雪花，

我从高高的云层轻盈地飘下。

我落满屋顶，

给房屋盖上一层闪光的银瓦；

我落满树枝，

让枝头盛开梨花；

我落满松柏，

让丰满的棉桃长在绿色的枝丫上；

我落满麦田，

让麦苗睡在松软的棉絮下；

我落满高山，

给山顶披起美丽的白纱；

我落满整个大地，

大地呀洁白无瑕。

人们，欢迎我吧，

我冻死病菌，

消除害虫，

我把空气中的灰尘洗刷。

我是洁白的小雪花，

我从高高的云层轻盈地飘下……

附说课稿：

一、说教材

《小雪花》选自大班上学期第八个主题《冬天的故事》，是一首散文诗，诗歌充满了儿童情趣，其中的拟人化语言能生动形象地帮助幼儿很好地理解诗歌内容，感受诗歌优美的意境，并通过欣赏诗歌，仿编诗歌，可以进一步提高幼儿的语言表达能力和思维能力。

二、说活动目标、活动重点、难点

1）说活动目标：根据教材内容，结合大班幼儿的年龄特点，我确定了以下活动目标。

① 理解诗歌的内容，学习并理解"洁白""松软"等词汇。

② 通过欣赏散文，使幼儿对散文诗感兴趣，萌发感受美、表现美的情趣。

③ 根据散文原有的格式，引导幼儿学习适当的仿编。

2）说活动重难点：根据活动目标，我把本次活动的重点预设为理解诗歌内容，激发幼儿对雪的喜爱，感受作品的优美意境。

把大胆进行创编，发挥幼儿想象力、思维能力作为活动的难点。

三、说活动准备

为了更好地完成教学任务，我进行了如下准备。

1）反映诗歌内容的教学挂图《小雪花》和多媒体课件。

2）提醒幼儿注意下雪和下雪后的景象。若没有雪景，则提前组织幼儿看幼儿用书中《小雪花》的画面，感受下雪的情景。

3）舒缓的音乐。

四、说教法学法

为了更好地完成教学任务，我将主要采用观察法、演示法、情境教学法等方法，另外，我准备对幼儿采取提问法、讨论法、表演法等方法让幼儿在看一看、听一听、演一演的轻松气氛中，愉快地掌握学习的重难点。

五、说活动过程

为了能紧扣教学目标，顺利展开教育活动，我设计了以下几个环节。

（一）激情导入

组织幼儿外出观察雪景，看一看大雪过后周围的环境发生了哪些变化。根据需要引导幼儿观察，并提问：看一看雪都落到了哪里？落到屋顶上的雪像什么？挂到树枝上的雪像什么？以此来激发幼儿的兴趣，导入主题活动。

（二）引导幼儿欣赏诗歌，初步理解诗歌的意境

教师结合教学课件，清晰、有感情地配乐朗诵，引导幼儿理解诗歌的内容。

1）欣赏第一自然段，提问：小雪花是怎样落下来的？什么是"轻盈"？谁能学一学小雪花"轻盈"的样子？

2）欣赏第二自然段，幼儿交流讨论：为什么说雪花像"美丽的白纱""闪光的银瓦""松软的棉絮"？

3）欣赏第三自然段，提问："为什么能让空气更加清新？"

（三）引导幼儿尝试朗诵诗歌，感受诗歌的意境美

1）让幼儿跟随教师边看图片边小声朗诵。

2）在孩子们熟练朗诵的基础上，引导他们尝试进行配乐朗诵。

3）根据诗歌内容创编相应的动作，边做动作边进行配乐朗诵，进一步感受诗歌的意境。

4）集体朗诵散文诗。

（四）尝试仿编诗歌

激发兴趣：询问孩子喜欢雪花吗，请幼儿像诗中描述的那样说一句话。

1）幼儿自由组成小组，练习仿编，由教师引导。

2）小组相互交流练习。

（五）活动结束

以歌曲《小雪花》结束活动。

（六）活动延伸

在音乐区里玩音乐游戏《小雪花》，教师佩戴"北风"字卡扮演北风阿姨，幼儿扮演小雪花，一起玩音乐游戏《小雪花》。

设计案例：

一、活动名称

扁担和板凳。

二、活动目标

1）乐意参与朗诵绕口令的活动，体验说绕口令的乐趣。

2）学说绕口令，练习发清"板凳""扁担""绑在"等词语。

三、活动准备

1）幼儿自制的板凳和扁担。

2）多媒体课件。

3）节奏音乐。

四、活动过程

1）导入：展示幼儿利用废旧材料自制的板凳和扁担，了解用处并提出以下几个问题。

① 这是谁做的？用什么材料做的？（肯定幼儿会动脑筋、手也巧。）

② 板凳有什么用处？（可以一物多用，踩时注意安全）什么样的板凳坐的人多呢？（宽的板凳）

③ 扁担有什么用处？

2）幼儿动手操作，比较板凳和扁担。

① 板凳和扁担在长度上有什么不一样？（学说：板凳宽，扁担长，扁担没有板凳宽，板凳没有扁担长。）

② 两人一组互相练习，上句下句交换练习。

③ 鼓励幼儿上前自我展示。

3）观看课件，了解扁担和板凳的故事，深入学习。

① 它们之间发生了什么事情？（学说：扁担要绑在板凳上，板凳不让扁担绑在板

凳上，扁担偏要绑在板凳上。)

② 集体练习后，鼓励幼儿上前自我展示。

4）欣赏教师的示范朗诵，学习绕口令。

5）激发幼儿学习兴趣，学会合作展示。

① 我们一起伴随节奏进行练习，看看哪位小朋友可以越说越快好吗？

② 怎样才能说得不错不断，又快又清楚？

五、活动结束

小朋友们我们一起度过了愉快的时光，我们发现要把绕口令练好只有下功夫、不放弃，多练习，功到自然成，任何事情都是这样，只要认真去做，肯定能成功！

六、活动延伸

在语言区进行男女生比赛。

附绕口令：

扁担和板凳

佚名

板凳宽，扁担长，

扁担没有板凳宽，

板凳没有扁担长。

扁担想绑在板凳上，

板凳不让扁担绑在板凳上。

扁担偏要绑在板凳上。

第五节　儿歌、幼儿诗的创作

一、儿歌的创作

古人形容童谣犹如"风行水面，自成涟漪；花临风前，翩然起舞"，这应该是创作儿歌要达到的境界。为此，创作儿歌时应考虑以下几个方面。

（一）儿歌要有浓郁的儿歌味

儿歌味就是要有儿歌的特点，重点把握其音乐性和口语化这两方面。要做到这两点需要我们平时有一定的知识和生活经验的积累。

1）要多读、熟读优秀的儿歌和童谣，如《中国传统童谣选》（金波选编）、《中国儿歌金库》（张继楼主编）、《儿歌三百首》（圣野、吴少山主编）等。"童谣百首，其义自有"，要达到即使不会创作也能吟诵的程度。

2）深入研究传统童谣和经典儿歌。这里主要指对每种儿歌、童谣的特征、类别，进行认真的研读和分析，总结其特质，在此基础上再尝试"学习仿写""学习修改""学习仿编"，这样才能培养独立思考、独立创作的能力。

3）多读古诗词，尤其是唐诗，从中学习格律知识。儿歌被称为"半格律诗"，儿歌的音乐性也就体现在此，如果我们经常有意识地接受古诗词的熏陶，对创作儿歌时把握其音乐性是非常有帮助的。

4）"重回童年"。著名儿童文学作家郑春华（代表作《大头儿子和小头爸爸》）曾是一名幼儿园的保育员，在从事这段工作期间，她经常给父母讲起一个个充满童趣的故事。郑春华的父亲是一位工人作家，他建议女儿把这些故事写下来，郑春华由此开始了创作之路。至今，她还保留着一个习惯，就是定期到幼儿园、托儿所待上十天半个月，体味童心。另一位我国著名儿童文学家、诗人金波也经常与孩子接触，感受现代孩子的生活，体验孩子的感情，向孩子学习，捕捉创作的素材。著名诗人屠岸曾给金波写过一句话："做儿童的老师，做孩子的学生。"这是对儿童文学创作的一个很好的概括。生活在孩子们中间，体会孩子的生活，想孩子之所想，乐孩子之所乐。有了这颗童心，创作时才能用孩子的眼光写出对客观事物的独特感受，让孩子一读就会，一听就懂，使语言真正口语化。

（二）儿歌要有趣味性

高尔基说"儿童文学是快活的文学"，儿歌应该是快活的小诗，要给孩子们健康的、向上的、乐观的趣味。这是由幼儿自身的自制力较差，以无意注意为主的特点所决定的，因此只有有趣的儿歌才能吸引幼儿。

幼儿天性活泼，快乐，而传统儿歌都有一个共同特点——洋溢着乐观主义情调。我们在创作儿歌时要以幽默有趣的语言，写"有意思"的人和物，让幼儿在符合天性的文学氛围中成长。

（三）灵活运用各种儿歌创作的表现手法

1. 比拟法

比拟法是儿歌常用的表现手法。用比拟来构思儿歌，使整首儿歌都贯穿拟人的描写。如蒲华清的《狐狸考小鸡》：

狐狸见小鸡，
"小妹妹，小弟弟，我来考考你。
你们家，住哪里？
电话是多少？门牌号是几？
爸妈叫啥名？在不在家里？"
小小鸡，答狐狸，
"我知道，我知道，就不告诉你。"

这里把小鸡和狐狸人格化，用二者的对话来表现小狐狸的狡猾、小鸡的机智，符合孩子们的思维方式，让他们由儿歌中机智的小鸡联想到自己，从而提升其自我安全意识。

2. 夸张法

为了突出事物的特征，对其进行扩大或缩小描写的艺术手法叫夸张法。儿歌中的夸张往往带有幻想的色彩。如金志强的《醉老鼠》：

> 一只老鼠喝了酒，
> 跌跌撞撞翻跟头。
> 翻跟头，圆溜溜，
> 一翻翻了九十九。
> 九十九，倒着走，
> 碰到小猴叫舅舅。
> 小猴乐得屁股扭，
> 奖给老鼠一颗豆。

3. 起兴法

兴，是一种联想，即托物起兴，往往用在儿歌的开头，先描述某一事物，从而引起对所要描写的另一事物的联想，用以营造一种气氛。如儿歌《菊花开》：

> 板凳板凳歪歪，
> 菊花菊花开开。
> 开几朵？开三朵，
> 爹一朵，娘一朵，
> 还有一朵给白鸽。

开头一句是起兴句，看似和后文没有联系，仔细品味，却可以想到小主人公原先坐在板凳上摇着玩，突然见到旁边菊花开的情景，起到了描写环境的作用。

4. 摹状法

摹状是用生动形象的语言把所要描述的事物的状态、颜色及声音摹拟出来，包括摹形、摹色、摹声三个方面。爱好模仿是幼儿的天性，儿歌中恰当地运用这种手法，会增加幼儿的吟唱兴趣。如丁曲的《冬瓜》："冬瓜，冬瓜，地上躺；呼噜，呼噜，睡得香；一个一个长得胖。"既有对形体的摹拟，也有启发联想的对声音的摹拟，增加了语言的趣味。

5. 设问法

设问是儿歌常用的手法。该手法使作品如谜语般引人入胜，让幼儿感到亲切、有趣。如杨子忱的《雨滴滴》："天上落下雨滴滴，浇得红花开一地。多少雨滴在飘落？一滴两滴三四滴……天上落下雨滴滴，浇得草儿绿又绿。滴滴雨滴落在哪？落南落北落东西……"这首儿歌如果没有两个设问句式的穿插，就会显得呆板。

此外，如反复、排比、顶针等表现手法也常在儿歌中运用，这些手法有助于增强作品的趣味性。

二、幼儿诗的创作

（一）要学会用幼儿的眼光看世界

孩子是天生的诗人，在他们的眼里，"太阳是一个永远用不完的红线球"，"萤火虫是一个不小心烧着了短尾巴的小马虎"，"云是会走动的鞋子"，"树干像支长笛"，"风是树的梳子"……为幼儿写诗就要让自己"变成一个成年似的小孩子"（别林斯基），将自己变成儿童，唤回自己童年的记忆，学会用儿童的眼睛去观察事物，用儿童的心灵去感受与孩子们密切相关的客观世界。我国著名儿童文学家任溶溶曾经说过："我写儿童诗，很多的创作都在写小时候的自己。我有一个小本子，专门把我想到的有趣的东西统统记下来。我的儿童诗不是凭空捏造的，里面有一大部分是我童年有趣的事情，也有一些是我孩子有趣的事情。"童话大师林格伦也曾经说过："世界上只有一个孩子能给她灵感，那就是童年时代的'我自己'"。这些宝贵的经验都值得我们借鉴。同时，作为儿童诗人要懂得用诗的艺术手段，按照诗的艺术规律，用生动形象和诗化的幼儿语言描述丰富多彩的生活。

（二）要有真情实感

幼儿诗首要的目的是抒发真挚的幼儿之情，使之成为印刻在幼儿心灵之上的歌。只有真心地反映生活，唱出幼儿心灵深处的真的声音，才能与小读者的心弦产生共鸣。

（三）要创造幼儿能理解的意境

诗不仅情真，还要意胜。幼儿诗的意境要具有生动具体的画面感。通过诗的语言，向幼儿展现美好的画面，为幼儿营造活泼健康、乐观平和的境界，陶冶情操，美化心灵。在诗人金波看来，"儿童诗缺乏优美的意境，犹如夜空里没有星光，土地上没有花朵，树林中没有鸟声"。创造了意境的儿童诗，才是富有诗意的、精美的艺术品，才能让幼儿读后得到一种美的享受。

（四）要掌握幼儿诗常用的写法

1. 比喻法

比喻法是幼儿诗创作中的一种基本方法，最常用的是明喻法和暗喻法。

1）明喻法：用此一物比作彼一物，如"甲"好像"乙"，直接比喻。一般是描写事物的特点，适合描写实物和大自然景象。如再耕的《拖鞋》：

> 爸爸的拖鞋像大船，
> 妈妈的拖鞋像小船，
> 我的拖鞋像舢板，
> 大船小船和舢板，
> 亲亲热热在一起，
> 我家夜里是港湾。

2）暗喻法：不说出比喻的事物，让读者自己联想，可以表现丰富的联想。如萧袤的《爸爸的背》：

> 有时候，
> 是一堵墙，
> 我在墙边儿
> 避风雨。
> 有时候，
> 是一座山，
> 我在顶上
> 看世界。

2. 拟人法

拟人法是指把事物比拟成人，做人的事情，这种诗歌读起来显得活泼、可爱、生动、有趣。如殷常青的《初春》：

> 一枚嫩芽，
> 在泥土中快活地叫着，
> 脱去冬天的衣衫，
> 一枚嫩芽，
> 带动成群的嫩芽，
> 快活地摇晃着脑袋，
> 风，在一片摇晃中，
> 在一片喊声中，
> 把春天扶出了地面。

3. 摹声法

摹声法就是通过模仿自然万物的声音，增加诗的韵律，同时也使诗歌更有趣味。如《风》：

> 风最讨厌了，
> 每次都偷偷地掀起我的裙子。
> 然后在旁边大叫，
> 羞！羞！羞！
> 真是气死我了。

4. 排比法

排比法是指用同一个词或同一种句型描写一件事物，使诗歌更有节奏感，加深幼儿的印象。如《白房子》：

> 红房子，是小熊的家。
> 黄房子，是小鹿的家。

蓝房子，是斑马的家。
绿房子，是袋鼠的家。
雪花一跑来，
红房子，黄房子，
蓝房子，绿房子，
一座，一座，
都变成白房子。

5. 假设法

假设法就是使用"假如""如果"等假设性的语句抒发自己的希望和想象。运用这种方法，能够表达幼儿内心的美丽愿望。如金波的《如果我是一片雪花》：

如果我是一片雪花，
你猜，我会飘落到
什么地方呢？
我愿飘到小河里，
变成一滴水，
和小鱼小虾游戏。
我愿飘落广场上，
堆个胖雪人，
望着你笑眯眯。
我更愿飘落到妈妈的脸上，
亲亲她，亲亲她，
然后就快乐地融化。

6. 夸张法

夸张法就是在真实的基础上有意言过其实以更好地反映事物的本质。这样用以制造特别效果、加深印象。如《腰带》：

咦，
是哪个调皮的小鬼，
给大山系上腰带？
噢，
原来是一条小山路！

7. 疑问法

疑问法是指以设问来表现幼儿的情趣，从幼儿视角出发发问，突出童心童趣，但并不要求回答，用以增加诗的趣味性。如《皱纹》：

老人的脸上，
有一条一条的皱纹；

大海的脸上，
也有一波一波的皱纹；
大海是不是也老了呢？

8. 对比法

对比法是指在对比中凸显内容、性质，包括颜色对比、形状对比、动作对比、事件对比、人物对比、空间对比等。如《路灯》：

白天，
路灯是一棵棵的树，
晚上，
就变成一朵朵的花。

此外，还有悬念法、反复法、对话法等在幼儿诗的创作中也经常使用，需要我们不断探索，灵活运用。

知识与能力训练

一、知识训练

（一）填空题

1. 儿歌是适合婴幼儿_____的简短的_____诗歌。
2. 儿歌的特点是_____、_____、_____。
3. 幼儿诗是适合_____听赏吟诵的_____短诗。
4. 幼儿诗的艺术特征表现在_____、_____、_____、_____四方面。
5. 幼儿诗的主要形式有_____、_____、_____、幼儿科学诗、_____、幼儿题画诗和幼儿寓言诗。

（二）评析题

1. 分析下面三首儿歌的形式，并简单说说其特点及作用。

1）一只青蛙一张嘴，
　两只眼睛四条腿，
　扑通一声跳下水。
　两只青蛙两张嘴，
　四只眼睛八条腿，
　扑通扑通跳下水。

2）什么尾巴长？
　什么尾巴短？
　什么尾巴像一把伞？

猴子尾巴长，
兔子尾巴短，
松鼠尾巴像一把伞！

什么尾巴弯？
什么尾巴扁？
什么尾巴最好看？

公鸡尾巴弯，
鸭子尾巴扁，
孔雀尾巴最好看。

3）四和十，十和四，
十四和四十，
四十和十四。
要想说好四和十，
得靠舌头和牙齿，
谁说四十是细席，
他的舌头没用力；
谁说十四是适时，
他的舌头没伸直。
认真听，常练习，
十四、四十、四十四。

2. 结合儿歌的特点，试对下面儿歌进行评析。

扮老公公
圣野

老公公，
出来了，
白胡子，
白眉毛，
点点头，
弯弯腰，
滑一滑，
摔一跤，
一摸胡子掉下了，
乐得大家哈哈笑。

吃饼干

郑春华

饼干圆圆，
圆圆饼干，
用手掰开，
变成小船。

你吃一块，
我吃一块，
啊呜一口，
小船真甜。

小白兔盖新房

佚名

小白兔，盖新房，
小猫小狗来帮忙，
拿的拿，扛的扛，
房子盖得真漂亮，
进屋一看黑漆漆，
啊哟，原来忘记留个窗！

孙悟空打妖怪

樊家信

唐僧骑马咚那个咚，
后面跟着个孙悟空。
孙悟空，跑得快，
后面跟着个猪八戒。
猪八戒，鼻子长，
后面跟着个沙和尚。
沙和尚，挑着箩，
后面来了老妖婆。
老妖婆，心最毒，
骗过唐僧和老猪。
唐僧老猪真糊涂，
是人是妖分不出。
分不出，上了当，
多亏孙悟空眼睛亮。
眼睛亮，冒金光，
高高举起金箍棒。

金箍棒，有力量，
妖魔鬼怪消灭光。

3. 结合儿童诗的特点，试对下面儿童诗进行评析。

雪花
望安

雪花，
雪花，
你有几片小花瓣？
我用手心接住你，
让我数数看：
一、二、三、四、五、六。
咦，
刚数完，
雪花怎么不见了？
只留下一个
圆圆的亮亮的小水点。

月亮
刘饶民

天上月亮圆又圆，
照在海里像玉盘。
一群鱼儿游过来，
玉盘碎成两三片。
鱼儿吓得快逃开，
一直逃到岩石边。
回过头来看一看，
月亮还是圆又圆。

听春
金波

春姑娘摇响了雨铃。
天空飞过雁阵，
湖水睁开了亮眼睛。

我听见蚯蚓在耕耘，
我听见蒲公英在播种。
蛋壳裂开了，

小鸟呼唤着母亲。
树枝上绽开新芽，
远远近近一片绿蒙蒙；
啄木鸟飞来飞去，
在为每一棵大树叩诊。

在热闹中，在宁静中，
我听见春天已经来临。

我想

高洪波

我想把鼻子
安在花苞中。
闻着鲜花的气味，
享受这美好的时光。
闻啊，闻——
香味把我带入了甜美的梦乡。

我想把眼睛
装在白云上。
看天空美丽的云霞。
看夕阳下通红的太阳。
看啊！看——
美景把我带入了奇妙的幻想！

我想把双腿
安在太阳上。
让太阳学会走路，
去照亮世界每一个角落。
走啊！走——
让地球充满了光亮！

我想把耳朵
装在鱼儿身上。
听鱼儿窃窃私语，
听大海怎么说话！
听啊！听——

大海是我温暖的港湾。

我想把眼睛，
装在海草上，
看金鱼吹泡泡。
看章鱼捕食。
看呀！看——
海底是我的游乐园。

4. 比较下面两首儿歌和儿童诗，说说它们的异同。

小蘑菇
樊发稼

小蘑菇，
你真傻！
太阳没晒，
大雨没下，
你老撑着小伞，
干啥？

蘑菇
林良

蘑菇是
寂寞的小亭子。
只有雨天
青蛙才来躲雨。
晴天青蛙走了
亭子里冷冷清清。

5. 背诵。
1）背诵儿歌 30 首（自选），要求兼顾现代儿歌和传统形式的儿歌。
2）背诵幼儿诗 10 首（自选）。
6. 创作练习。
1）收集童谣、儿歌，并记录下来，进行一次课堂讨论，然后修改这些童谣、儿歌。
2）结合幼儿生活，尝试创作两首儿歌。
3）尝试创作两首幼儿诗。
① 仔细观察一种动物或自然现象，用比喻法写一首幼儿诗。
② 用假设法写一首幼儿诗。

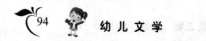

二、能力训练

将下面教案的活动过程填充完整。

（1）活动名称

小雨点。

（2）活动目标

1）在理解儿歌内容的基础上，能吐字清楚、有感情地朗诵儿歌。

2）理解动词：张、摇、拔。

3）激发幼儿观察事物的兴趣，发展幼儿思想力和初步的逻辑推理能力。

（3）活动准备

1）有目的地引导幼儿观察自然景象。

2）音乐、可操作性图片一幅。

（4）活动过程

1）导入：以谜语导入，激发幼儿兴趣："千条线、万条线，掉在水里看不见。小朋友这是什么呢？"（雨）

2）欣赏儿歌《小雨点》（放录音）。

提问：① _____

② _____

出示可操作性图片，请幼儿再次欣赏儿歌。（提示：图片里可以有花园、鱼池等，方便教师提问）

提问：① 花园里有谁？花儿怎样？（理解动词：张）

② _____

③ _____

3）引导幼儿完整跟读儿歌。

① 提示幼儿吐字清楚、有感情地朗诵。

② 分别以集体、小组形式背诵儿歌。

（5）仿编儿歌

"小雨点除了会落在花园、鱼池和田野里，还会落在哪里呢？让我们一起来看看。"（提示：图片里可以有公园、森林等，方便教师提问）

① 揭开公园图片，提问：小雨点，沙沙沙，落在哪里呀？谁会怎么样呢？（提示：引导幼儿用儿歌里的句式说话）

② _____

③ _____

④ 引导幼儿将新编的诗句组成新的诗歌内容。

（6）活动结束

教师评价幼儿编诗歌的表现，鼓励幼儿回家后继续编诗歌。

（7）活动延伸

鼓励幼儿用绘画的方式将小雨点表现出来。

附儿歌：

小雨点

佚名

小雨点，
沙沙沙，
落在花园里，
花儿乐得张嘴巴。
小雨点，
沙沙沙，
落在鱼池里，
鱼儿乐得摇尾巴。
小雨点，
沙沙沙，
落在田野里，
苗儿乐得向上拔。

第三章

童话、寓言

导语: 谈到童话,人们头脑中展现的是极富幻想、美丽动人的事物。童话是幼儿文学的一种重要的体裁,一直受到幼儿的热烈欢迎。对于幼儿来说,富有幻想色彩的童话故事能够使他们进入一个新奇有趣、神秘莫测的异域世界,可以丰富幼儿的想象,开拓幼儿的思维,鼓励幼儿创新;同时,童话优美的语言描述、修辞手法的运用、所宣扬的真善美的精神等要素,也极大地丰富了幼儿的审美体验,有助于提高幼儿的审美情趣。总之,对于幼儿的健康成长,童话具有不可替代的重要意义,在幼儿文学中占有很重要的地位。

第一节 童 话

什么是童话?它有哪些形式和特点呢?它从诞生到如今,经历了怎样的发展变化过程呢?本节我们将就这些问题展开探讨。

一、童话的含义

在《现代汉语词典》中,童话是指儿童文学的一种体裁,通过丰富的想象、幻想和夸张来编写的适合儿童欣赏的故事。在西方,关于童话的词条在《大不列颠百科全书》中有两种界定:一是英文的 fairy tale,是指"并非专写神仙的带有奇异色彩和事件的奇异故事";二是德文的 marchen,指"带有魔法或神奇色彩的民间故事"。

综合以上各种界定,我们可以得出,童话是在现实生活的基础上,用符合儿童的想象力和奇特的情节编织成的一种富有幻想色彩的故事。

二、童话的特点

（一）童话的基本特征——幻想性

幻想是童话的灵魂，是童话这种文学体裁区别于其他文学体裁的本质特征。童话因为幻想而富有魅力。在童话的世界中，人物具有各种神奇的魔力，如童话《长发姑娘》中，主人公具有一头能够使人返老还童的神奇的金色长发；各种动植物和没有生命的物体能像人一样说话、行动甚至是思维，如童话《绿野仙踪》中，主人公就与稻草人、铁皮人和狮子先生一起展开了一系列奇妙的冒险。童话中有诸多亦虚亦实的奇景，还有许多离奇曲折的故事情节，如《爱丽丝梦游仙境》，小姑娘爱丽丝在梦中到了一个奇幻的世界，那里有黑桃皇后统治下的神奇的扑克牌国度，有戴着绅士帽的兔子先生……所有这些在现实生活中并不存在，但在幻想构筑的童话世界里，却成为"真实"，并让儿童相信这一切都是真的。

那么，由丰富幻想构筑的童话是否就如断了线的风筝一样，完全是天马行空、毫无依据的呢？不是的，可以说，童话中的幻想其实是和现实紧密相连的。具体表现在以下两个方面。

一是童话中的幻想必须以现实生活为基础。童话中的幻想都是以现实生活为基础的一种虚构，童话中的所有幻想都能在现实中找到原型，都无法脱离创作者的生活经验和人生阅历。

二是童话中的幻想都是用来反映生活的。童话中的诸多幻想都体现了人们的一种生活愿望。例如，在飞机发明之前，人们希望能在空中飞翔，便在童话中幻想出"飞行毯"；在现代交通工具出现之前，人们希望走得快，便在童话中幻想出"风火轮"等。有些童话中的幻想，反映的是现实生活中的具体人、事、物，如《萝卜回来了》中，小兔、小羊、小鹿等动物都能像人一样说话、动作。还有一些童话的幻想，则反映了现实生活的社会规范、伦理道德，如童话《没了牙齿的大老虎》则借老虎被狐狸欺骗，吃多了甜食，最终被拔去牙齿的幻想故事，揭示了做人不要骄傲自大、听从小人的阿谀奉承的道理。

总之，幻想是童话的基本特征和本质特点，而童话的幻想又与生活紧密结合，这种结合和谐、自然，使得童话中的幻想有了现实的基础，更能被读者接受，也能具有现实意义。

（二）童话的表现手法

1. 夸张

夸张是文学作品中常见的艺术手法，是指借助奇妙的想象，将描写对象的某种特点扩大或缩小，从而达到突出其本质特征，增强艺术效果的目的。

为强调文学作品的现实意义及真实性，一般文学作品往往会适度夸张。但是，童话不同，童话的幻想性往往需要通过离奇的夸张表现出来，因此，童话的夸张可以打破时间和空间的限制，是一种强烈的、极度的夸大。例如，《格列佛游记》中的主人公格列佛在"小人国"中看到的一切神奇的景象：那里的人小得只有他一个指甲宽度那么高，他的手掌可以作为小人们演出的舞台，他的头发可以供小人们捉迷藏。而等他来到"大人国"时，情况发生了逆转：那里的人们大得出奇，道路、庄稼也都大得不得了，格列佛会被他们用两个指头捏住放在口袋里。

2. 拟人

拟人也称人格化，是指赋予人类以外的种种事物以人的思想情感和言行举止。

拟人是童话中使用最多的表现手法。拟人手法的运用符合幼儿"万物有灵"的心理发展特点，因此，童话自然地被儿童接受、认可和喜爱。例如，小朋友们通常都很喜欢《小马过河》中的小马，以及《三只小猪》中的那个勤劳、勇敢的猪弟弟。

值得注意的是，童话中的拟人是有原则的，即童话形象不仅具备人的特点，还要保留其作为物的某些基本属性，从而达到人性与物性的和谐统一。例如，我们可以写兔子智斗狮子，但绝不能违反狮兔之间的自然关系而让兔子吃掉狮子。

3. 象征

象征，是借助某一具体事物的形象来表现某种抽象的概念、思想、情感或他类事物。

象征是童话把幻想与现实结合起来的中介之一，也是童话创造典型形象的常用方法。例如，西方童话中人物的外部描写，金黄色的头发象征着清白，而黑色头发象征着邪恶；"丑小鸭"象征着逆境中的成长、是金子总会发光，"快乐王子"象征着人类的悲悯和自我牺牲的精神，而《皇帝的新装》中的"皇帝"则是贪婪、愚蠢和自负的象征。

在童话中，象征手法运用普遍，既有局部的象征，也有整体的象征。《青鸟》就是一部象征主义童话剧，剧作完全以象征为依托，青鸟象征幸福，主人公拜访"记忆之土""夜宫""幸福园""墓地""未来之国"找寻青鸟，象征人类获得幸福的可能途径。作品还以拟人形象直接象征了吃喝玩乐等享乐派的假幸福，儿童、健康、空气、亲人、蓝天、森林、日出、春天等幸福，公正、善良、思想、理解、审美、爱、母性等快乐。从整体到局部，作者将象征手法运用到极致，令诗意的想象和深邃的哲理在作品中达到完美的统一。

（三）童话的艺术风格

幽默本是喜剧的一种主要表现手法，是智慧的一种表达方式，是人类对娱乐游戏的根本需求，对于幼儿的成长来说更是必不可少。美国著名心理学家乔罗姆•辛格等认为："幽默作为人类一种特殊的认识活动，其萌芽自婴儿出生第二年起开始具备，从幼年起通过游戏培养婴儿的幽默感，对其日后的创造力的发展具有不可忽视的作用。"因此，幽默对于童话比之成人文学更加不可缺少。

由于幼儿语言行为的幽默感与成人有很大不同，因此童话中的幽默必须是简单、直接、新奇、多情绪化的且不必经过艰深的理解和逻辑推理的表达。童话中惯用的幽默手段主要有夸张带来的幽默、嘲讽带来的幽默和错位带来的幽默等。下面我们以《丑小鸭》为例，来重点感受一下夸张和嘲讽带来的幽默：

《丑小鸭》里夸张幽默的一段：

到天黑的时候，他来到一个简陋的农家小屋。它是那么残破，甚至不知道该向哪一边倒才好 —— 因此它也就没倒。

《丑小鸭》里嘲讽幽默的一段：

正在这时候，一只骇人的大猎狗紧紧地站在小鸭的身边。它的舌头从嘴里伸出很长，眼睛发出丑恶和可怕的光。它把鼻子顶到小鸭的身上，露出了尖牙齿，可是——扑通！扑通！——它跑开了，没有把他抓走。

"啊，谢谢老天爷！"小鸭叹了一口气，"我丑得连猎狗都不要咬我了！"

三、童话的类型

从不同的角度着眼，童话可以划分为不同的类型。

1. 从童话形成过程划分

从童话形成过程划分，可划分为民间童话和创作童话。

民间童话也称作传统童话，是劳动人民集体口头创作并在民间流传的童话。现在我们看到的民间童话多是后人搜集、整理、加工而成的。比较有代表性的民间童话集有《贝洛童话》《格林童话》，我国民间流传广泛的《狼外婆》等。

创作童话又称文学童话、艺术童话，是成人作家独立创作的童话。这类童话大都是从现实生活中取材创作的，如《猪爸爸的大烟斗》《没有水的消防车》《神奇的魔语》等。

2. 从童话体裁划分

从童话体裁划分，可划分为童话故事、童话诗、童话剧。童话故事，一般是用叙述体写作的，简称童话。用韵文来写作，形式上分行排列的童话就是童话诗，如阮章竞的《金色的海螺》。写成剧本形式的童话就是童话剧，如任德耀的《马兰花》。

3. 从童话内容划分

从童话内容划分，可以划分为文学童话和知识童话。

文学童话指借助幻想，用各种文学表现手法将现实生活编织成一幅奇异的图景，亦虚亦实、似幻犹真地表现作者思想情感的童话。

知识童话也称作科学童话，是科学文艺的一种形式，是以童话形式向幼儿传授浅显科学知识的童话。它把科学知识融入深受幼儿喜爱的童话中，是向幼儿普及科学知识的重要途径，如《小蝌蚪找妈妈》。

4. 从童话人物主要形象划分

从童话人物主要形象划分，可划分为拟人体童话、常人体童话和超人体童话。

拟人体童话在童话当中最为普遍，指童话中的主要形象是拟人化的"物"的童话。例如，《小猪照镜子》中的"小猪"和"小兔"都是被人格化的"物"，具有人的情感和行为。

常人体童话即童话中的主要人物是以普通人的形象出现的，但在描写人物时使用了夸张手法，如《皇帝的新装》中的"皇帝"。

超人体童话指童话中的主要人物形象具有超人的神奇能力，能创造超自然奇迹的童话。如我国儿童文学作家洪汛涛创作的《神笔马良》中的"马良"。

知识链接

童话的历史演变

童话历史悠久。它起源于神话、传说、民间故事。早期的童话，又称民间童话，是人民口头创作的文学。后来，作家根据这些材料进行整理加工，这就是以文学形式出现的最初的童话创作。较早从事这项工作的是17世纪的法国作家贝洛和19世纪的德国学者格林兄弟等。《贝洛童话》是一本讲给幼儿听的童话故事书，而《格林童话》中的大部分作品也都是幼儿童话。随着社会的发展，人类对文学需求的提高，有的作家又由整理、加工进而独立创造童话。例如，19世纪的丹麦作家安徒生为以后创作童话的发展奠定了坚实的基础；俄国诗人普希金用诗体改写的童话则被公认为是非常成功的再创作；20世纪，苏联的卡达耶夫、盖达尔，意大利的罗大里，瑞典的林格伦等的作品则为创作童话提供了优秀的范例。

中国童话源远流长。但是，童话创作的繁荣则始于"五四"运动前后。叶圣陶的《稻草人》是中国第一部创作童话集，有力地推动了中国童话的发展。此外，张天翼、严文井、陈伯吹、金近等均为此做出贡献。近年来，童话创作进入空前的繁荣期，涌现了许多新人力作。

在民间故事的基础上，经过古今中外大量优秀作家的辛勤"劳动"，童话终于成为一种独具特色的儿童文学体裁。我国最早的儿童文学开拓者周作人先生在《童话研究》中指出："童话是一种奇妙的艺术，也是最富儿童文学特点的一种文体。在儿童文学领域的诸多体裁样式中，它最能体现儿童文学的审美特征，因此受到小读者的普遍欢迎，成为儿童文学中的主体。"

——摘自方美波主编的《幼儿文学作品导引》

第二节 寓 言

什么是寓言呢？它与童话相比，又有哪些特点呢？本节我们将重点学习寓言。

一、寓言的含义

"寓"是"寄托"的意思。寓言，即"寄寓之言"，"意在此而言寄于彼"。寓言，简而言之，是指一种包含深刻讽喻意义的简短故事。寓言的创作者会把要揭示的某种道理或哲理寄托在一个短小的虚构的故事中，借以达到讽刺、批评某种不良的社会现象，或者为世人提供教训、进行劝诫的目的。因而，寓言由两部分构成，即喻体和本体。喻体就是寓言所叙写的故事，而本体是指故事背后所阐明的教训或哲理，即寓意。寓意是寓言的灵魂所在。

寓言一词最早见于《庄子》。《庄子·寓言篇》写道："寓言十九，藉外论之。"《释文》解释："寓，寄也。以人不信己，故托之他人，十言而九信。"可见庄子所谓寓言就是作者认为直接发表自己的观点或见解不如假托别人来说更有说服力。此时寓言还不是一种特定的文体。后来人们对寓言这一概念作了许多解释，如偶言、储说、譬喻、蒙引、况义等。直到1902年，林纾与他人合译出版了新本《伊索寓言》；1917年，茅盾整理出版了《中国寓言（初编）》。至此，寓言在中国学术界取得了统一的称谓。

二、寓言的特点

（一）寓意明确

寓言的寓意所体现出来的哲理性和教训性是十分强烈而明显的。

寓言的寓意一般分为两种类型，一种是经验教训型，这类寓言一般而言会体现作者对生活的思考和认识，蕴含着深邃的生活哲理，闪烁着人类理性智慧的光辉；另一种是讽刺型，包括揭露和抨击统治阶级的强权、残酷、腐朽和不合理的社会现象，嘲笑人们的某些愚蠢行为和批判人们思想性格中的弱点和缺陷，如《狼和小羊》、莱辛的《水蛇》等。

寓意的表达方式也有两种。一种是寓意隐含于作品中，作家不加说明，由读者自己去体会挖掘。例如，我国古代的寓言《守株待兔》讲述了一位宋人偶然捡到一只撞到树桩而死的兔子，就不再耕种，每日等待有一只兔子再次撞到树上的故事。作者只讲故事，但是读者通过这个故事领悟到一个哲理：绝不能把偶然出现的事情当成规律性的事情而心存侥幸，企图不劳而获，那样做的结果只能成为别人的笑柄。另一种是既讲故事，又明确说明寓意，或在寓言的开头，或在寓言的结尾，如《乌鸦和狐狸》《狗的友谊》《橡树下的猪》等。至于是否表明寓意，则由作者根据故事的具体情况和文化传统决定。

（二）虚构比喻

寓言是借助于比喻来讲述道理，既然是比喻，就具有明显的虚构性，而且作者也不会特意掩饰虚构，读者也不计较这一点，只要举例恰当或比喻巧妙，言之有理，即使读者明知是假，也乐于接受，并且可以受到教育。

寓言的虚构性具体表现在以下几个方面：一是故事中的时间、地点等大都是泛指；二是人物情节并非真实存在。当然，需要指出的是，寓言的虚构必须建筑在现实生活的基础上。例如，现实生活中有不少急躁而又主观的人，所以寓言中才会出现"拔苗助长"这一类故事；现实生活中还有不少机会主义者，所以寓言中才会出现"守株待兔"的人。虚构不能天马行空，必须依据和抓住事物的本质，遵照客观规律行事，符合逻辑，如吃人者的凶残、顺从者的软弱、骗子的狡猾、上当者的愚蠢等，这些都是事物的本质所在；

而骄者必败、作恶者必自毙等，这些都是事物发展的规律。而寓言作家要依据这些规律进行虚构，否则就成为无稽之谈，失去了寓言的意义和作用。

（三）篇幅短小，语言精练，概括性强

寓言篇幅短小，语言精练而概括性强。寓言作者通常截取生活中一个最富代表性的片断加以概括，重在揭示道理，并不注重对细节的描写，而是把深刻的道理浓缩在一个短小故事里。例如，《伊索寓言》中的《母狮与狐狸》，全文由狐狸和狮子的两句对话构成。狐狸夸耀自己的孩子多，狮子冷冷答道："我只有一个（孩子），不过它是狮子。"仅几十字，既表现了狮子的机智，又精练地阐明了"价值不能单以数目来计算，须看那德行"的深刻寓意。例如，卡尔·恰彼克的寓言《狼和山羊》是这样写的："让我们在节约的基础上签订一项协议：我不吃你的草，而你要自愿地把你的肉供给我。"

这里用的是独白的形式，整个故事只有一个长句，却极为尖锐地讽刺了"吃人者"的哲学，无情地揭露了他们的嘴脸。这种入木三分的讽刺，所用的语言已经达到最少的限度，如果没有极高的概括能力和缜密而又犀利的观察能力是达不到的。

三、寓言与童话的区别

寓言与童话两种文学体裁之间的区别很大，主要表现为三点：一是寓言情节相对简单，而童话则要求行文曲折、情节丰富，力求生动有趣、吸引读者；二是寓言一般篇幅短小、言简意赅，而童话则结构复杂、篇幅较长；三是对象不同，童话的对象主要是儿童，而寓言的对象就不限于儿童，不少寓言是为成年读者作借鉴的。

知识链接

寓言的三大发祥地：古希腊、古印度和中国

寓言最初是民间流传的口头文学，是世界上最古老的文学体裁之一，与童话同源同根。古希腊、古印度、中国是世界寓言文学的三大发祥地。

古希腊寓言是西方寓言的源头，《伊索寓言》被誉为西方寓言的鼻祖，它是由后人搜集整理的民间流传的古希腊寓言的汇编，归于公元前7世纪的伊索名下。《伊索寓言》的内容涉及社会、人生、道德、伦理等各个方面，反映出许多事物的规律，体现了古希腊人民的聪明智慧，是世界民间文学的精华，如《狼和小羊》《狐狸和葡萄》《乌龟和兔子》《农夫和蛇》等。古希腊寓言之后，西方寓言发展史上出现了几位重要作家。例如，17世纪法国的拉封丹（《寓言诗》）、18世纪德国的菜辛（《寓言三卷集》）、19世纪俄国的克雷洛夫（诗体写就的寓言）等都是世界级的寓言大家。

古印度寓言是世界上最古老的寓言之一，对于世界寓言的发展产生重要影响。古印度寓言主要收集或改编在《五卷书》和佛经中，如《佛本生故事》《百喻经》等。随着佛教传入中国和东南亚各国以及欧洲，这些寓言对世界寓言的发展产生了巨大的影响。

中国古代寓言源远流长,其发展先后经历了先秦的说理寓言、两汉的劝诫寓言、魏晋南北朝的嘲讽寓言、唐宋的讽刺寓言和明清的诙谐寓言五个阶段。至今大量的寓言成为成语,如《望洋兴叹》《杞人忧天》《南辕北辙》《买椟还珠》(多为诸子散文)。中国现代寓言是在广泛吸取我国古代传统寓言和欧洲寓言等的精华后形成的一种新的寓言。

——摘自《实用儿童文学教程》

第三节　童话、寓言阅读欣赏

一、童话的欣赏

（一）经典童话欣赏

1.《贝洛童话》

　　提到《小红帽》《穿靴子的猫》《灰姑娘》《蓝胡子》《睡美人》等童话名篇,人们会想起《格林童话》。实际上,在《格林童话》出版（1812 年）前一个多世纪,这些童话已经被收录到另一本著名的童话集《鹅妈妈的故事》中。《鹅妈妈的故事》诞生于 17 世纪的法国,这部童话集一经问世就立即受到孩子们的热烈欢迎,成为法国家喻户晓的儿童经典读物。这个童话集包括 11 篇童话,都是民间流行的传说。作者并没有停留于简单的收集整理,他在保留了民间文学对比鲜明、极富幽默感的生动情节的同时,在改写中进行了补充、发挥,把口头文学所欠缺的形象刻画和生活图景描写引入情节之中,使其更加曲折有致,文学色彩浓重,从而更具艺术魅力。与《格林童话》相比,这可以说是一部作家再创作的童话集。

　　这部童话集的作者就是法国著名的作家夏尔·贝洛。

　　『作者简介』

　　夏尔·贝洛（1628—1703 年）是一位法国作家,出生于巴黎一个资产阶级家庭,他的父亲是巴黎最高法院的律师,他自己也当过律师,并曾任皇家建筑总监。在少年时代,他就显露出文学才华,后来成为颇有名望的诗人,1671 年,他被选入法兰西学士院。他号召作家反映当代人的生活和道德观念。就在这个思想的指导下,他开始了民间童话的改写工作。由于他违背封建王朝的正统观念,受到官廷的冷遇,晚年过着隐居生活。在他 69 岁时,也就是 1697 年,他在巴黎出版了一本童话集。这本童话集在最初出版的时候,书名叫《有寓意的传说集》,后来又称为《鹅妈妈的故事》,现在也被称为《贝洛童话》。

穿靴子的猫

一个磨粉匠给他的三个儿子留下了自己仅有的财产：一盘石磨、一匹驴和一只猫。三兄弟既没有请公证人，也没有雇辩护人，就很快地分了这些东西——如果雇请这些人，这点可怜的遗产还不够付他们的工钱呢。大哥拿了石磨，二哥得了驴，而小弟弟只分得了那只猫。

小弟弟拿到一份这么可怜的财产，心里很悲伤。"大哥、二哥要是合伙，就能体面地谋生了。"他说，"可是我呢，即使吃掉了猫肉，再把猫皮做一副袖笼，到头来也只会饿死。"

猫听了这番话，装作没听见。它稳重而严肃地对主人说："请你不必烦恼，我的主人。只要你能给我一个口袋，另外再给我一双靴子，让我能在荆棘地上走路，那么你就会发现，你拿到的这份财产，并不像你想的那么差劲。"

主人虽然不太相信它的话，但他倒见过这只猫在捉耗子的时候很能玩弄灵巧的花招，还会倒挂着身子或者躲在面粉里装死。因此他想，猫也许能帮助他摆脱贫困，所以对猫并没有完全失望。猫得到了所要的那些东西。

它勇敢地穿上靴子，把口袋系在脖子上，用两只前爪握住袋口的绳子，到一座有很多兔子居住的森林里去了。它在口袋里放了一些米糠和莴苣，然后躺在地上装死，等待那些年轻的、还不大懂得世上圈套的兔子进到袋子里来吃。

它刚刚躺下就交了好运气：一只冒冒失失的年轻兔子走进了它的口袋里。猫立刻把绳子一拉，毫不留情地把兔子捉住并且勒死了。猫得意扬扬地带着它的猎物去王宫求见国王。它被引到国王的住处后，向国王深深地鞠了一躬，说："陛下，这只兔子是我的主人卡拉巴侯爵（这是它为主人随意编造的名字）委托我奉献给您的。"

"告诉你的主人，"国王回答说，"我谢谢他，他的礼物使我很高兴。"

第二天，猫出去躺在麦地里，还是握住那只张开口的袋子。当两只鹧鸪进到里面时，它一抽绳子，把它们双双捉住了。随后，它又像上一次那样把它们送给了国王。国王愉快地收下了这对鹧鸪，还赏了它一些钱。

就这样，猫经常以它主人的名义向国王贡献猎物。这样持续了两三个月。

有一天，它得知国王要去一条河边游玩，并且带着他的女儿——世界上最美丽的公主同行。它就对主人说："假如你能照我的话去做，你就能走运了：你只要到那条河里我指给你的一个地方去洗澡就行了，其余的事我就会替你张罗的。"

那位所谓的卡拉巴侯爵照着猫的话去做了，心里实在猜不透猫玩的是什么把戏。

他正在河里洗澡的时候，国王的马车经过河边，那只猫就拼命地大叫起来："救命啊，救命啊，卡拉巴侯爵快要淹死啦！"

国王听到喊声，从车窗里探出头来，认出了那只常常送野味给他的猫。他就立刻命令卫队去抢救卡拉巴侯爵。

当人们把可怜的侯爵从河里救起来时，猫走近马车对国王说，在它的主人洗澡时，来了一群小偷，虽然他大喊捉贼，小偷还是偷走了他的衣服。其实，是这只调皮的猫把衣服预先藏在一块大石头底下了。国王立即命令管衣服的侍从选出一套自己穿的最华美

的衣服送给卡拉巴侯爵。

国王向侯爵表示了深切的慰问。侯爵穿上国王的衣服后显得更漂亮了（他本来就很俊美）。国王的女儿对他产生了好感，而当他恭敬而温柔地看了公主两三眼以后，公主便狂热地爱上了他。国王请侯爵坐到自己的车里，一起去游玩。

猫看到它的计策快要成功，心里乐滋滋的，一直跑在马车前头。不一会儿，它遇见一些农民在草地上割草，就对他们说："嗨，割草的好百姓们！假如你们不向国王说这块草地是属于卡拉巴侯爵的，你们都将被剁成肉酱！"

国王经过草地时，果然问起这块草地是谁的。"是属于卡拉巴侯爵的！"割草的人们齐声回答。因为猫的话把他们吓坏了。

"你的草地很美啊！"国王对卡拉巴侯爵说。

"是的，陛下。"侯爵回答，"这块草地每年的收成都很好。"

猫继续在前面跑着。它遇到了一些收割麦子的人，就对他们说："嗨，割麦子的好百姓们！假如你们不向国王说这块麦地是属于卡拉巴侯爵的，你们都将被剁成肉酱！"

不久国王经过这里，问起他见到的这块麦地是谁的。"是属于卡拉巴侯爵的！"割麦子的人们齐声回答。

国王又赞赏了卡拉巴侯爵。

猫一直在马车前头跑着，不论遇到什么人，都对他们说同样的话。由此，国王对卡拉巴侯爵所拥有的财富大为惊叹。

最后，猫来到一座美丽的城堡。这座城堡的主人是一个极其富裕的妖精。原来，国王一路经过的地方都是属于它的。

猫仔细打听了这个妖精是谁，它有什么本领，然后要求和它见面，说是既然来到城堡门口，如果不进去拜访主人，就会显得非常失礼。

妖精尽量以妖类能够做到的文雅礼节来接待猫，它请猫坐下。

"有人对我讲，"猫说，"你有变作各种动物的本领，比方说，变成一只狮子或者一头大象。"

"不错，"妖精粗鲁地回答，"我可以证明给你看，现在我来变作一头狮子。"

猫看到一头狮子忽然出现在它的面前，吓得要命，连忙跳上了屋檐。因为穿着靴子，它跳起来既吃力又危险，在瓦楞上走路也很不方便。过了一会儿，猫看到妖精恢复了原形，才敢从屋顶上下来。它承认刚才被吓得胆战心惊。

"还有人对我讲，可是我不相信，"猫说，"说你还能变成最小的动物，例如变成一只耗子或者田鼠。老实说，我认为这是不可能的。"

"不可能吗？你看着！"妖精说着，马上变成了一只耗子，在地板上奔跑。猫一见耗子，立刻扑上去，一口就把它吃掉了。

这时候，国王经过这里。他见到这座美丽的城堡，很想进去瞧瞧。

猫听见吊桥上辚辚的马车声，就跑上前去迎接，朝着国王高声叫道："欢迎陛下光临卡拉巴侯爵的城堡！"

"怎么，侯爵，这座城堡也是你的吗？"国王惊呼起来，"啊，这个塔楼及其周围的建筑真是美极了！让我们再到里面看看吧。"

侯爵挽着公主，跟随国王进到一个大厅里。那里已经摆下了一桌丰盛的酒席，这本来是妖精为它即将来访的朋友们准备的。

那些朋友听说国王在里面，都吓得不敢进来了。国王对侯爵的品格十分赏识，又看到他拥有巨大的财富，同时知道女儿对他非常钟情，所以他喝了五六杯酒以后，便对侯爵说："侯爵，你愿意做我的女婿吗？当然这完全由你自己来决定。"

侯爵向国王深深地行了礼，领受了国王给他的荣幸。

当天晚上，他就和公主结婚了。猫从此成了大功臣。它不再捉耗子了，即使有时捉一下，那也只是玩玩而已。

林中睡美人

从前有一个国王和一个王后，他们因为没有孩子而整天忧愁，忧愁得简直无法形容。为了求子，他们走遍了五湖四海，许愿，进香，什么办法都用过了，但是没有灵验。

谁知后来王后终于怀孕了，生下一个女孩儿。人们为孩子举行隆重的洗礼，请全国所有的仙女（一共是七位）来当小公主的教母。按照当时的风俗习惯，每个仙女都要送给孩子一件礼物，也就是赋予小公主一种品质或才能，使她成为世界上最完美的人。

洗礼仪式完毕后，宾客们回到了王宫里。那里设了盛大宴席，来招待全体仙女。她们每人面前都有一份精致的餐具——一个巨大的金盒里放着一把汤匙和一副刀叉，汤匙和刀叉都是用纯金铸成的，上面镶嵌着钻石和红宝石。

客人们正要就席的时候，忽然进来一个老仙女。这个仙女没有受到邀请，因为五十多年来，谁也没有看到她从隐居的古塔中走出来，大家以为她不是死了，就是被邪法摄住了。

国王吩咐为她摆上一份餐具，但无法给她同样的金盒，因为这样的金盒只为七位仙女定制了七只。老仙女认为这是对她的藐视，喃喃地抱怨和威胁了一阵。坐在她身旁的一个年轻仙女听到她的唠叨，料想她可能会伤害公主。于是她在散席后躲到一个挂着壁毯的屏风后面，等待最后发言，以便尽力消除老仙女可能造成的不幸。

这时，仙女们开始向公主赠送礼物了。最年轻的仙女送的是美丽，她要使公主成为世界上最漂亮的姑娘；第二位仙女送的是智慧，她要使公主变得天使般聪明；第三位仙女要使公主在一切活动中有优美绰约的风姿；第四位要使公主翩翩善舞；第五位要使公主的歌声像夜莺一样动听；第六位要使公主能美妙地演奏各种乐器。

下一个就轮到老仙女了。

她一开口就摇起头来——这并不是因为年老力衰，而是表明她要发泄怨恨。

她说："公主会被一枚纱锭刺破手指而丧命。"

这份可怕的礼物使满座宾客惶恐战栗，人人落泪痛哭起来。

这时，那位年轻的仙女从屏风后面走出来，高声地说：

"国王，王后，请你们放心！你们的女儿绝不会这样死去。是的，我没有足够的能力来完全推翻长者所说的话——纱锭将会刺破公主的手指，但是她不会因此丧命，她只会沉沉入睡一百年。一百年以后，一位王子将把她唤醒。"

为了尽量避免老仙女播下的灾难，国王发布一道诏书：禁止任何人用纱锭纺线，也

不许在家里藏纱锭，违者一律处以死刑。

十五六年过去了。

有一天，国王和王后去一所别墅游玩，年轻的公主就在城堡的各间屋子里进进出出，跑来跑去，最后走到瞭望塔顶的一个小房间里，那里有一位老妈妈正在用纺锤纺线。这位善良的老人从来没有听说过国王禁止用纱锭纺线的命令。

"您在做什么，老妈妈？"公主问。

"我在纺线，我的美丽的孩子。"老人回答说。她一点不认识这位姑娘。

"啊，真好玩！"公主说，"您是怎么纺的？让我也来试试，看能不能干得跟您一样。"

因为公主动作太快，再加上粗心大意，更由于仙女预言的遭遇，所以，她刚刚拿起纱锭，手指就被刺破了，于是便倒下昏迷不醒。

好心的老人着了慌，大声喊救命。人们从各处赶来。他们把冷水洒到公主的脸上，又解开她的衣服，拍打她的手掌，还用匈牙利皇后水涂擦她的鬓角。但是这一切都不能使公主苏醒过来。

国王在嘈杂的人声中来到楼上。他记起了仙女的预言，知道这件事是无法避免的。于是吩咐把公主送到宫中最精致的房间里，让她安卧在一张覆盖着金银线绣的罩单的床上。公主依然像天使一样美丽：她那容光焕发的红润的脸蛋和珊瑚般可爱的嘴唇与平日完全一样。她虽然紧闭着双眼，但是轻柔的呼吸声分明可以听见，这表明她并没有死去。

国王命令让公主静静地安睡，直到她自己苏醒。

当公主遭遇不幸时，那位救了公主性命让她沉睡一百年的好仙女正在一万两千里以外的马达干王国。一个穿七里鞋的矮人（穿上这种靴子，跨一步就是七里远）将这一信息通报给仙女。仙女立刻动身，乘着一辆群龙驾驶的光彩夺目的四轮车，一小时后赶到了王宫。

国王迎上前去，搀扶仙女下车。仙女称许国王为公主做的一切安排。仙女有高度的预见性。她想，公主醒来后发觉偌大的宫廷只有她自己一个人，一定会感到惶恐不安。于是她用仙杖点了宫中的每个人（除了国王和王后之外）：宫女、宫娥、使女、绅士、官吏、总管、御厨、帮办、小厮、卫士、哨兵、仆役和随从。她还点了马厩中的御马和马夫，饲养场里的大狗和公主的小狗布弗尔——它正躺在公主身边。一宫人马随着仙杖掠过都昏昏睡去，他们将随着女主人一起醒来，以便按照她的需要继续服侍她。烤在炉火上的鹧鸪串和山鸡串也酣睡了，连火也睡着了。所有的一切在一刹那全部沉沉入睡：仙女做事向来不费很多工夫。

国王和王后吻别了入睡的爱女，离开了宫殿。他们发布一道命令：禁止任何人走近这座城堡。其实这一禁令是多余的，因为在一刻钟之间，城堡花园的四周生长起无数大小树木和丛丛荆棘，它们互相攀附缠绕，人和野兽都无法通过，只有城堡的塔尖露出在树林之上，从远处可以望见。这无疑又是仙女的魔力。这样，公主在安睡中可以不受好奇的行人的惊扰了。

时间过去了一百年。

当代的一位王子——他与沉睡的公主不是同一家族——来到这一带打猎。当他看到耸立在密林之上的城堡尖顶时，便向过路人打听那是什么地方。行人们根据各自的道听途说向王子做了不同的回答：有的说，那是一个鬼怪盘踞的古堡；有的说，一群巫师正在里面度安息日。最普遍的说法是，城堡里住着一个妖精，他把在各处捉到的小孩带到那里去随意吞吃，而别人却无法追踪他，因为只有他才能穿过这座密林。

王子不知道该信谁的话。这时，一位老农对他说："我的王子，五十多年前，我听我的父亲讲过，这座城堡里有个世界上最美丽的公主。她要在那里沉睡一百年，然后由一位王子把她唤醒。她正等待着她的心上人呢。"

年轻的王子听了这番话，顿时热情洋溢，毫不怀疑自己能成功地经历这场美妙的冒险。他为爱情和荣誉所驱使，决定立刻到城堡去看个究竟。

王子刚走进森林，大小树林和荆棘全都自动地闪在两边让他通过。他看到城堡就矗立在他所行进的大道的尽头，便一鼓作气朝它走去。使他感到惊讶的是，他发现没有一个随从能和他一起进入森林，因为树林在他身后又自动合拢了。他继续独自向前迈进：满怀爱情的年轻王子总是无所畏惧的。

王子走进城堡的前院。他在这里所见的一切使他毛发悚然：到处是可怕的沉寂，到处是死的景象，到处躺着一些好像死去的人和动物的躯体。然而，他很快发现一些卫兵的鼻子上竟长着疹疮，脸也是红彤彤的，他这才明白原来他们正在酣睡。他还看到他们的酒杯中留有残酒，证明他们是在饮酒时睡着的。

他接着穿过一个大理石砌成的院落，登上楼梯，进入卫戍厅，卫兵们在那里整齐地持枪列队，但个个都在呼呼地打鼾。他又经过几个房间，里面是一群群的绅士和贵妇人，有的站着，有的坐着，全都在梦乡里。

最后，他走进一间金碧辉煌的卧室，看到一幅从未见过的美景：在一张锦帷掀卷的床上，躺着一位年约十五六岁的公主，圣洁明媚的光华从她身上向四周闪耀。王子战战兢兢地慢慢挨近她，欣赏着她的美貌，最后跪倒在她的身旁。

于是，仙术被解除，公主醒来了。她用无比温柔的目光——这样的目光一般人在初次见面时是不可能有的——看着王子，说："是你吗，我的王子，你等我很久了吧？"

公主的话使王子心花怒放，而公主说话的姿态更使王子如痴似迷了。他不知道该怎样向公主表示他的快乐和感激。他对公主恳切地说，他深深地爱她，比爱自己还要爱她。他的话语无伦次，没有雄辩的口才，但句句含情脉脉，使公主十分欣喜。公主倒没有像他那样难为情，这也并不奇怪，因为她事先已经想好了要对王子说些什么话，那位好心的仙女显然让她在长眠之宫快乐地做过许多美梦（虽然故事里没有提起）。总之，他们两人倾心交谈了四个钟头，但想说的话连一半还没有说完。

整个宫廷的人都随着公主醒来了，每个人都想起了自己的职责。他们并不是个个都陶醉在爱情里，所以感到饿得要命。宫女们跟其他人一样，急不可待地高声喊道："请公主入席！"

他们一起步入挂着镜子的客厅，在那里共进晚餐。仆人们侍候在周围，小提琴和双簧管奏起了古典乐曲。这些曲子已经有一百年没有演奏，但是听起来依然优美动人。晚餐以后，人们没有浪费时间，神甫请他们在城堡的小教堂里举行了婚礼，随后宫女们替新人揭开床帷。他们睡得很少，公主更不需要很多睡眠。第二天早上，王子怕他爸爸惦念，就告别公主回京城去了。

王子回家后告诉爸爸，他在森林里打猎时迷了路，晚上睡在一个烧炭人的茅屋里，那烧炭人还请他吃了黑面包和奶酪。国王是个老实人，相信了他的话，但是他的妈妈却很怀疑。她见他几乎每天都出去打猎，有时一连两三夜不归，总拿一些理由来搪塞，就猜想他已有了情人。

王子和公主一起生活了两年多，生了两个孩子，一男一女，姐姐名叫晨曦，弟弟唤作阳光，因为弟弟比姐姐还要美丽。

王后为了从儿子口里得到一些把柄，几次向他提起亲事。但王子无论如何不敢把自己的秘密告诉他的妈妈。他虽然爱他妈妈，但却很怕她，因为她是妖族里的人。国王当年跟她结婚完全是贪图她的财产。宫廷里的人私下还在议论她的妖精禀性：她看见小孩子路过时，会情不自禁地往他们身上扑去。因此，王子打算永远不向她透露真情。

两年以后，老国王死了，王子继承王位。他公布了自己的婚事，隆重地把王后——他的妻子——从她的城堡接回京城。人们在城里搭起富丽堂皇的牌楼，王后在全体宫廷人员的护送下进了城。

不久，国王出发去和邻国的冈达拉布特皇帝打仗。整个夏天他都要在战场上度过。所以就把国家交给他的母后管理，同时还把他的妻子和孩子郑重地托付给她照料。

国王走后，母后为了方便满足自己可怕的欲望，将王后和两个孩子迁居到树林中一所简陋的小屋里。

过了几天，她本人也来到那里。一天晚上，她对御厨总管说："明天，我要把小晨曦当午饭吃。"

"啊？！夫人……"总管惊呼起来。

"我想吃就要吃！"母后带着妖精看见鲜肉时忍不住流口水的语调说，"而且要用罗伯尔酱蘸着吃。"

总管知道无法违抗，只好拿了刀，来到小晨曦的房间里。小晨曦才四岁，看到总管进来，跳着笑着扑向他的怀里，向他讨糖果吃。总管见到这般情景，禁不住泪流满面，刀子从手里滑到了地上。

他于是转身走到饲养场里，宰了一头小绵羊，蘸上罗伯尔酱，送给了母后。母后吃完后，称赞这是她从来没有尝到过的佳肴。

在这同时，总管把小晨曦交给了他的妻子。他的妻子就把孩子藏在饲养场尽头的自己家里。

过了一星期，可恶的母后又对总管说："明天，我要把小阳光当晚饭吃。"

总管没有与她争辩，决定照上次的办法蒙骗她。他先找到了小阳光。那孩子还只有三岁，正拿着一把玩具宝剑跟一只大猴子玩耍。他又把孩子交给了妻子，他的妻子把他和小晨曦藏在一起。随后，总管用一头很嫩的小山羊代替小阳光送给了妖精。妖精吃完后又啧啧称奇。

一切都顺利地过去了。可是，有一晚，凶狠的母后又对总管说："我这次要吃王后了，还给我用同样的酱做调料。"

可怜的总管这下想不出办法瞒骗她了：王后已经二十多岁了——当然不算那沉睡的一百年，虽然皮肉非常洁白美丽，但已经不是那样幼嫩了，怎么能从饲养场里找到一头合适的动物来代替她呢?

为了保全自己的性命,他只好决定把王后杀死。他拿了刀,鼓起狠劲,来到年轻王后的房里。他不忍突然下手,而是先非常尊敬地向她转告母后的命令。

"你就动手吧," 王后说着把脖子伸了过去,"执行她给你的命令吧,让我到地下看望我的孩子们去,看望我如此心爱的可怜的孩子们去!"

因为自从孩子们被带走以后,王后得不到他们的任何消息,以为他们都已经死了。

"不,不," 总管被感动,向王后连声说道,"你不该死,你应该跟你的孩子们团聚,但这不是在地下,而是在我的家里,是我把他们藏起来了。我将找一头牝鹿来代替你,再次瞒过母后。"

总管立刻把王后接到自己家里。王后见了孩子们,一边拥抱,一边哭泣。

总管宰了一头牝鹿。母后在晚餐时把它当作王后津津有味地吃了一顿。她对自己的残忍十分得意,并且准备在国王回来后向他谎报说,王后和孩子们是被恶狼吃掉的。

一天晚上,她跟往常一样在宫中的庭院里和饲养场周围徘徊,想闻闻哪里有生肉的气味。她忽然听到从一间低矮的小屋里传出了小阳光因淘气而挨打的啼哭声,以及小晨曦在妈妈面前为弟弟求饶的叫喊声。妖精知道王后和孩子们都没有死,自己受了蒙骗,怒火顿时从心底升起。

第二天一早,她用人人听了都会发抖的恐怖的声音宣布一道命令:叫人在庭院正中架起一个大木桶,里面放了癞蛤蟆、蝮蛇、水蛇和蟒蛇,要把王后和她的两个孩子,以及御厨总管、他的妻子和女仆统统扔进桶里。她命令把他们的双手反绑,带到大木桶跟前。

他们被带过来了。当刽子手正要将他们推入桶时,国王——人们没有料到他这么快回来——骑着马跑进宫来了。他是回来进行视察的。他看到这一可怕的场面,大吃一惊,忙问是什么缘故,但是没有一个人敢回答。妖精见到这般情景,气急败坏地一头扎进了大木桶,片刻之间就被那些毒物吃掉了。

国王不禁有些悲伤,因为她是他的妈妈,不过他很快在跟美丽的妻子和孩子们的团聚中得到了安慰。

2.《格林童话》

《格林童话》产生于19世纪初,是由德国著名语言学家雅各布·格林和威廉·格林兄弟收集、整理、加工完成的德国民间文学。它是世界童话的经典之作,自问世以来在世界各地影响十分广泛。格林兄弟以其丰富的想象、优美的语言给孩子们讲述了一个个神奇而又浪漫的童话故事。《格林童话》带有浓厚的地域特色、民族特色,富有趣味性和娱乐性,对培养儿童真、善、美的良好品质有积极意义。

格林兄弟出生于莱茵河畔的哈瑙,具有很高的创造力,将当时民间的文学资料搜集起来,并合而为一,哥哥雅各布·格林是严谨的语言学家,弟弟威廉·格林文笔优美,最后他们共同编成《儿童与家庭童话集》。格林兄弟生前出版(第七版)的故事集有200则,加上圣徒传说多达210则,再加上补遗就有215则。其中以《受骗的青蛙》《雪白和玫瑰红》《猫和老鼠交朋友》《聪明的农家女》《三兄弟》《月亮》《熊皮人》《石竹》《白

雪公主》《糖果屋》《青蛙王子》《渔夫和他的妻子》《野狼和七只小羊》《大拇指》《勇敢的小裁缝》《不来梅的音乐家》等最为著名。

不来梅的音乐家

　　从前有个人，他有一只驴，那只驴已经常年没有怨言地在磨坊里驮米袋了。但现在它老了，对于磨坊的工作不再适合。主人考虑着要把它赶走。但那只驴意识到了主人的用意，它逃了出来，踏上了去不来梅的路。它想，在那里，它或许能成为一个城市音乐家。

　　它跑了一会，发现一只猎狗躺在路边可怜地哀号。

　　"你为什么哀号呢？"驴问。

　　"唉，"狗说，"因为我老了，一天比一天虚弱，也不能再狩猎了，我的主人想打死我。所以我逃了出来。但是，现在的我该如何才能挣口饭吃呢？"

　　"你知道吗？"驴说，"我现在去不来梅并且将在那里成为城市音乐家。你和我一起从事音乐吧。我弹琉特琴（形似琵琶），你来打鼓。"

　　狗同意了，它们开始结伴而行。不久，它们看到一只猫坐在路边，脸阴沉得像下了三天雨。

　　"什么惹到你了，清理胡须的老家伙？"驴问。

　　"性命攸关的时候，谁会开心得起来！"猫回答，"因为我现在老了，我的牙齿变得钝了，相比抓老鼠我也越来越喜欢坐在火炉后面打呼噜，我的女主人想把我溺死。我虽然可以从那里悄悄逃出来，可是谁又能告诉我，我该去哪里呢？"

　　"和我们一起去不来梅！你精通夜里的音乐，在那里你可以成为城市音乐家。"

　　猫认为这很好，也一起上路了。

　　它们三个这么一起走过一个花园。那里，一只家鸡站在门上拼命地叫喊。"你叫得实在令人受不了，"驴说，"你怎么了？"

　　"女主人命令女厨师今天晚上宰了我。明天，就是星期天，她有客人来访，她要把我做成鸡汤。我还能扯破喉咙叫多久，我就要叫多久。"

　　驴说："你还是跟我们走吧，我们去不来梅，总比死了的好。你有很好的声音，如果我们一起搞音乐，听起来一定会很美妙的。"鸡很赞同它的建议，四个一起又上路了。

　　它们在天亮以前无法到达不来梅，黄昏来临时，它们来到了将度过一晚的森林。

　　驴和狗躺在一棵大树下，猫攀上一个树枝，鸡飞上了树梢，那里对它们来说是最安全的。它睡前，鸡环顾了一下四周。它发现一点光亮，就告诉它的同伴们，附近一定有人家，因为它看到了光。

　　驴回答道：

　　"那我们都起来继续赶路吧，在这里留宿条件实在太差了。"狗也认为，有几根骨头和肉更好。

　　于是它们起身朝着亮处走去。很快它们觉得光越来越亮，而且变得越来越大，直到它们来到一个灯火通明的强盗窝。驴作为个子最大的一个，来到窗前朝里看去。

"你看到了什么，灰驴？"鸡问。

"我看到什么？"驴回答，"一张满是酒菜的桌子，强盗们围坐在桌边！"

"这可能是为我们准备的。"鸡说。

动物们在那里考虑，如何行动才能把强盗们引出来。终于它们找到了一个方法。

驴用前蹄扒在窗上，狗跳到驴背上，猫爬到狗身上，最后由鸡跟上站到猫的头上。开始行动了，它们按暗号开始，演奏起音乐：驴在叫，狗在吠，猫在喵喵叫，鸡也在啼。声音把玻璃窗震得咯咯响，帮助它们从窗口进去。

强盗们听到了这可怕的巨大声音，认为是鬼魂来了，纷纷害怕地向森林逃去。

现在动物社团坐在桌边，每个都尽兴地享受味道绝美的食物。吃完以后，它们关上灯，每个都找到了一个美餐后睡觉的地方。驴躺在了粪堆上，狗在门后，猫在热乎乎的灶台上，鸡则飞到了屋顶上。由于一天的长途旅行，它们立刻就睡着了。

午夜来临，强盗们从远处望了望，屋里没有灯亮着，一切看上去都很安静，带头的说："我们可不应该惊慌失措。"他派一个强盗回去看看屋里是否还有人。

那强盗发现一切都寂静无声。他走进厨房想把灯点上。那里，他看到了猫闪闪发亮的眼睛，想，这应该是烧红的炭。他拿出硫石想取火。可是猫不知道，跳上去对着他的脸用尽力气抓。他害怕了，想往门后逃。但是在那里躺着的狗跳起来咬他的腿。当那强盗穿过走廊经过屎堆时，驴还用后蹄给了他狠狠的一下。被吵闹声从睡梦里惊醒的鸡，从屋顶往下叫："KIKERIKI！"

那强盗用劲全力跑回带头的强盗那里说："屋子里有个可怕的巫婆，她向我吹气，还用她那长指甲抓我的脸。门边站着一个拿刀的人，捅了我的腿。走廊里躺着一个黑的暴力人，用木棒揍我。屋顶上坐着一个评判员，在那大叫：把那无赖给我抓来！我去了，就这样。"

从那以后，强盗们再也不敢进那座房子了，四个不来梅城市音乐家很喜欢那里，再也不想搬出去了。

3.《安徒生童话》

《安徒生童话》是丹麦作家安徒生的童话作品，也是世界上最有名的童话作品集之一。

汉斯·克里斯蒂安·安徒生（1805—1875 年），丹麦 19 世纪著名的童话作家，是世界文学童话的代表人物之一，被誉为"世界儿童文学的太阳"。

安徒生的童话创作时期分为早、中、晚三个时期。

早期童话多充满绮丽的幻想、乐观的精神，体现现实主义和浪漫主义相结合的特点。代表作有《打火匣》《小意达的花儿》《拇指姑娘》《海的女儿》《野天鹅》《丑小鸭》《皇帝的新衣》。

中期童话的幻想成分减弱，现实成分相对增强。在鞭挞丑恶、歌颂善良中，表现了对美好生活的执着追求，也流露了缺乏信心的忧郁情绪。代表作有《卖火柴的小女孩》《冰雪女王》《影子》《一滴水》《母亲的故事》《演木偶戏的人》。

晚期童话比中期童话更加反映现实，着力描写底层民众的悲苦命运，揭露社会生活

的阴冷、黑暗和人间的不平。作品基调低沉。代表作有《柳树下的梦》《她是一个废物》《单身汉的睡帽》《幸运的贝儿》。

卖火柴的小女孩

　　天冷极了，下着雪，又快黑了。这是一年的最后一天——大年夜。在这又冷又黑的晚上，一个光着头赤着脚的小女孩在街上走着。她从家里出来的时候还穿着一双拖鞋，但是有什么用呢？那是一双很大的拖鞋——那么大，一向是她妈妈穿的。她穿过马路的时候，两辆马车飞快地冲过来，吓得她把鞋都跑掉了。一只怎么也找不着，另一只叫一个男孩捡起来拿着跑了。他说，将来他有了孩子可以拿它当摇篮。

　　小女孩只好赤着脚走，一双小脚冻得红一块青一块的。她的旧围裙里兜着许多火柴，手里还拿着一把。这一整天，谁也没买过她一根火柴，谁也没给过她一个钱。

　　可怜的小女孩！她又冷又饿，哆哆嗦嗦地向前走。雪花落在她的金黄色的长头发上，那头发打成卷儿披在肩上，看上去很美丽，不过她没注意这些。每个窗子里都透出灯光来，街上飘着一股烤鹅的香味，因为这是大年夜——她可忘不了这个。

　　她在一座房子的墙角里坐下来，蜷着腿缩成一团。她觉得更冷了。她不敢回家，因为她没卖掉一根火柴，没挣到一个钱，爸爸一定会打她的。再说，家里跟街上一样冷。他们头上只有个房顶，虽然最大的裂缝已经用草和破布堵住了，风还是可以灌进来。

　　她的一双小手几乎冻僵了。啊，哪怕一根小小的火柴，对她也是有好处的！她敢从成把的火柴里抽出一根，在墙上擦燃了，来暖和暖和自己的小手吗？她终于抽出了一根。哧！火柴燃起来了，冒出火焰来了！她把小手拢在火焰上。多么温暖多么明亮的火焰啊，简直像一支小小的蜡烛。这是一道奇异的火光！小女孩觉得自己好像坐在一个大火炉前面，火炉装着闪亮的铜脚和铜把手，烧得旺旺的，暖烘烘的，多么舒服啊！哎，这是怎么回事呢？她刚把脚伸出去，想让脚也暖和一下，火柴灭了，火炉不见了。她坐在那儿，手里只有一根烧过了的火柴梗。

　　她又擦了一根。火柴燃起来了，发出亮光来了。亮光落在墙上，那儿忽然变得像薄纱那么透明，她可以一直看到屋里。桌上铺着雪白的台布，摆着精致的盘子和碗，肚子里填满了苹果和梅子的烤鹅正冒着香气。更妙的是这只鹅从盘子里跳下来，背上插着刀和叉，摇摇摆摆地在地板上走着，一直向这个穷苦的小女孩走来。这时候，火柴又灭了，她面前只有一堵又厚又冷的墙。

　　她又擦着了一根火柴。这一回，她坐在美丽的圣诞树下。这棵圣诞树，比她去年圣诞节透过富商家的玻璃门看到的还要大，还要美。翠绿的树枝上点着几千支明晃晃的蜡烛，许多幅美丽的彩色画片，跟挂在商店橱窗里的一个样，在向她眨眼睛。小女孩向画片伸出手去。这时候，火柴又灭了。只见圣诞树上的烛光越升越高，最后成了在天空中闪烁的星星。有一颗星星落下来了，在天空中划出了一道细长的红光。

　　"有一个什么人快要死了。"小女孩说。唯一疼她的奶奶活着的时候告诉过她：一颗星星落下来，就有一个灵魂要到上帝那儿去了。

　　她在墙上又擦着了一根火柴。这一回，火柴把周围全照亮了。奶奶出现在亮光里，是那么温和，那么慈爱。

"奶奶！"小女孩叫起来，"啊！请把我带走吧！我知道，火柴一灭，您就会不见的，像那暖和的火炉、喷香的烤鹅、美丽的圣诞树一个样，就会不见的！"

她赶紧擦着了一大把火柴，要把奶奶留住。一大把火柴发出强烈的光，照得跟白天一样明亮。奶奶从来没有像现在这样高大、这样美丽。奶奶把小女孩抱起来，搂在怀里。她们俩在光明和快乐中飞走了，越飞越高，飞到那没有寒冷，没有饥饿，也没有痛苦的地方去了。

第二天清晨，这个小女孩坐在墙角里，两腮通红，嘴上带着微笑。她死了，在旧年的大年夜冻死了。新年的太阳升起来了，照在她小小的尸体上。小女孩坐在那儿，手里还捏着一把烧过的火柴梗。

"她想给自己暖和一下……"人们说。谁也不知道她曾经看到过多么美丽的东西，她曾经多么幸福，跟着她奶奶一起走向新年的幸福中去。

（二）现代幼儿童话欣赏

小猪照镜子

适用年龄段：3～4岁

小猪的脸总是很脏，他过生日那天，好朋友小兔送给他一面镜子，要他每天出门前照一照："这样你就知道脸上哪儿脏，把脏东西擦掉。"

第二天一早，小猪把脸洗得干干净净的，去照镜子。但当他正要照镜子时，飞来一只苍蝇，扔炸弹一样，把一点苍蝇屎掉到镜子上。这样，镜子里的小猪就成了一只脏小猪。

小猪不知道镜子上有苍蝇屎，赶紧拿毛巾来擦脸。擦一次，照一次镜子；擦一次，照一次镜子……怎么老是擦不掉？

"小猪！"小兔来叫小猪去玩。

小猪说："等一等，我不把脸擦干净是不能出门的。"

"对。"小兔就在门外等，可是等了好久还不见小猪出来。

"小猪呀，你搞错了。"小兔把镜子上的苍蝇屎给小猪看，"脏的是镜子，你的脸已经擦得很干净很干净了。"

从这以后，每当小猪照镜子，看到脸上脏了，他就想："这是镜子脏了，我的脸其实是很干净的。"

所以，尽管小猪天天照镜子，他还是一只脏小猪。

作品赏析： 这个童话故事通过对小猪照镜子时出现的有趣的情节描述，告诉幼儿照镜子的原理，并告诉幼儿要找出问题所在才能正确解决问题，是一篇情节简单略有曲折又充满哲理的优秀童话。同时，我们看到作者在细节描写方面有独到之处，对小猪脏、蠢的性格，特别是小猪的动作、心理刻画得很传神，和低年龄段幼儿普遍"以自我为中心"的心理很吻合。

萝卜回来了

方轶群

适用年龄段：4～5 岁

雪这么大，天气这么冷，地里、山上都盖满了雪。

小白兔跑出门去找东西吃。

小白兔找啊找，找到了两个萝卜。

小白兔吃掉一个，留下一个。它想："天气这么冷，雪这么大，我把这个萝卜送去给小猴吃吧。"

小白兔跑到小猴家里，小猴不在家。小白兔把萝卜留在小猴家里。

原来小猴出去找东西吃了。小猴找到了几颗花生，快快活活地回家来。

小猴走进屋子，看见萝卜，很奇怪，说："这是从哪里来的？"

小猴吃完了花生，它想："天气这么冷，雪这么大，我把这个萝卜送去给小鹿吃吧。"

小猴跑到小鹿家里，小鹿不在家。小猴把萝卜留在小鹿家里。

原来小鹿出去找东西吃了。小鹿找到了一颗青菜，快快活活地回家来。

小鹿走进屋子，看见萝卜，很奇怪，说："这是从哪里来的？"

小鹿吃完了青菜，它想："天气这么冷，雪这么大，我把这个萝卜送去给小熊吃吧。"

小鹿跑到小熊家里，小熊不在家。小鹿把萝卜留在小熊家里。

原来小熊出去找东西吃了。小熊找到了一个白薯，快快活活地回家来。

小熊走进屋子，看见萝卜，很奇怪，说："这是从哪里来的？"

小熊吃完了白薯，它想："天气这么冷，雪这么大，我把这个萝卜送去给小白兔吃吧。"

小熊跑到小白兔家里，小白兔吃饱了，睡得正甜哩。小熊不愿叫醒小白兔，就把萝卜留在那里。

小白兔醒来，睁开眼睛一看："咦！萝卜回来了。"它想了一想，说："这是好朋友送来给我吃的。"

作品赏析：这篇童话的最大特点是采取循环、反复叙事的结构形式，小白兔把萝卜送给小猴，小猴再送给小鹿，小鹿送给小熊，小熊又把萝卜送给小白兔，这样，萝卜就又回来了。采取这样的叙事结构和语言特点，使得故事读时朗朗上口，加深读者的印象。同时，故事中也体现了朋友间要互帮互助、好东西一起分享的道理。

小蝌蚪找妈妈

适用年龄段：5～6 岁

暖和的春天来了。池塘里的冰融化了。青蛙妈妈睡了一个冬天，也醒来了。她从泥洞里爬出来，扑通一声跳进池塘里，在水草上产下了很多黑黑的圆圆的卵。

春风轻轻地吹过，太阳光照着，池塘里的水越来越暖和了。青蛙妈妈下的卵慢慢地都活动起来，变成了一群大脑袋长尾巴的蝌蚪。他们在水里游来游去，非常快乐。

有一天，鸭妈妈带着她的孩子到池塘中游水。小蝌蚪看见小鸭子跟着妈妈在水里划来划去，就想起自己的妈妈来了。小蝌蚪你问我，我问你，可是谁也不知道。

"我们的妈妈在哪里呢？"

他们一起游到鸭妈妈身边，问鸭妈妈：

"鸭妈妈！鸭妈妈！您看见过我们的妈妈吗？请您告诉我们，我们的妈妈是什么样的呀？"

鸭妈妈回答说："看见过。你们的妈妈头顶上有两只大眼睛，嘴巴又阔又大。你们自己去找吧。"

"谢谢您呀！鸭妈妈！"小蝌蚪高高兴兴地向前游去。

一条大鱼游过来了。小蝌蚪看见大鱼头顶上有两只大眼睛，嘴巴又阔又大，他们想一定是妈妈来了，追上去喊："妈妈！妈妈！"

大鱼笑着说："我不是你们的妈妈。我是小鱼的妈妈。你们的妈妈有四条腿，到前面去找吧。"

"谢谢您呀！鱼妈妈！"小蝌蚪再向前游去。

一只大乌龟游了过来。小蝌蚪看见大乌龟有四条腿，心里想：这回真的是妈妈。

大乌龟笑着说："我不是你们的妈妈。我是小乌龟的妈妈。你们的妈妈肚皮是白的，到前面去找吧。"

"谢谢您呀！乌龟妈妈！"小蝌蚪再向前游去。

一只大白鹅"吭吭"地叫着，游了过来。小蝌蚪看见大白鹅的白肚皮，高兴地想：这回可真的找到了妈妈。追了上去，连声大喊："妈妈！妈妈！"

大白鹅笑着说："小蝌蚪，你们认错了。我不是你们的妈妈，我是小鹅的妈妈。你们的妈妈穿着绿衣服，唱起歌来'咯咯咯'的，你们到前面去找吧。"

"谢谢您呀！鹅妈妈！"小蝌蚪再向前游去。

小蝌蚪游呀、游呀，游到池塘边，看见一只青蛙坐在圆荷叶上"咯咯咯"地唱歌，他们赶快游过去，小声地问：

"请问您看见了我们的妈妈吗？她头顶上有两只大眼睛，嘴巴又阔又大，有四条腿，白白的肚皮，穿着绿衣服，唱起歌来'咯咯咯'的……"

青蛙听了，"咯咯"地笑起来。她说："唉！傻孩子，我就是你们的妈妈呀！"

小蝌蚪听了，一齐摇摇尾巴说："奇怪！奇怪！我们的样子为什么跟您不一样呢？"

青蛙妈妈笑着说："你们还小呢。过几天你们会长出两条后腿来，再过几天，你们又会长出两条前腿来，四条腿长齐了，脱掉了尾巴，换上了绿衣服，就跟妈妈一样了，就可以跟妈妈跳到岸上去捉虫吃了。"

小蝌蚪听了，高兴得在水里翻起跟头来："啊！我们找到妈妈了！我们找到妈妈了！好妈妈，好妈妈，您快到我们这儿来吧！您快到我们这儿来吧！"

青蛙妈妈扑通一声跳进水里，和她的孩子小蝌蚪一块儿游玩去了。

作品赏析：这是一个集科学性、文学性、趣味性于一身的科学童话。故事以小蝌蚪找妈妈为线索介绍了青蛙由小蝌蚪成长为青蛙的过程。故事采用拟人的手法，主要形象的对话很多，小蝌蚪急切、真诚、有礼貌，而鸭妈妈、鱼妈妈、乌龟妈妈、鹅妈妈和青

蛙妈妈则充满爱意和关怀，有长者风范。故事采用了相似情节循环反复的结构形式，一群小蝌蚪一次又一次找妈妈的过程具有鲜明的游戏性，使幼儿既能享受到游戏的愉悦，又能获得生物知识。

二、寓言的欣赏

（一）经典寓言欣赏

农夫与蛇

一个寒冷的冬天，天上下着皑皑白雪，工作完后的农夫正走在回家的路上，走着走着，他发现有一条黑色的、被冻僵的蛇，横卧在一片雪白的地上，那蛇看起来气息奄奄，好像已经僵死了。看到这个垂危的生命，农夫毫不迟疑地把蛇放进怀中，快步回家！

回家后，农夫把蛇放到炉火前，让炉火温暖僵硬的蛇，蛇因为温暖而渐渐复苏。农夫的两个孩子忍不住雀跃的心，想去抚摸缓缓蠕动的蛇，没想到活过来的蛇恢复了蛇的本性，张口便咬，农夫见状，抢起身边的斧头就把蛇劈成了两半。曾救了蛇一命的农夫忍不住心中的愤慨，警惕地说："任何邪恶的东西是不会心存感恩的！"

作品赏析：这是《伊索寓言》中的经典故事，如今已经被译为多种版本流传，甚至多次被改编成影视作品和童话故事。这则寓言篇幅短小、角色简单，却引人深思。它揭示了一个深刻的道理，旨在说明一个关于认知能力的道理，即使对恶人仁至义尽，他们的邪恶本性也是不会改变的。

狐狸和葡萄

葡萄架上，垂下几串成熟的葡萄。一只狐狸看到了，馋得直流口水。他想尽了各种办法去够葡萄，但是够不到。

狐狸感到无望了，只好转身离开。他边走边回过头来说："这些葡萄肯定是酸的，不好吃。"

作品赏析：寓言描写了一只狐狸特别想吃葡萄，却没有能力吃到，虽然它想尽办法，却依然徒劳，所以它感到非常失望，但又心有不甘，酸酸地说了一句："这些葡萄肯定是酸的，不好吃。"这也是后来人们说的酸葡萄心理的来源，用来形容人们对于自己得不到的东西就说那个东西是不好的。寓言通过狐狸这一动物形象对"无能为力，做不成事"反而找出各种借口自我解嘲的人进行了讽刺。

狼和小羊

狼来到小溪边，看见小羊正在那儿喝水。

狼非常想吃小羊，就故意找碴儿，说："你把我喝的水弄脏了！你安的什么心？"

小羊吃了一惊，温和地说："我怎么会把你喝的水弄脏呢？你站在上游，水是从你那流到我这儿来的，不是从我这儿流到你那儿去的。"

狼气冲冲地说："就算这样吧，你总是个坏家伙！我听说，去年你在背地里说我的坏话！"

可怜的小羊喊道："啊，亲爱的狼先生，那是不会有的事，去年我还没有生下来哪！"

狼不想再争辩了，龇着牙，逼近小羊，大声嚷道："你这个小坏蛋！说我坏话的不是你就是你爸爸，反正都一样！"说着，就往小羊身上扑去……

作品赏析：《狼和小羊》是《伊索寓言》中一篇脍炙人口的故事。故事中的狼是凶狠邪恶的坏人的代表，小羊是胆小谨慎的弱者的象征。故事通过狼和小羊的对话及行为把狼的狡诈阴狠、蛮横霸道和小羊临危时的小心谨慎表现得淋漓尽致。虽然故事的结局并没有明确地告诉我们狼是否把小羊吃掉，给读者留下了一定的想象空间，但是点明了一个深刻的道理：为了满足自己的利益，坏人总是千方百计找借口，无论借口多么荒诞。此寓言短小精悍、发人深省。

狮子、驴和狐狸

狮子、驴和狐狸合伙去打猎，打到很多野兽。狮子叫驴给他们分。驴把猎物分成三份，请狮子挑选。狮子大怒，扑过去就把驴吃了，然后叫狐狸分。狐狸把猎物堆到一块，只给自己留下一点点，然后请狮子去拿。狮子问他，是谁教他这样分的。狐狸回答道："驴的灾难。"

作品赏析：这篇寓言短短百余字，却把狮子、驴和狐狸各自的性格特征刻画得栩栩如生。驴子认真、本分，狐狸聪明乖巧，狮子凶狠专横。虽寥寥数笔，但把它们各自的本质揭示得入木三分！本是合伙打猎，按理应该平分猎物，驴子让狮子先挑，自觉已经十分尊重狮子，却因不了解狮子的本性而丧失性命；狐狸吸取驴子的教训，既避免杀身之祸，又获得了狮子的青睐。至于狐狸的做法是否正确，恐怕就仁者见仁智者见智了。

（二）现代寓言欣赏

老人和树

冯雪峰

有一个老人家，在门前栽了一棵树。他每天守护着它，抱着种种的期待。他希望这棵树长得像一把大雨伞，那么自己在门前就可以欣赏一种好风景，又可以乘凉。可是他也希望它成为有出息的栋梁大材，那么他可以用来建造一座大楼房，既美观，又牢靠。然而他又很想要它长得又高又直，像桅杆一般，因为他的孙子已经在念书，将来中了状元，少不了要在门前竖旗杆的。不过，他也已经定好计划要造桥梁，做一件有益于人家的好事。此外，他还要制办床榻、台几和木器。而最后，他就想到了自己年事已高，先做好一具寿材是刻不容缓的了，而这株树正是最适用的。

这个老人家，拿这棵树简直派了无穷尽的用场。而他都不是白派的，每次想到了一种用场的时候他就去抚摸一回，浇一回水，每天都如此。而这棵树呢，它也很想不辜负老人家的希望，可是，它喝得太多，而且精神负担也实在太重，这样，很不幸，不久它就死掉了，虽然它还很年轻。

作品赏析：这则寓言具有强烈的现实意义，它反映了当代社会的一种普遍现象。当今我国的大多数家长对孩子充满各种美好的期待，几乎天天都在为孩子设计着未来，并且为了孩子能按照自己的设计发展，呕心沥血，日夜操劳，一切牺牲都在所不惜。可是，往往事与愿违。原因就在于高期待往往伴随高压力，家长无形中加在孩子身上的期望过重，变成了孩子的负担，影响孩子的健康成长。

在人品的天平上

金江

上帝有一架天平，专称人品的重量。上帝在天平的一端放着一个砝码做标准。超过砝码重量的是上品；轻于砝码的，属于下品。

一个穷汉过来，光着身子跳上天平一称。重量大大超过砝码。

上帝称赞说："好！是上品！"

一个富商过来，他唯恐自己不够重量，列为下品，便在腰围绕上一条很厚的黄金腰带，蛮有把握地走上天平去称。

谁料富翁这一端翘得很高，大大轻于砝码的重量。

上帝摇摇头，说："是下品！"

富翁抗议说："这天平不准！那穷汉什么也没有，我身带万金，怎么重量还不及他呢？"

上帝说："我这天平不称贫富，专称人品。不说别的，单说那穷汉的骨头就比你重得多。除去黄金，你的骨头轻得几乎没有分量了！"

作品赏析：这则故事构思新颖、独出心裁。以上帝用天平称人品为线索，通过穷汉和富翁两类人做对比，揭示了深刻的哲理。作品语言简练，但是人物刻画深刻，形象饱满。尤其是富翁，他没戴金腰带时的心虚和戴上金腰带后的骄傲自得跃然纸上，而被上帝判为下品后的抗议，更使人啼笑皆非。前后强烈的对比，具有很强的讽刺效果。而作者最后，更是借上帝的话，点出了作品的哲理：做事必先做人，做人要有骨气，有正气，贫富不是衡量人的价值的根本标准，高尚的人品才是做人的根本，才具有永恒的价值。

泥塑

黄瑞云

野庙的神台上坐着一尊泥塑的神像，年深日久，庙就破烂不堪，栋折榱崩，神像本身也遍体斑驳，丧失了往日的光彩。

一只常栖的燕子来到破庙，对神像说："我看你这儿一年比一年不景气了，这个地方已不那么安全，为什么不走下神台，换个位置呢？"

"不行啊，我还是蹲在台上的好。"神像说。

"为什么呢？"燕子问。

神像说："只要我坐在台上，就总会有人供奉香火，一下了台，就是另外一回事了。说实在的，到了台下，我不过是一团普通的泥土，谁还愿意理会呢？"

"但如果神台垮了，你还是得下台，那不是更不好吗？"

神像回答说："即使如此也只好由它，我的方针是不到垮台不下台。"

"那为什么呢？"燕子大为惊讶地说。

"这道理并不深奥，"神像说："从上台到垮台，占有这个神台的时间，总比垮台之前的任何时间都要长。你知道吗，即使是傻瓜也会选择最长的时间待在台上啊。"

作品赏析：这则故事通过燕子和神像的对话，借神像之口，把神像一无所能、无所事事但还厚颜无耻地接受世人供奉香火的丑态和本质揭示给人们，强烈讽刺了当今社会的某些为官者，占着位置不为百姓做事却毫不惭愧地拿取国家的俸禄的卑劣行径，具有强烈的现实批判性。

陶罐和铁罐

黄瑞云

国王的御厨里有两只罐子，一只是陶的，一只是铁的。骄傲的铁罐看不起陶罐，常常奚落它。

"你敢碰我吗？陶罐子！"铁罐傲慢地问。

"不敢，铁罐兄弟。"谦虚的陶罐回答说。

"我就知道你不敢，懦弱的东西！"铁罐摆出一副轻蔑的神气。

"我确实不敢碰你，但不能叫作懦弱。"陶罐不卑不亢地说，"我们的任务是盛东西，并不是来互相碰撞的。在完成我们的本职任务方面，我不见得就比你差。再说……"

"住嘴！"铁罐愤怒地喝道，"你怎敢和我相提并论！你等着吧，要不了几天，你就会破成碎片，完蛋了！我却永远在这里，什么也不害怕。"

"何必这样说呢，"陶罐说，"我们还是和睦相处好，吵什么呢！"

"和你在一起我感到羞耻，你算什么东西！"铁罐说，"我们走着瞧吧，总有一天，你要变成碎片的！"

陶罐不再理会。

时间不断地向前推移，世界上发生了许多事情，王朝覆灭了，宫殿倒塌了。两只罐子被遗落在废墟里。历史在它们的上面积满渣滓和尘土，一个世纪连着一个世纪。

也不知过了多少年月。终于有一天，人们来到这里，掘开厚厚的堆积物，发现了那只陶罐。

"哟，这里头有一只罐子！"一个人惊讶地说。

"真的，一只陶罐！"其他的人也跟着高兴得叫起来。

大家把陶罐捧起，把它身上的泥土刷掉，擦洗干净。它和当年在御厨的时候完全一样：朴素、美观、釉黑锃亮。

"多美的陶罐!"一个人说,"小心点,千万别把它弄破了,这是古代的东西,很有价值的。"

"谢谢你们!"陶罐兴奋地说:"我的兄弟铁罐就在我的旁边,请你们把它掘出来吧,它一定闷得够受了。"

人们立即动手,翻来覆去,把土都掘遍了。但,一点铁罐的影子也没有——它,不知在什么年代便氧化了。人们只发现几块锈蚀不堪的铁片,而且不能断定那是否是铁罐的残余。

作品赏析:这则寓言具有很强的现实教育意义。作品赋予铁罐和陶罐以人的情感和行为,塑造了两个不同个性的形象:铁罐傲慢自负,蔑视陶罐,以和陶罐在同一厨房而羞耻;陶罐谦虚厚道,不卑不亢,认为自己不比铁罐差,也不与铁罐计较。当漫长时间过去,结局是陶罐依然美丽,而铁罐不见了踪影。这种对比手法的运用,旨在告诉当今的人们:物各有长短,人各有优缺点,要与人为善、和谐相处,即使某一方面比别人强,也不要骄傲,那样只能说明无教养,甚至浅薄无知。

第四节　童话、寓言实践方法

一、小班童话、寓言活动设计案例

以童话《开小船》为例:

开小船

北京延庆第三幼儿园　吴秀华

适应年龄:小班

设计意图:在北方孩子们的眼里,船,既熟悉又陌生。熟悉,是因为孩子们都知道,船是能在水里行走的交通工具;陌生,是因为他们平日里坐的都是车,只有到公园里游玩时才坐过船。至于开船,更是他们可望而不可即的事。童话故事"开小船"篇幅短小、情节简单,能抓住事物的特点来描写,想象丰富,贴近幼儿生活,充满童趣,非常适合小班幼儿听赏。为了圆孩子的"开船梦",打开他们想象的翅膀,我选择了这个故事。

(一)活动目标

① 喜欢听故事,能理解故事的内容,培养幼儿的想象力。

② 感受动物们的团结友爱,丰富幼儿的情感体验。

③ 培养幼儿发现美、欣赏美、创造美的审美能力。

④ 感受富有韵味、节奏和画面感、色彩感的词汇,如一节一节的、圆圆的、紫紫的、光光滑滑、摇摇晃晃、推、拉、拖等。

（二）活动准备

① 根据故事画出连环画。

② 讲故事的背景音乐。

③ 课前丰富幼儿相关生活经验，如带幼儿做物体沉浮的小实验。

（三）活动过程

1. 导入主题，激发幼儿参与活动的兴趣

背景音乐响起，小朋友围着老师坐好。

老师像船夫那样亲切地吆喝一声："请小乘客们快坐好！开船喽！"一边带小朋友们做划船的动作，一边说："听说有一群小动物，像我们一样，要开着船去河对岸玩，发生了有趣的故事，想听吗？"

"想！"

"那请你们先把小船停好，听我讲一讲小动物们开小船的故事吧！你们一边听，一边想，每种动物开的是什么样的小船。"

（设计说明：集体性的讲故事活动要具有表演性、游戏性。这个环节用开船的形式导入活动，达到集中幼儿注意力、把幼儿引入游戏情境的目的）

2. 利用多媒体课件帮助幼儿理解故事内容

1）一边讲故事，一边出示所画的连环画（注意讲故事的语速、节奏、音调，以及动作和表情）。

附故事：《开小船》（李悦）

动物们要到河对岸去玩。青蛙开来一节一节的甜藕船，圆圆的荷叶做了风帆。田鼠开来的是紫紫的茄子船，这只小船光光滑滑。小鸡开来了什么船呢？噢！原来是弯弯的香蕉船，弯弯的香蕉船摇摇晃晃。白鹅和黄鹅在前面领路，大家划呀划，终于划到了岸上。大家在草地上唱歌跳舞玩得真高兴，啊呀，大家都觉得肚子饿了，这可怎么办呢？青蛙推来大甜藕，田鼠拉来了紫茄子，小鸡拖来黄香蕉，快快乐乐地吃起来。

（设计说明：由于小班幼儿的思维以具体形象性思维为主，借助手绘的连环画，可以使抽象的故事内容变得具体直观，便于幼儿理解，丰富了幼儿想象的内容）

2）通过提问帮助幼儿理解故事内容，丰富词汇。

基本问题：

① 你们喜欢这个故事吗？

② 这个故事发生在什么地方？

③ 故事里出现了哪些小动物？

④ 动物们是怎样过河的？

特定问题：

① 青蛙开来的是什么船？它的船是什么样的？（鼓励幼儿学一学青蛙，用身体动作来演示，感受一下"一节一节的"是什么样的）

② 田鼠开来的是什么船？它的船是什么样的？（鼓励幼儿学一学田鼠，用身体动作来演示，摸一摸身边的物体，感受一下"光光滑滑"的感觉）

③ 小鸡开来的是什么船？它的船是什么样的？（鼓励幼儿学一学小鸡，用身体动

作来演示，聊一聊香蕉船，如一根、两根，或者一把香蕉，或者把香蕉剥了皮……）

④ 什么动物没有开船也过了河？（鼓励幼儿学一学白鹅和黄鸭，用身体动作来演示）

（设计说明：小班幼儿正处在直觉行动思维向具体形象思维发展阶段，引导幼儿用动作感知词汇，有助于幼儿理解故事的内容，丰富他们的想象力）

3. 以游戏的口吻引导幼儿大胆想象，找出解决问题的方法

基本问题：

① 小动物们到了岸上，最开心的事是什么？（唱歌、跳舞、做游戏、吃东西……什么都可以，尽可能多地想象）

② 是的，它们饿了，那就吃东西吧，吃什么呢？

特定问题：

① 青蛙有什么？怎样把它弄过来？（丰富词：推，鼓励幼儿用身体感受）

② 田鼠有什么？怎样把它弄过来？（丰富词：拉，鼓励幼儿用身体感受）

③ 小鸡有什么？怎样把它弄过来？（丰富词：拖，鼓励幼儿用身体感受）

④ 哇哦，这些可以吃的东西原来是做什么的呀？好吧，请你们说说，小动物们的船都有什么作用？

（设计说明：基本问题问答，可以培养幼儿的想象力和解决问题的能力；特定问题问答，可以帮助幼儿记忆故事的内容，感受特定的词语。第④个问题还能培养幼儿初步的概括能力。此外，用固定句式提问，既能让幼儿感受语言的韵律感，又能帮助幼儿熟悉和掌握问答的方式及技巧）

（四）活动小结

小朋友们真聪明！好了，小动物开小船的故事结束了，我们也把自己的小船开回家吧（把椅子挪回原位）！伴随着音乐，做着划船的动作，自然地结束活动。

（设计说明：给幼儿讲童话故事的活动，本身就是一个完整的、流畅的故事。有趣的开端；形式多样、富有游戏性、即兴创造的发展和高潮；自然而然、意犹未尽的结尾）

（五）活动延伸

请幼儿用各种材料做一艘"船"，如纸、木头、塑料、西瓜皮、果壳、橡皮泥等。

（六）活动反思

由于使用了手绘的连环画，抽象的故事变得具体形象，幼儿容易理解，也容易记忆。用身体动作表现对故事内容和重点词汇的理解，是小班幼儿喜欢且最容易接受的方法，符合他们的生理和心理发展的需要。由于孩子们理解了童话，体验了童话所传递的友谊和情感，收到了很好的教学效果。

以寓言《狼来了》为例：

狼来了

北京延庆第三幼儿园　吴秀华

适应年龄：小班

设计意图：小班幼儿常常会将想象当成现实，因而在日常生活中，经常出现说谎话

的现象。为了培养孩子良好的品德行为，我选择《狼来了》这则寓言故事，使幼儿既感受到寓言故事的趣味性，又通过听故事明白不要说谎话的道理，学会做一个诚实的好孩子。

（一）活动目标

① 喜欢听故事，能理解故事内容。

② 通过听故事理解词汇：无聊、捉弄、气喘吁吁、故伎重演等。

③ 知道说谎话是一种不好的行为，愿意做一个诚实的好孩子。

（二）活动准备

① 故事视频。

② 故事中人物、动物的头饰：狼、小羊、农夫。

（三）活动过程

1. 导入主题，激发幼儿参与活动的兴趣

以神秘的口吻出示狼的头饰，引出故事名称"狼来了"。

（设计说明：这个环节用头饰导入活动，达到集中幼儿注意力的目的）

指导语：小朋友你们知道是谁在喊狼来了——吗？

2. 请幼儿欣赏、理解故事内容

（1）讲故事

附故事：《狼来了》

从前，有一个放羊娃，每天都去山上放羊。一天，他觉得十分无聊，就想了个捉弄大家寻开心的主意。他向着山下正在种田的农夫们大声喊："狼来了！狼来了！救命啊！"农夫们听到喊声急忙拿着锄头和镰刀往山上跑，他们边跑边喊："不要怕，孩子，我们来帮你打恶狼！"农夫们气喘吁吁地赶到山上一看，连狼的影子也没有！放羊娃哈哈大笑："真有意思，你们上当了！"农夫们生气地走了。

第二天，放羊娃故伎重演，善良的农夫们又冲上来帮他打狼，可还是没有见到狼的影子。放羊娃笑得直不起腰："哈哈！你们又上当了！哈哈！"大伙儿对放羊娃一而再再而三地说谎十分生气，从此再也不相信他的话了。

过了几天，狼真的来了，一下子闯进了羊群。放羊娃害怕极了，拼命地向农夫们喊："狼来了！狼来了！快救命啊！狼真的来了！"农夫们听到他的喊声，以为他又在说谎，大家都不理睬他，没有人去帮他，结果放羊娃的许多羊都被狼咬死了。

（设计说明：尽管我为幼儿准备了故事视频，但在日常教学活动中，我依然习惯亲自给孩子讲故事，视频只是讲故事的辅助手段。更重要的是，孩子们喜欢听我给他们讲故事。）

（2）欣赏故事视频

（设计说明：由于小班幼儿的思维以具体形象性思维为主，借助于多媒体，使抽象的故事内容变得具体直观，便于幼儿理解）

1）通过提问帮助幼儿理解故事内容。

① 放羊的小孩为什么要说谎？

② 小孩说谎后，农夫们是怎么做的？小孩是怎么做的？

③ 第二天小孩又干什么了？农夫又是怎么做的？小孩看到农夫上当了他怎么做

的？农夫怎么样？

④ 狼真的来了，小孩是怎么做的？农夫又是怎么做的？结果怎么样？

2）通过提问、表扬帮助幼儿理解故事中的词汇。

① "无聊"是什么意思？鼓励幼儿表演无聊的样子。

② "捉弄"是什么意思？

③ "气喘吁吁"是什么意思？鼓励幼儿表演气喘吁吁的样子。

④ 什么叫"故伎重演"？

（设计说明：小班幼儿正处在直觉行动思维向具体形象思维发展阶段，引导幼儿用动作感知词汇，有助于幼儿很好地理解故事的内容）

3. 通过表演帮助幼儿进一步理解故事内容

① 老师有声有色地讲述故事内容，请幼儿自愿选择角色头饰分组到前面表演故事。

② 鼓励没有参加表演的小朋友和老师一起讲述故事内容，参加表演的幼儿表演故事。

（四）活动小结

① 小孩说谎对吗？为什么？

（设计说明：知道说谎是一种不好的行为，它既不尊重别人，也会失去别人对自己的信任）

② 小朋友应该怎样做？

（设计说明：要做一个诚实的孩子，不以通过说谎来达到自己的目的，更不能以说谎去愚弄他人）

（五）活动延伸

① 日常生活中鼓励幼儿做一个诚实的孩子。

② 对有说谎现象的孩子及时指出，帮其改正。

（六）活动反思

① 由于利用了多媒体，使抽象的故事变得具体形象，便于幼儿理解。

② 用身体动作表现对词汇的理解是小班幼儿喜欢且最容易接受的方法，符合他们的生理和心理发展的需要。所以，孩子们对故事的理解有一种水到渠成的感觉。

③ 在表演故事中，由于氛围宽松，孩子们能积极主动参与活动，且通过多种感官的参与，进一步加深了对故事的理解和记忆，收到了很好的教学效果。

二、中班童话、寓言活动设计案例

以童话《会动的房子》为例：

童话《会动的房子》教学设计

（一）活动目标

1）理解故事情节，体会故事的幽默，感受大自然的美。

2）学习词"呼呼呼""哗哗哗""哒哒哒"，并能用语言准确地模仿。

3）能大胆想象和表达。

（二）活动准备

1）教学挂图。

2）录有风声、海浪声、马蹄声的磁带。

3）《会动的房子》故事录音。

（三）活动重难点

1）活动重点：理解故事情节，感受故事幽默。

2）活动难点：能大胆想象和表达。

（四）活动过程

1）谈话导入。

教师：小朋友，你们住的房子会动吗？你们见过会动的房子吗？今天李老师带来了一个故事，故事的名字叫作"会动的房子"。

为什么房子会动呢？我们来听听这个故事。

2）教师结合图片讲解故事。

① 出示第一幅图。

小松鼠在树顶上住腻了，决定在大树底下重新建造一座房子。

在大树底下，它发现了一块大石头，由7块小石子拼成，很硬，也很光滑。小松鼠说："嘿，就在上面造一座房子。"

提问：

小松鼠为什么要重新造一座房子？

它在大树底下的哪里造房子？

大石头有什么特点？

小松鼠怎么说的？

② 出示第二幅图。

房子终于造好了，忙了一天的小松鼠也累了，在新家睡着了。

教师：小松鼠的房子造好了吗？它在新家做什么？

我们来学学小松鼠睡觉（教师做睡觉的动作）。

③ 出示第三幅图。

教师播放风声的录音。

提问如下。

教师：什么声音？（风声）我们来学一学。

小松鼠被吵醒了，推开窗一看，呀！你们仔细观察观察，这里有什么？（山）

小松鼠来到了山脚下，小风吹奏着动听的山歌。真奇怪，昨天还在哪里呀？

教师完整说一说故事第一情节。

④ 出示第四幅图。

教师：第二天，又传来一个声音，我们听听什么声音？播放海浪声的录音。

再看看这幅图猜猜会是什么声音呢？

海水互相碰撞发出的声音，我们把它叫作海浪声。

我们一起来学学海浪声吧！

这下小松鼠可乐了，它一直说："我的房子会动，我的房子会动。"

我们也来学学它高兴的样子。

⑤ 出示第五幅图。

第三天，小松鼠想今天会到什么地方呢？来看看这幅图，这会是什么地方呢？（草原）

教师：在草原上它会听到什么声音呢？我们也来听听。播放马儿奔跑的脚步声。

我们来学学。

3）教师与幼儿一起讲故事。

① 故事好不好听，我们一起来讲一讲。

……一片大草原，马儿还在哒哒哒地奔跑呢。小松鼠不禁手舞足蹈起来。（教师加跳舞的动作）

② 出示最后一幅图。

突然，传来一个声音（边指着图边讲故事）。

提问：小松鼠的房子下面是谁呀？

4）听录音《会动的房子》。

播放录音故事《会动的房子》。

5）拓展谈话。

① 小松鼠把房子造在哪儿了？

② 乌龟生气没有？

③ 小松鼠刚开始知道是乌龟的背吗？

④ 乌龟都带小松鼠去了哪些地方？

童话《会动的房子》说课稿

《新纲要》指出："语言能力是在运用的过程中发展起来的，发展幼儿语言的关键是创设一个能使他们想说、敢说、喜欢说、有机会说并能得到积极应答的环境。"在贯彻、实施的过程中充分挖掘语言教材中所蕴含的创造因素，有益于培养幼儿的创新意识。

（一）说设计来源及意图

教材来源于《福建省中班领域活动指导》的语言领域，在这个活动之前，小朋友围绕"房子"已展开了一系列活动，对房子的结构、外形特征等有了一定的认识和了解。且幼儿通过搭建、泥塑、绘画等形式进一步了解了房子。当我告诉幼儿有一种房子会动时，幼儿都想探个究竟，学习积极性很快被调动起来，因此，故事《会动的房子》自然而然地被引出。

（二）说教材

新的课程改革把故事作为一门独立的课程提出，要求幼儿喜欢听故事，乐意讲故事的语句，并懂得简单的道理。《会动的房子》生动地讲述了这样一个故事：小松鼠在造好的房子内居住，但房子每天都在变化着方位和地点。故事中所述之事是幼儿能够理解和接受的。小松鼠、乌龟，这两只动物都是幼儿非常熟悉和喜爱的。叙述过程中小松鼠和乌龟的对话语句能够照顾到中班的幼儿的口吻，符合中班幼儿语言获得的水准。

（三）说目标

以中班幼儿实际情况以及布卢姆的《教育目标分类学》为依据，我将目标定位为认知、能力、情感三个方面。

1）认知目标：理解作品故事情节以及动物形象的特点，感受其中的幽默。丰富词汇：腻、驮、手舞足蹈、惭愧。

2）能力目标：培养幼儿积极思考、主动参与的习惯和大胆想象、创造的能力。

3）情感目标：感受作品中清新的大自然画面，从而热爱大自然。

根据目标，我把重点定位于理解作品故事情节以及动物形象的特点，感受其中的幽默。

难点：鼓励幼儿大胆想象，续编故事。为使活动寓教育于生活情境、游戏之中，我作了如下活动准备：电脑课件（幻灯片）、录音机、磁带、木偶、指偶等；一幅画有大树、浪花、草原的背景图、若干小背景图、若干小图片；布置四个场景，即"大树底下""山脚下""大海边""大草原"。

（四）说教法

《新纲要》指出："教师应成为学习活动的支持者、合作者、引导者。"活动中应力求师幼互动。因此，活动中我除了以幽默、饱满的情绪影响孩子外，还挖掘此活动价值组织教学，采用的教法有以下几种。

1）操作演示法：木偶形象逼真，深受幼儿的喜爱，符合幼儿的认知特点。为了帮助孩子理解，我操作木偶，让幼儿对重点、难点的内容获得清晰的第一印象。

2）交流讨论法：皮亚杰指出："儿童是具有主动性的，他的活动受兴趣和需要的支配。"凭以往的印象，我班的孩子一定会对这个故事产生兴趣，有一种想表演的欲望，这时进行对话教学、交流讨论是一个很好的时机。

3）审美熏陶法：幼儿学习语言，重在感悟语言。在教学活动中，我把教学过程融合于多媒体课件中，化枯燥为乐趣，化抽象为具体，化静态为动态，让幼儿在活动中更兴趣盎然，使幼儿的创造性素质得到积极主动的发展。

4）创设情境诱导法：具体的场景，能引起孩子一定的态度体验，能使孩子心理机能得到发展。在教学过程中，教师和幼儿一起扮演小松鼠，依次来到"大树底下""山脚下""大海边""大草原"上，并根据场景变化进行提问，让幼儿在平等、宽松、活泼的环境中有足够的表现自我的机会。

（五）说学法

1）操作法：《新纲要》科学领域中的目标明确指出，幼儿能"用多种感官动手动脑，探究问题；用适当的方式表达、交流探索的过程和结果"。因此，活动中我引导幼儿边操作图片边讲故事。

2）自由讨论法：求异思维是创新思维的核心，教师应引导幼儿从不同角度去思考问题，寻找多种办法解决问题。像"房子为什么会动呢？"这类问题的答案都不是唯一的，因此我为幼儿创造了一个自由讨论的空间。

3）体验法：心理学家指出："凡是人们积极参加体验过的活动，人的记忆效果就会明显提高。"我让幼儿自由表演故事情节，以增加对故事的理解，体现了"以幼儿发展为本"的理念。

（六）说教学思路

根据本课教材内容集中、特点鲜明、语言通俗的特点，我从激趣导入，以题质疑；以境促感，境中生情；角色表演，内化感悟；续编故事，拓展升华四个方面引导幼儿学故事。

1. 激趣导入，以题质疑

苏霍姆林斯基认为，在儿童的心灵深处，都有一种根深蒂固的需要，那就是希望自己是一个发现者、研究者、探索者。在本课一开始我就以题质疑。

教师出示一幅石块样子的贝壳图，提问：石块有何用？为什么？我出示另一幅房子到了山脚下的图，说：不知怎的，这么稳固的房子却移了位置？小松鼠很是疑惑："房子为什么会动呢？"一石激起千层浪，小朋友立即讨论，说出了许多充满智慧的答案。

2. 以境促感，境中生情

在以下的环节中，我以小松鼠为情节发展主线，从形式内容上吸引孩子，由于电脑提供的软件不仅形象直观、色彩鲜艳，而且富有动感，尤其配上栩栩如生的卡通形象，更能使语言和形象有机融合，直接作用于幼儿的感官，生动地形成语言表象。我让幼儿边听故事边看幻灯片、课件，并根据故事内容提问：①故事中有哪些小动物？②小松鼠到过哪些地方？③小松鼠在旅行中听到过哪些声音？④房子为什么会动？

3. 角色表演，内化感悟

苏霍姆林斯基认为，幼儿往往用形象、色彩、声音来进行思维。我以情境表演为导入，根据教学实际与孩子们的特长提议他们分工合作表演课本剧，在布置好的四个场景中，幼儿手持指偶大胆表现小松鼠和乌龟，从而了解到乌龟的生活习性，以突破重、难点。

4. 续编故事，拓展升华

培养幼儿的创新意识能激发幼儿的创造欲望。孩子的好奇心一旦被教师引导激发出来，就有可能影响他的一生。应针对不同能力的幼儿，采用不同的鼓励引导方式，来促进幼儿的自主性、创造性，以解决难点。我在课末提出：如果你是小乌龟，你会将小松鼠的房子移到什么地方？把你的想法画到画纸上，然后讲给小朋友听。这又一次激发了幼儿的学习兴趣，真正提高了课堂教学效率，使孩子们的综合素养得到全面的培养。

三、大班童话、寓言活动设计案例

以《格林童话》中的《白雪公主》为例：

不给陌生人开门

（一）活动目标

1）了解安全常识，不要相信陌生人。

2）培养幼儿帮助他人的情感态度。

3）通过回忆性、创造性的讲述和表演，建立起自我防范和自我保护的意识。

（二）活动准备

1）动画片《白雪公主》截取片段：从七个小矮人出门开始播放。

2）幼儿已熟悉该童话内容。

（三）活动过程

1. 看录像、组织讨论

1）熟悉童话内容，进行创造性讲述。

白雪公主被坏皇后赶出了皇宫，住在七个小矮人的家中。白天七个小矮人要出去工作，只留白雪公主一个人在家。七个小矮人告诉白雪公主不要给陌生人开门，白雪公主有没有听七个小矮人的话呢？我们一起来看一下！（播放动画片）

幼儿欣赏后，教师提问："碟片里演的是白雪公主的故事，白雪公主几次都差一点被恶毒的皇后害死，但是她每次都被爱帮助他人的小矮人救活了，假如老师带你们去看望白雪公主，你准备对她讲些什么话呢？请小朋友们讨论后告诉大家。"

2）再次观看录像片段，学习新词。

"刚才小朋友对白雪公主讲了自己想说的话，现在我们再看看最后一次白雪公主被毒苹果毒死的小片段，老师有几个问题请我们大家帮忙解答呢！"

幼儿看录像片段后提问：来的是谁？白雪公主能不能相信他的话，能开门吗？这次开门会发生什么危险？是不是和以前一样呢？白雪公主应该怎么做呢？

小结：不能随便相信不认识的人的话，不认识的人叫"陌生人"（幼儿学说），对陌生人要"小心警惕"（幼儿学说）。

"非常可惜，白雪公主忘记小矮人对她说的话了，果然又发生了和以前一样的事，幸好她被好心的王子救活了。"

2. 看表演，巩固相关知识和行为

1）看表演，讨论相关办法。

白雪公主和王子过着幸福的生活，不久她生下了一个和她一样美丽的小公主（出示洋娃娃），小公主又漂亮又能干。前不久，她的爸爸妈妈不在家，小公主独自在家，看看小公主是怎样做的？

① 以幼儿园新老师的口吻，说是来家访的，让幼儿开开门。

小公主说："对不起，老师，爸爸妈妈不在家，我不能开门，有事你可以到爸爸妈妈的单位去找他们，或留个纸条放在门口。"

② 教师扮演人口普查人员，要看看他们家的户口簿。小公主让来人等父母回家后再来，爸爸妈妈不准自己随便给陌生人开门。

③ 幼儿讨论自己应付这种情况的方法。刚才小公主的方法好吗？假如是你一个人在家，碰到这种情况你会怎么办？（教师要充分调动幼儿的积极性，发挥幼儿的想象力，鼓励幼儿从多角度想办法）

2）幼儿自己表演，巩固认识。

教师邀请几个小朋友到前面来给大家表演。（加深幼儿印象）

3. 玩游戏，增加其相关知识行为

"小公主知道一个人在家的时候，一定不会随便给陌生人开门，可有些事情她搞不

明白到底可不可以做，她想请大班的哥哥姐姐来告诉她。"

　　1）她想玩小刀等尖利的东西。

　　2）一个人安静地玩玩具。

　　3）饿了自己去厨房烧东西吃。

　　4）在床上翻跟头。

　　5）陌生人称是爸爸同事，带她去找爸爸。

　　幼儿讲述后，老师总结：如家里大人不在，小朋友要注意安全，不做危险的事，不乱摸家里的电器插座等，要学会保护自己。

　　案例评析：活动开始时，教师用幼儿喜爱和熟悉的人物角色吸引幼儿对本活动内容产生浓厚兴趣，并用自身经验进行想象讲述，使幼儿产生积极态度，巧妙地将整个活动与童话故事结合，使幼儿的参与积极性更强，在回答教师提问或讨论时的状态也会更好。整个活动环节紧凑、内容丰富，涉及的常识种类多且有价值，教学组织方式多样，且方式的衔接过渡自然，通过看录像、讨论、表演、角色练习，使幼儿能够运用多感官对新经验进行熟悉和掌握，不会显得生搬硬套。结束前的游戏环节指导幼儿区分对错，让幼儿在帮助他人的同时，使自己的正确意见得到巩固和发展。教学过程中，师幼互动和谐自然，幼儿讲述的内容多，范围广。

　　此外，在对幼儿进行自身安全教育时，不应仅停留在简单的说教上，而是应该帮幼儿设计情境，进行角色换位，寻找解决问题的方法，即"授之以渔"。活动结尾处可增加环节，角色扮演游戏（如请幼儿扮演"小公主""陌生人"等）会增加活动内容的趣味性，使幼儿更加深刻地掌握和运用新经验。

四、幼儿童话与寓言的创作和改编

（一）幼儿童话的创作和改编

　　童话作为一种专门的文学体裁，进入创作阶段至今，很多童话都是为学龄儿童创作的，而专门为幼儿创作的童话则少之又少，专门从事幼儿童话创作的作家更是凤毛麟角，其中缘由不过多探讨。但是，童话作为幼儿普遍喜爱的一种文学体裁，对幼儿的身心健康成长具有举足轻重的意义。因此，幼教工作者，尤其是幼儿教师们，有必要熟知幼儿童话创作的基本原则和要求，有必要具备幼儿童话创作的基本能力。

　　那么，接下来，我们援引我国当代著名儿童文学作家、诗人白冰先生的观点来总结幼儿童话创作的要求。

　　1）创作要以幼儿为中心，遵从幼儿的认知规律。

　　2）在童话人物塑造方面，要求塑造幼儿喜欢的形象。幼儿喜欢的形象具有三个方面的特点：能够认知的熟悉的形象、具体形象化的形象和充满感情色彩的形象。

　　3）在情节设计方面，要求篇幅短小、情节简单但鲜活生动，有细节、有悬念、有变化、有转折、有惊喜、有童趣，易于幼儿理解。

　　4）在创设意境方面，幼儿童话一定要先追求"有意思"，再追求"有意义"。

5）在语言方面，幼儿童话的语言要求浅显易懂。

6）在叙述技巧方面，幼儿童话可以采用三段式（反复式）、循环式、对比式、递进式等写作技巧。

发展适合幼儿的童话，一方面可以专门为幼儿创设童话，另一方面也可以把已有的优秀的经典童话改编成适合幼儿阅读的童话。那么，如何对童话进行改编呢？要注意以下三点。

首先，有些童话作品内涵丰富、头绪纷繁，幼儿不易理解。我们在改编时就要删繁就简、简化主题，尽量做到一篇童话只有一个中心思想，而且是幼儿能够理解的主题。

其次，要注意语言的口语化。语句要简短、完整，要尽量避免使用超过幼儿认知水平的语言。语言还要富有生机，有动作性、形象性，甚至要求讲究音乐感和色彩感。

最后，童话中原来所具有的浓厚的幻想色彩、强烈的夸张和想象这些童话的魅力所在，则要最大限度地保留，甚至加强。

童话改写范例：

原文：

白雪公主（节选）

冬天，雪花像羽毛一样从天上落下来。一个王后坐在乌木框子窗边缝衣服。她一面缝衣服，一面抬头看看雪，缝针就把指头戳破了，流出血来，有三滴血滴到雪上。鲜红的血衬着白雪，非常美丽，于是她想："我希望有一个孩子，皮肤白里泛红，头发像这乌木框子一样黑。"不久，她生了一个女孩，皮肤像雪那么白净，嘴唇像血那么鲜红，头发像乌木那么黑，她给她取了一个名字，叫"白雪公主"。

改写文：

从前有一位王后，生了一个女儿，她的皮肤像雪一样白，王后就给她取了一个漂亮的名字，叫白雪公主。

原文：

丑小鸭（节选）

乡下真是美丽。这正是夏天！小麦是金黄的，燕麦是绿油油的。干草在绿色的牧场上堆成垛，鹳鸟用它又长又红的腿子在散着步，啰唆地讲着埃及话（因为据丹麦的民间传说，鹳鸟是从埃及飞来的）。这是它从妈妈那儿学到的一种语言。田野和牧场的周围有些大森林，森林里有些很深的池塘。的确，乡间是非常美丽的，太阳光正照着一幢老式的房子，它周围流着几条很深的小溪。从墙角那儿一直到水里，全盖满了牛蒡的大叶子。最大的叶子长得非常高，小孩子简直可以直着腰站在下面，像在最浓密的森林里一样，这儿也是很荒凉的。这儿有一只母鸭坐在窠里，她得把她的几个小鸭都孵出来，不过这时她已经累坏了，很少有客人来看她。别的鸭子都愿意在溪流里游来游去，而不愿意跑到牛蒡下面来和她聊天。

最后，那些鸭蛋一个接着一个地崩开了。"僻！僻！"蛋壳响起来。所有的蛋黄现在都变成了小动物，他们把小头都伸出来。

"嘎！嘎！"母鸭说。他们也就跟着嘎嘎地大声叫起来。他们在绿叶子下面向四周看。妈妈让他们尽量地东张西望，因为绿色对他们的眼睛是有好处的。

"这个世界真够大！"这些年轻的小家伙说。的确，比起他们在蛋壳里的时候，他们现在的天地真是大不相同了。

"你们以为这就是整个世界？"妈妈说，"这地方伸展到花园的另一边，一直伸展到牧师的田里，才远呢！连我自己都没有去过！我想你们都在这儿吧？"她站起来。"没有，我还没有把你们都生出来呢！这只顶大的蛋还躺着没有动静。它还得躺多久呢？我真是有些烦了。"于是她又坐下来。"唔，情形怎样？"一只来拜访她的老鸭子问。

"这个蛋浪费的时间真长！"坐着的母鸭说，"它老是不裂开。请你看看别的吧。他们真是一些最逗人爱的小鸭儿！都像他们的爸爸——这个坏东西从来没有来看过我一次！"

"让我瞧瞧这个老是不裂开的蛋吧，"这位年老的客人说，"请相信我，这是一只鸡的蛋。有一次我也同样受过骗，你知道，那些小家伙不知道给了我多少麻烦和苦恼，因为他们都不敢下水。我简直没有办法叫他们在水里试一试。我好说歹说，一点用也没有！让我来瞧瞧这只蛋吧。哎呀！这是一只吐绶鸡的蛋！让他躺着吧，你尽管叫别的孩子去游泳好了。"

"我还是在它上面多坐一会儿吧，"鸭妈妈说，"我已经坐了这么久，就是再坐他一个星期也没有关系。"

"那么就请便吧，"老鸭子说。于是她就告辞了。

最后这只大蛋裂开了。"劈！劈！"新生的这个小家伙叫着向外面爬。他又大又丑。鸭妈妈把它瞧了一眼。"这个小鸭子大得怕人，"她说，"别的没有一个像他，但是他一点也不像小吐绶鸡！好吧，我们马上就来试试看吧。他得到水里去，我踢也要把他踢下水去。"

……

改写文：

一个夏天，迟迟未裂开的蛋终于裂开了，呀！一只又大又丑的鸭子，鸭妈妈带他到水里，他的腿划得很灵活，浮得很稳！鸭妈妈确信他是自己的亲生孩子！也觉得他并不是很丑。

鸭妈妈把他们领到养鸡场里。别的鸭子响亮地说丑小鸭太丑了，还飞过去啄他。鸭妈妈出来保护他，说他虽然丑但并不伤害谁，可是那些鸭子依旧觉得他的长相该挨打，连最有声望的老母鸭也觉得能把他再孵一次就好了。鸭妈妈维护着自己的孩子说，他不好看，但脾气非常好，游水也很好，并不比别人差，也许慢慢地他会变漂亮的，而且他是一只公鸭，关系也不大，身体很结实，将来总会自己找到出路的。得到老母鸭允许后，他们自由活动就像在自己家里一样。因为小鸭太丑了，无论是在鸭群还是在鸡群都到处挨打，被排挤，被讥笑，而且情况一天比一天糟，连他自己的兄弟姐妹和亲妈妈也对他生起气来。鸭儿们啄他，小鸡打他，喂鸡鸭的那个女佣人用脚来踢他。

于是他离家出走了，灌木林里小鸟一见到他，就惊慌地飞走了；沼泽地里野鸭们不允许他跟他们族里任何鸭子结婚；飞来的两只公雁嘲笑地叫他到母雁那儿碰碰运气；连大猎狗都不咬他……

（二）幼儿寓言的改编

寓言是否适合幼儿欣赏？对此，文学界与教育界尚存争议。不可否认的是，寓言的确不是专门为幼儿创作的文体，但是，寓言的确对幼儿具有教育意义。那么，我们可以做的就是，将经典寓言进行适当合理的改编。那么，如何改编呢？对我国古代和外国的优秀寓言，我们要遵照"古为今用，洋为中用""百花齐放，推陈出新"的原则，剔除其糟粕，吸取其精华，认真加以整理，赋予它新的内容。同时，要依据幼儿身心发展规律进行改写，具体做法如下。

第一，增添形象，扩展情节。寓言语言精练，情节相对简单。例如，《伊索寓言》中的《狼和小羊》一篇，可以增添猎人的形象，同时丰富人物对白、人物言行及心理刻画，使人物形象更细腻，也可以扩充小羊自救的情节，使故事变得曲折、生动、有趣。

第二，改变故事结尾，符合幼儿喜欢大圆满结局的心理，这也使得寓言更像童话。

第三，改用浅显生动的语言。对于用古汉语写成的寓言，这一点尤为重要。

寓言改写范例：

原文：

染丝

子墨子言见染丝者而叹曰："染于苍则苍，染于黄则黄。所入者变，其色亦变。五入必，而已则为五色矣。故染不可不慎也。"

非独染丝然也，国亦有染。

——选自《墨子·所染》

改写文：

染丝的联想

墨子在经过一家染坊时，看见工匠们将雪白的丝织品分别放进热气腾腾的染缸里，浸泡很久后取出，在晾晒时就变成不同颜色的织物。工匠们工作得十分辛苦而认真。

墨子仔细地观察了染丝的全过程后，顿有所悟，不觉长叹一声，自言自语地说："本来都是雪白的丝织品，而今放到青色颜料的染缸里浸泡后就变成了青色，放到黄色颜料的染缸里浸泡后就变成了黄色。所用的颜料不同，染出来的颜色也随之不同。如果我们将白丝先后放到五种不同颜色的染缸里各染一遍，它就会变成五颜六色了，如此看来，染丝的时候，人们不能不谨慎从事啊。"

接着，墨子又从染丝的原理引申开去，进一步产生联想，从而深深地体会到，其实在人世间，不仅是染丝与染缸的颜料有关，即使是一个人、一个国家，不也存在着会染上什么颜色的问题吗？

——选自《寓言故事大全·中国寓言》

寓意：这则寓言提醒人们，对于一个涉世未深、纯洁无瑕的青少年，当他身处五颜

六色的社会大染缸之中时，一定要牢记"近朱者赤，近墨者黑"的真理，择善从之，以促使自己更健康地成长。

原文：

兔子和乌龟

伊索

有一天，兔子笑乌龟走路走得慢，夸耀自己跑得快。

乌龟听了，一点也不生气，笑着说："我们跑个五里地比一比，怎么样？"

兔子同意了。它们就同时起步出发。

兔子边跑边玩，起初跑得很快，乌龟落在后面老远老远的。后来兔子跑了一半路程，就啃啃青草，这儿跳跳那儿蹦蹦地玩得更起劲了。

天很暖和，它又跑了一段，就在路旁躺了下来，嘟嘟哝哝着说："我不如歇一歇，等它赶在头里，我几跳就追上了它。"这样，它就迷迷糊糊地睡着了。

它一觉醒来，前前后后一望，看不见乌龟的影子。它一口气向前直奔，跑到终点，才看见乌龟早已爬到终点了，正舒舒坦坦地在那里打着盹呢。

改写文：

在树林里，住着一只乌龟和一只兔子，它们是邻居。有一天，它们一起出去玩。乌龟一步一步向前爬着，兔子跑得飞快，一眨眼已经跑了长长一段路，把乌龟远远地甩在后面了。兔子停下来等乌龟，一等它走近，就笑着说："走得真慢，你那四条腿是管什么用的？瞧我的！"兔子边说边向前蹿，一蹿就是好几步远。它骄傲地扬起头说："瞧我的四条腿跑得多快，我的本领多大啊！"乌龟听了一点也不生气，笑着说："我走路没有你快，但只要我走个不停，总会赶上你的。""你能赶上我？哈哈哈……"兔子笑得嘴也合不拢："那么，你敢跟我赛跑吗？"乌龟点了点头，说："好，那就和你比一比吧！"兔子说："看谁先到山脚下的大树边，好吗？"乌龟同意了。

乌龟和兔子赛跑的消息传遍了整个树林，树林里的小动物们都来看热闹。猴子跳上大树宣布："今天举行龟兔赛跑。"大家瞪大眼睛好奇地看着它们，猴子喊了一声："预备——跑！"

兔子飞一般地向前跑去，一眨眼，就跑了好长一段路，回头一瞧，只见乌龟还在后面一步一步地爬着。兔子高兴地说："哈，乌龟哪能比得上我呢？！"它这儿蹦蹦，那儿跳跳，边跑边玩又向前跑了一段路，回头一瞧，连乌龟的影子也看不见了。"哈哈！乌龟哪能比得上我呢！"兔子高兴极了，心想："反正乌龟爬得很慢，我可以休息休息了。等它走近了再跑，还来得及呢！"兔子摇摇尾巴，伸伸懒腰，往草地上一躺，眼睛一闭，就迷迷糊糊地睡着了。

乌龟一步一步地向前爬着，一刻也不停。它脚下使足了劲，爬呀爬呀，终于赶上了正在睡觉的兔子。它不休息，还是不停地向山脚下大树边爬去。

猴子早就到了大树上，它见乌龟爬到了大树下，连忙从树上跳下来，将美丽的花环挂在乌龟的脖子上。小动物们看到乌龟胜利了，都高兴地拍起手来。

兔子睡了一觉醒来，前前后后一望，看不见乌龟的影子，心想："啊，这下准是我先到。"它撒开四条腿向前跑去，等它跑到大树底下，看见乌龟早已到了。兔子难为情地低下了头，两只耳朵也耷拉下来了。

寓意：不要轻视他人，同时，稳扎稳打一定能获得胜利。

 知识与能力训练

一、知识训练

（一）填空题

1. 童话是在_____的基础上，用符合儿童的想象力和奇特的情节编织成的一种富有_____色彩的故事。

2. 从童话的体裁划分，童话可划分为_____、_____、_____等。

3. 从童话内容划分，童话可以划分为_____和_____。

4. 从童话人物主要形象划分，童话可划分为_____、_____和_____。

5. 寓言，是指一种包含_____的简短故事，包括_____和_____两部分。

6. 寓言的特点：

1）_____

2）_____

3）_____

（二）思考创作题

1. 结合具体的童话作品论述童话的主要特点。

2. 试创作一篇千字左右的幼儿童话，其中至少包含一个超人体形象或拟人体童话形象。

二、能力训练

1. 选取一个童话故事，在充分阅读的基础上，将故事内容画成图画，装订成册。要求内容直观清楚，形式生动美观，造型逼真形象，色彩丰富明朗。

2. 朗读下面的寓言，并在理解寓意的基础上进行改写。

农夫与狐狸

有一个心肠很坏的农夫十分嫉妒邻居农田里的庄稼长得好，一心想毁掉这些庄稼。于是，有一天，他趁捉狐狸的机会，偷偷地把燃烧的木柴放在邻居的地里。正好路过此地的狐狸拿起那块木柴，按照神明的指示，将木柴扔到这个农夫的地里，把他的庄稼烧得精光。

北风与太阳

北风与太阳为谁的能量大相互争论不休。他们决定，谁能使得行人脱下衣服，谁就胜利了。

北风一开始就猛烈地刮，路上的行人紧紧裹住自己的衣服。北风见此，刮得更猛。行人冷得发抖，便添加更多的衣服。北风刮疲倦了，便让位给太阳。

太阳最初把温和的阳光洒向行人，行人脱掉了添加的衣服，太阳接着把强烈的阳光射向大地，行人们开始汗流浃背，渐渐地忍受不了，脱光了衣服，跳到旁边的河里去洗澡。

第四章

幼儿故事、幼儿散文

导语：幼儿故事在幼儿文学中占有很重要的地位。每个人都是天生的故事迷，尤其是孩子，因此幼儿故事对孩子的成长有着不可或缺的作用。

第一节 幼儿故事、幼儿散文基本理论

一、幼儿故事

幼儿故事作为文学的基本体裁之一，有其基本的概念内涵和基本特征。

（一）幼儿故事的基本概念内涵

幼儿故事的概念内涵有广义和狭义之分：广义的幼儿故事是指一切带有情节的文学作品，如童话故事、寓言故事、图画故事等，这些都是广义上的故事；狭义的幼儿故事是指适合幼儿读、听的，篇幅短小的叙述生动事件的文学作品。

幼儿故事从内容上划分为幼儿动物故事、幼儿生活科学故事、幼儿历史神话传说故事等。它的表现形式可以是文字，也可以是图画和文字配图。如今有很多的画家，在原有故事的基础上进行插画创作，使故事和图画结合在一起，更加富有童趣，更加符合幼儿的心理特点，幼儿可以在文字中感受故事情节，还可以在图画中体会到美的存在。例如，瑞士的插画家阿洛伊斯·卡瑞吉特，分别为故事《大雪》《毛鲁斯去旅行》《莉娜和野鸟》《毛毛、丢丢和小小》等多部作品进行插画，颇受幼儿喜爱。

盘古开天地

从前，中国人的老祖宗说，天地一开始是混在一块儿的，到处一片黑沉沉、混混沌沌的，宇宙好像是一个大鸡蛋，而大鸡蛋的里面睡着一个叫盘古的人，他睡啊，睡啊，

也不知道睡了多久。有一天,他忽然醒了过来,睁眼一看,四周黑暗混沌一片,什么也看不见。盘古生气了,他顺手摸到一把大斧头,用力一挥,就把这个大鸡蛋砍破了。只见一堆又轻又亮的东西,往上飘哇、飘哇,一直飘到很高很高的地方,于是变成了天空;一些沉重无比的东西,则向下沉啊、沉啊,最后变成了大地。

（二）幼儿故事的特征

幼儿故事因其接受群体的特殊性即三岁至六七岁的幼儿,所以除了具有故事的全部特征外,还有其自己特征。

1. 主题突出、内容浅显、情节完整

主题是故事的核心,主题突出是为了使故事有意义,让幼儿从故事中能受到启发,最主要是获得快乐。三至六七岁的幼儿接受能力有限,过于深奥的内容会使原本清晰明确的主题被掩盖,不被幼儿所察觉,失去原本的意义,因此在内容的选择上应充分考虑幼儿的心理发展程度。此外,任何一个故事都是由各个事件组成的,事件组成连贯的情节,才能称为故事。

谁勇敢

杨福庆

枣树上有个马蜂窝。小松指着马蜂窝说:"谁敢把它捅下来,就算谁勇敢!"他问小勇:"你敢吗!"小勇摇摇头:"别捅,马蜂蜇人可疼啦!"小松指着小勇的鼻子说:"得啦,胆小鬼!瞧我的。"小松找来一根长竹竿,使劲一捅。"啪!"马蜂窝掉下来,马蜂一下子炸了窝!小松丢下竹竿,捂着脑瓜就逃。大家也吓得跑开了。钢钢年纪小,跑得最慢,眼看马蜂扑过来,他"哇"地一声吓哭了。小勇回头一看,急忙跑回去,把钢钢拉到身后,抢起手中的小褂,拼命赶马蜂。马蜂赶跑了。小勇让马蜂蜇了一下,半边脸肿起老高,疼得他直掉眼泪。小勇哭了,可是,大家都说他勇敢。小松敢捅马蜂窝,谁也没说他勇敢。

这则故事短短三百字,抓住了孩子淘气、好奇、好对比的心理,选择了生活中常见且具有代表性的小事,在幼儿有效注意集中时间内表达了主题思想,使得幼儿受到启发。

2. 丰富的情绪情感体验

幼儿的情绪表达方式较直率,为了抓住幼儿的注意,在作品中要加入深刻的情绪色彩,以便引起幼儿共鸣。其中,趣味性就是情绪情感的体验的一个重要元素,通过作品具有的一定的趣味性,使幼儿产生良好的情绪体验,这样孩子就能在身心愉悦当中,来体会幼儿故事中所带给孩子们的情感上的感受。如《鸭妈妈找蛋》：

鸭妈妈,生鸭蛋,那鸭蛋像姑娘的脸蛋,谁见了都说:"啊,多么可爱的鸭蛋!"鸭妈妈听了,乐得呷呷呷地叫:"嗯,这是我生的蛋啊!"

可是,鸭妈妈有个毛病,不在窝里生蛋,她走到哪里,要生蛋了,就生在哪里,所以她常常找不到自己生的蛋。

有一天傍晚,鸭妈妈又忘了在哪儿生的蛋了,她在院子里跑来跑去,怎么也找不着,就问母鸡:"鸡大姐,您看见我的蛋了吗?您拾过我的蛋吗?"

母鸡说:"我没看见呀!"

鸭妈妈赶紧跑出院子去,正碰上老山羊带着小山羊回家来。鸭妈妈忙问老山羊:"羊大叔,您看见我的蛋了吗?您拾过我的蛋吗?"老山羊说:"我没拾过你的蛋呀!你到池塘边去找找看。"

鸭妈妈奔到池塘边,找了好一阵子,还是没找着,只好回到院子里。

她看见黄牛回家来,就问:"牛大伯,您看见我的蛋了吗?您拾过我的蛋吗?"黄牛说:"我可没见过你的蛋,也没拾过你的蛋。你老是丢三落四的,这可不好啊!"

鸭妈妈叹了一口气说:"唉!我忙得很哪,要游水,要捉小鱼小虾,还要下蛋……一忙,就记不清蛋生在哪儿了。"

黄牛说:"你说你忙,我呢?耕地,拉车,磨面,可不像你那样丢三落四的。"母鸡说:"我也生蛋呀,我都生在窝里,可不像你天天要找蛋。"山羊说:"你呀,做事不用脑子!"鸭妈妈拍了拍脑袋,说:"啊,啊,不是我不用脑子,一定是我的脑子有毛病!"

山羊、黄牛和母鸡一起劝鸭妈妈:"你别着急,好好儿想一想你今天到过哪些地方?到底在哪里生了蛋?"鸭妈妈低下头,从大清早出窝想起——池塘边吗?没生过蛋。草地上吗?也没生过蛋。小树林里吗?根本没去玩过。

"啊,啊!"鸭妈妈想起来了,她可难为情了,低着头说:"今天,今天,我还没生过蛋呢!"

这篇故事采取诙谐幽默的拟人手法,增加了故事的趣味性,有能够吸引幼儿一直听下去的情节,既让幼儿体会到鸭妈妈的焦虑,也让幼儿感受到其他小动物对鸭妈妈的帮助,结尾诙谐幽默,让幼儿哈哈大笑,这些手法都是用来引起孩子强烈的情绪体验的,能更好地起到教育意义。

3. 生活化、有现实的针对性

幼儿故事中的作品有很多都是来源于现实生活的,题材生活化,重视故事的教育意义,从故事里帮助幼儿建立道德观,形成良好的品格,如勤劳、善良、友爱、团结、孝顺、诚信等。

珍珍的梦

朱家栋

珍珍吃饭跟别人不一样,闻一闻,舔一舔,就把菜一样样扔了。

妈妈给她肉圆吃,她噘起嘴说:"这肉我不爱吃嘛!"把肉圆扔了。

妈妈给她青菜吃,她摇摇头说:"我不爱吃!"把青菜也扔了。

地上的东西可多啦:鱼呀,萝卜呀,馒头呀,米饭呀,都是珍珍扔的。

小狗小猫看见了,摇着尾巴,啊呜啊呜吃起来,吃了半天也没吃完。

妈妈说:"珍珍.你这也不吃,那也不吃,这样下去,个子长不了,力气也没啦。"

珍珍把身子一扭,说:"我不怕。"

一天天过去了。地上的饭菜堆得高高的，小狗小猫肚子撑得滚滚圆，像只大皮球，走也走不动。

珍珍呢？她也变了，身体变小了，变瘦了，变轻了，力气小得连眼睛也睁不开了。

忽然，珍珍觉得身子被什么东西抬了起来，像乘了小船似的，在浪里颠来颠去。

珍珍用力睁大眼睛一看，身上、地上黑压压的一片，都是蚂蚁呀。一群蚂蚁驮着她扔掉的饭菜，钻进山洞去了；还有一群蚂蚁抬着她，"吭哟嗬哟"，走进了大树林。

树林里可热闹了。云雀、黄莺、青蛙和花翎公鸡，正在唱歌，他们看见珍珍来了，都说："请小客人参加我们的树林音乐会！"

珍珍可高兴了，她走上台，张开嘴巴，刚唱了一句，就没力气了，唱不响了。她使劲唱，声音还是又轻又细。她唱了好半天，谁也没听见，都呼噜呼噜打瞌睡了。一只蚊子躲在角落里笑着说："这小姑娘的声音还没有我响呢！"

唉，都怪珍珍力气太小了，多难为情呀！

花翎公鸡跑来说："珍珍，你别唱了。那边在开运动会，你去参加吧！"

珍珍参加了树林运动会，和乌龟、蜗牛赛跑。

小松鼠是裁判员，他大喊一声："预备——跑！"乌龟、蜗牛跑呀跑呀，跑到前面去了。珍珍呢，拖着两条细脚杆，怎么也跑不快，都急出汗来了。她只好请两只手来帮忙——跪在地上爬，爬呀爬呀。还是爬不快，赶不上。她呀，得了最后一名。

唉，都怪珍珍力气太小了，多难为情呀！

小松鼠跑来说："珍珍，那边在开游园会，你去玩玩吧！"

珍珍来到树林游园会。她和熊猫、花鹿、小猴一起坐在河边钓鱼。鱼上钩了，哈哈，别提珍珍有多高兴了，她赶快提起钓鱼竿，提呀，提呀……扑通一声，不好啦，大鱼没被珍珍拉上来，珍珍倒被大鱼拖下河去了。

"救命啊！救命啊！"珍珍这么一喊，醒过来了，原来她是在做梦哩！

这天吃晚饭的时候，小狗小猫又来找珍珍要吃的。

珍珍想起梦里遇到的那些事，赶快端起碗，大口大口吃起来。她对小狗小猫摆摆手说："快走开，这饭菜我自己吃啦！"

小狗小猫觉得奇怪，望着小主人，馋得口水往下流。

妈妈看着，心里真高兴。

一天天过去了，珍珍再也不扔饭扔菜，样样都爱吃了。她像吹泡泡似的，一天天变胖了，变重了，长高了，身体棒得像个小运动员，谁见了都喜欢她。

这篇幼儿生活故事以梦为线索，生动地讲明了珍珍因挑食而引起的不良后果，使孩子们知道挑食的坏处，教育孩子从小养成不挑吃穿、生活俭朴的好习惯。孩子挑食是令很多家长头疼的事情。利用这篇故事来解决现实生活中的问题，针对性极强。文章没有简单地讲述挑食的坏处，而是运用小主人公的梦境，和孩子们熟悉的小动物们的配合，这就是加入了很好的艺术加工，是幼儿文学中的一种轻武器。

4. 语言质朴、明快、口语化

幼儿主要是以听故事为主，因此故事的语言表达方式必须符合幼儿的能力发展水平。三岁至六七岁的幼儿口语能力发展较快，因此幼儿故事的叙述方式必须口语化，符合幼儿的言语表达习惯，避免生僻词语，要简洁易懂、朗朗上口，能立即抓住孩子的注意力。

（三）幼儿故事的分类

幼儿故事类型的划分标准很多，本节主要介绍按照内容所划分的幼儿动物故事、幼儿生活故事、幼儿科学故事、幼儿人物故事四种类型。

1. 幼儿动物故事

幼儿动物故事以动物作为故事的主人公，以动物的生活习性为创作的题材，充分保留动物的原形象，通常采用拟人的手法，同时带有一定的思想，篇幅小，趣味性强，加入一定的想象。除了介绍动物本身外，有的还间接地反映人类的社会生活，也从一定程度上反映人类与动物之间的关系。

2. 幼儿生活故事

幼儿生活故事是以真实的生活为题材，尤其是幼儿的生活，写人叙事都可。其创作数量非常大，在很多情况下人们把幼儿生活故事等同于幼儿故事，这足以说明其重要性。它以写实的手法反映人物形象，年龄段没有限制，故事中所描述的事件可发生在各个领域，取材范围宽泛。

万尔福的头发

肖定丽

你认识万尔福吗？他常坐在大槐树下读书。

他最喜欢自己的头发，买了许多关于保养头发的书。

他没开理发店，却有一套理发工具：剪刀、推子、电吹风，还有摩丝、发胶、高级洗发精。

他的上衣口袋插着小梳子、小圆镜，还不停地照着镜子梳头发。

冬天要戴风雪帽，怕把头发冻着了。

夏天要打遮阳伞，怕把头发晒黄了。

万尔福对他的头发这么好，他的美发到底有多少？

说出来你可别见笑，万尔福的头发呀，不多不少，就有一根！

故事中描写的是万尔福如何爱惜其头发的，普通人生活中的小事，通过朴实简洁的语言对主人公的行为进行了生动的描写，能很好地吸引幼儿的注意，结局幽默，值得人回味。

幼儿生活故事有很强的现实针对性，生活故事的题材来自幼儿真实的生活，作家创作的动因和意图，往往源于幼儿成长教育中需要解决的问题。故事单纯而又略有曲折，重视通过语言和动作的刻画突出人物形象且带有浓郁的幼儿生活情趣。

3. 幼儿科学故事

幼儿对大千世界的认识是逐渐积累起来的,科学常识便是其中的一部分。科学常识乏味无趣,但它和人类的生活息息相关,因此有必要在幼儿时期就开始教授。科学故事就承载了这样的任务,它把科学知识灌入生动有趣、引人入胜的故事情节中,让幼儿在聆听故事的过程中掌握知识,既不枯燥乏味也不带有极强的任务性,让孩子轻松学习,达到教育的目的。

天然屋顶

[苏联]维·比安基

花朵里最娇弱的东西是花粉。花粉一打湿,就会坏掉。雨水、露水对它都有害。那么花粉怎样保护自己,不让雨露沾湿呢?

铃兰、覆盆子、越橘的小花,都像小铃铛倒挂着,所以它们的花粉是藏在"屋顶"底下的。

金梅草的花是朝天开的。它的每一片花瓣都像匙子似的向里弯着,一层花瓣的边儿压着另一层花瓣的边儿。这样,就形成一个蓬蓬松松、四面没缝儿的小球。雨点打在花上,可是没有一滴水能落在里面的花粉上。

凤仙花现在还含苞未放,它的每一个花蕾都躲在叶子下面。多么巧妙呀——花梗架在叶柄上,这为的是叫花不偏不倚,老开在叶子底下,就像躲在屋顶下面一样。

野蔷薇花的雄蕊很多,下雨的时候,它把花瓣闭拢来。莲花在刮风下雨的时候,也把花瓣闭拢来。

故事中描写的是各种花是如何保护自己的花粉的,语言优美,让幼儿在享受美的同时,发挥想象力,和文字一起畅游于花海中,增长了知识。

4. 幼儿人物故事

幼儿人物故事主要是以介绍人物为主的故事。这类故事篇幅小、容量小,每篇故事都是通过对著名人物的某一行为的描写来反映其高尚的品德、人格等。

历史人物故事是人物故事中的一个重要的分支,主要是通过对历史真实人物的描写,如思想、性格、行为及对当时社会或后世的影响,来展现当时历史时期的风貌或某一重要的历史事件,让幼儿对历史有进一步的了解。

居里夫人小时候的故事

佚名

几十年前,波兰有个叫玛丽亚的小姑娘,学习非常专心。不管周围怎么吵闹,都分散不了她的注意力。

一次,玛丽亚在做功课,她姐姐和同学在她面前唱歌、跳舞、做游戏。玛丽亚就像没看见一样,在一旁专心地看书。

姐姐和同学想试探她一下。她们悄悄地在玛丽亚身后搭起几张凳子,只要玛丽亚一动，凳子就会倒下来。时间一分一秒地过去了，玛丽亚读完了一本书，凳子仍然竖在那儿。

从此姐姐和同学再也不逗她了，而且像玛丽亚一样专心读书、认真学习。

玛丽亚长大以后，成为一个伟大的科学家。她就是居里夫人。

故事中描述的是小事，是居里夫人小时候认真专心读书的故事，简短且励志，让幼儿读后能有很多的感触，既不是干枯说教，又能让幼儿领会精神，是典型的人物故事。

二、幼儿散文的内涵及其特征

（一）幼儿散文的内涵

散文是一种抒写作家的情绪感受、与读者进行精神对话的问题，特别强调个性化和个体情感的抒发，同时，在写作上又相当自由灵活，选材宽泛。幼儿散文是散文的一个分支，是针对幼儿进行创作的，篇幅短小、知识性强、写法自由、文情并茂的散文，适合幼儿欣赏。

"五四"运动时期，受西方文学的影响，散文成为被大家所认可的与小说、诗歌、戏剧并列的文学，其形式多样，但真正意义上的现代散文以抒情、写真情实感和境遇为主。幼儿散文也出现于这一时期，从一开始便是按照现代散文的形式出现的，20 世纪80 年代后开始了真正的崛起。

雨

刘半农

这全是小蕙的话，我不过替她做个速记，替她连串一下便了。

妈！我今天要睡了——要靠着我的妈早些睡了。听！后面草地上，更没有半点声音；是我的小朋友们，都靠着他们的妈早些去睡了。

听！后面草地上，更没有半点声音；只是墨也似的黑！只是墨也似的黑！怕啊！野狗野猫在远远地叫，可不要来啊！只是那叮叮咚咚的雨，为什么还在那里叮叮咚咚地响？

妈！我要睡了！那不怕野狗野猫的雨，还在黑黑的草地上，叮叮咚咚地响。它为什么不回去呢？它为什么不靠着它的妈，早些睡呢？

妈！你为什么笑？你说它没有家么？——昨天不下雨的时候，草地上全是月光，它到哪里去了呢？你说它没有妈么？——不是你前天说，天上的黑云，便是它的妈么？

妈！我要睡了！你就关上窗，不要让雨来打湿了我们的床。你就把我的小雨衣借给雨，不要让雨打湿了雨的衣裳。

（二）幼儿散文的特征

幼儿散文除了具有题材广泛、构思新颖、结构形散神聚、意境优美的特点外，还具有适合幼儿生理、心理和欣赏水平方面的独特特征。

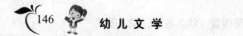

1. 富有童趣

幼儿是活泼富有生机的个体，其生活更是色彩斑斓。那么幼儿散文的抒写必须抓住这一特点，让其充分符合幼儿的心理特点，把生活中和人生中的真谛赋予文字中，让其充满童趣，从而陶冶幼儿的性情。

抬轿子

夏辇生

男孩子，抬轿子，女孩子，坐轿子，一颠一颠出村子。女孩戴着野花环，活像一个新娘子。

"去哪呀？"男孩子问。

"找新郎！"女孩子说。

"新郎在哪呀？"男孩子瞪大眼睛找。

"太阳里！月亮上！"女孩子咯咯笑弯了腰。

轿子掉转头，"嗵嗵"往回抬。任女孩子捶，任女孩子嚷，抬轿子的都成了哑巴样。

回到大树下，"叭！"轿子散了，新娘摔了。哑巴扯开嗓门大声嚷："新娘子送上太阳，送上月亮，谁跟我们抬轿子、斗嘴、过家家？"

作品中以幼儿游戏为主题，游戏的最主要的特征就是趣味性，通过动作及语言的描写更显现出幼儿活泼、乐观的天性，因此作品充满了生机，童趣盎然。总而言之，作品是以一颗童心，从孩子的视角来展现的。

2. 贴近幼儿生活

幼儿散文的灵魂在于"真"，无论是写事还是表达情感，都要求是真实的。大多为真实的所见、所闻和所感，采取叙述、抒情、议论相结合的表现方式展现出来。因此要求贴近幼儿的生活，真实地展示幼儿生活中的事件，以幼儿的视角来表述。

圆圆的春天

胡木仁

小蜻蜓，尾巴尖，

弯弯尾巴点水……

小蜻蜓，做什么，

我给春天灌唱片，

青蛙唱"呱呱"，

雨点敲"叮咚"，

活泼可爱的鱼娃娃

跳起了水上芭蕾舞，

灌呀灌，灌好了，

圆圆的池塘，

圆圆的唱片，
圆圆的春天。

散文的名字俏皮可爱，引人入胜，文中以幼儿的视角，写了幼儿眼中的春天，是真实的写照，用词活泼，运用儿童特有的想象表达了对春天的感受。

3. 语言清新，意境优美

幼儿散文侧重具体环境下情绪情感的抒发，抒情才是立足点，因此语言及语境的应用及营造是极其重要的。语言要渗透出浓浓的童趣，用清新的语言描绘出优美的意境，更能引起幼儿的共鸣。

春雨沙沙

冯幽君

春雨沙沙，春雨沙沙……

沙沙的春雨，像千万条丝线飘下……

穿梭的燕子衔着雨丝，织出一幅美丽的春天图画：绿的，是柳叶；红的，是桃花。还织出一条清凉的小河，河里的鱼儿欢快地摇动着尾巴。河的对岸，一座小山。山坡下，有播种的农民；山坡上，有植树的娃娃……

在散文中，春雨的"沙沙"声、雨中飞行的燕子、树木花朵等，无一不用清丽的词语描绘出春雨的景象，从孩子的视角展现出来，生动活泼的景象映入孩子脑中，深深地吸引了孩子的注意，使孩子畅游其中。

4. 充满想象

幼儿的思维跳跃，想象力极其丰富，有时甚至天马行空，让人匪夷所思。散文的行文特点是自由的、不受拘束的，因此幼儿散文把幼儿想象的特点巧妙地融入其中，生动地有时甚至是夸张地描写着所见，抒发着情感，营造了美的意境，走进了幼儿的内心世界。

小小的希望

金波

我有一个小小的希望：

我希望能有那么一天，小鸟能听懂我的话，我也能学会小鸟的话。

到那时候，我就可以告诉小鸟：

不要往那边森林里飞，那边有个举着猎枪的人；也不要到这里来，这儿，张着捉鸟的网。

我和小鸟一起飞到另一片森林里。我躺在林中的草地上，望着头顶上绿叶间的小鸟，我们用彼此都能听懂的话，交谈着春天、树林、花朵，还有越来越多的花园。

在散文中，作者大胆地想象着自己的愿望是成为一只小鸟，像鸟一样自由自在，这种想象在成人看来就是一种写作手法，但是在幼儿看来是一个希望的表达、一个想法的展现，符合幼儿想象力丰富的特点。

第二节　幼儿故事、幼儿散文阅读欣赏

一、幼儿故事阅读赏析

啾比的巧克力和他的朋友

佚名

田鼠啾比的阿姨在城里上班。一天，她给啾比寄来一盒巧克力当作新年礼物。

啾比拿着巧克力从湖边走过，青蛙看见了说："啾比！给我块巧克力。"青蛙见啾比不吭声，"扑通"！青蛙跳到湖里去了。

啾比经过森林，树上的小鸟见了说："啾比！给我块巧克力，行吗？"小鸟见啾比不吭声，"啪啦啪啦"！小鸟拍拍翅膀飞走了！

正在树下休息的棕熊也想要块巧克力，可是啾比还是不吭声，棕熊吞了吞口水，识相地钻进树洞。

此时的啾比，只想尽快回家将巧克力礼物收藏起来。回家后啾比把巧克力装在透明的玻璃罐里，还用条小缎带很小心地绑上蝴蝶结，放在壁橱里。

冬天来了，天气越来越冷，窗外开始飘着雪花，屋里冷冷清清的，啾比觉得自己很孤单。突然他想起来他的巧克力和他的好朋友们。

啾比心想：我要把青蛙、小鸟、棕熊这些好朋友都请来。一边烤火一边吃巧克力……对！这真是个好主意。

于是啾比高高兴兴地出去找朋友。首先，啾比来到湖边，见湖面上结了层厚厚的冰。啾比使劲地喊青蛙，仍不见青蛙搭理他。咦？青蛙去哪里了？我还是去找小鸟吧！

啾比来到森林里，只见树叶已经掉光，干枯的树枝被寒风吹得瑟瑟发抖。啾比喊了半天小鸟，也不见小鸟答应。咦？小鸟上哪里去了？

啾比到树下找棕熊，可是树洞已经被积雪封住了，啾比就问树公公："树公公，我的朋友都到哪里去了啊？我到处搜都找不到他们。"

树公公说："青蛙钻到湖里的泥里了，小鸟飞到温暖的南方去了，棕熊吗？正在我的肚子里睡觉呢！"

听完树公公的话，啾比好后悔："我再也见不到他们了，呜呜呜……"啾比伤心地哭了起来。

树公公便安慰啾比："别难过，等春暖花开的时候，他们都会回来的。"啾比点点头："恩，我要把巧克力藏好，等到明年春天再跟好朋友分享。"

作品赏析：该作品适合 4～5 岁的幼儿阅读。此阶段的幼儿从以自我为中心开始向

懂得分享过渡，该故事借着小动物分享巧克力来让幼儿懂得分享的快乐和必要。作品中的语言生动形象，深深地吸引了幼儿的注意，让幼儿从以自我为中心的行为中感受到给别人带来的伤害和被孤立，具有现实的教育意义。

年糕黏糊糊

淘淘兔

快过年了，小老鼠豆豆翻翻日历，然后大声地向大家宣布："我决定今年要帮妈妈做年糕。""你？"老鼠爸爸、妈妈、哥哥、姐姐听到这个消息都吓了一跳，因为，豆豆实在太小了，根本帮不上忙。

不过豆豆还是十分坚持，因为他认为："比起去年，我今年可是大多啦。"可不是嘛，去年的豆豆还吸着奶嘴、包着尿片，坐在学步车里。今年就已经骑着三轮车到处跑，谁能说豆豆没长大呢？于是爸爸、妈妈、哥哥、姐姐，只好让豆豆试一试。

就这样，豆豆跟着爸爸去磨米，跟着哥哥把磨好的米浆扛回家，再跟着姐姐把米浆倒进桶里。不过，豆豆还是大声嚷嚷着说："我要帮忙做年糕，怎么还没有开始做呢？""我们现在就是在做年糕呀！豆豆。"妈妈搂着忙得满身大汗的豆豆温柔地说。"可是怎么还没拌一拌呢？""原来你说的是这个啊！"妈妈恍然大悟。原来豆豆所谓的做年糕，是要好好地拌一拌、搅一搅。

"可是你的力气太小，恐怕……"

"我力气才不小呢！"没等妈妈说完，豆豆就把一大袋的糖倒进米浆桶里，然后拿起竹竿搅拌起来。呼呼呼呼……米浆越搅越浓。呼呼呼呼……豆豆越搅越吃力。"豆豆，休息一下吧。"姐姐说。

"不要不要，我不累。"

"豆豆，让我来吧。"哥哥这么说。

"不要不要，我还搅得动。"不管哥哥姐姐怎么说，豆豆就是抓着竹竿不肯放手。呼呼呼呼……一不留神，疲倦的豆豆居然掉进米浆桶里了。"救命呀，救命呀！"

爸爸赶紧把豆豆捞了出来，妈妈赶紧帮黏糊糊的豆豆洗个热水澡，然后把累坏的豆豆送上床。"呼呼呼呼"，豆豆搅拌的年糕终于蒸好了。而豆豆呢？也许他正在睡梦中享用着黏糊糊的年糕呢。

作品赏析：该故事适合 4～5 岁的幼儿阅读。该时期的幼儿自我意识增强，独立性逐渐显现，作品正通过小老鼠豆豆反映了这一特点。小动物的形象能牢牢地抓住幼儿的注意力，故事的语言生动有趣，把小老鼠豆豆的行为描写得惟妙惟肖，让幼儿在开怀一笑的同时也能产生共鸣，是一个很好的幼儿故事。

聪明的小白

佚名

兔子小白跟妈妈出去采蘑菇，看见一只蜜蜂在花丛中"嗡嗡嗡，嗡嗡嗡"地飞。小白想：咦？小蜜蜂要去哪呢？于是蹦蹦跳跳地追了过去。蜜蜂越飞越远，小白离妈妈也

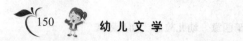

越来越远了。

这时，一只狐狸从一棵大树后面走出来，说："嘿！这不是小兔子吗？自己在这儿玩呀？"小白知道狐狸经常做坏事，没有理它。

狐狸见小白不理它，转了一下眼球，拿出一根胡萝卜，说："我这里有一根好吃的胡萝卜，给你吃吧！"小白说："我不认识你，不吃你的东西！"

小白继续往前走，一只狼从大石头后面走出来，说："嘿！这不是小兔子吗？自己在这儿玩呀？"小白知道狼经常欺负小动物，没有理它。

狼见小白不理它，假惺惺地说："小兔子，我带你去找妈妈吧！"小白说："我不认识你，不跟你走！"大灰狼见小白不跟它走，就龇着牙伸着爪子去抓小白。小白挣脱狼的爪子，大声喊："救命啊！救命啊！"

大象和兔妈妈听见了小白的叫喊，带着动物们飞快地跑来。大灰狼看见来了这么多的动物，灰溜溜地逃跑了。

作品赏析：该故事适合 3～4 岁的幼儿阅读，通过小白对待狐狸的态度，来告诉幼儿不能随意和陌生人接触，故事中的语言简洁朴实，中心突出，主题明确，在牢牢抓住幼儿眼球的同时起到了很好的教育作用。

转不停的小狗

兔子波西

有一只小狗住在蛋糕店。最近他不知怎么了，一直打转，一直打转，转、转、转！

主人蛋糕师傅带小狗去看医生，什么毛病都没查出来。可是，小狗一回到店里，又一直打转，一直打转，转、转、转！真伤脑筋呀！

有一位大侦探听说了这件事，就去拜访蛋糕师傅，说："我来帮你查查看，看它每天都做些什么事。"

蛋糕师傅说："好啊！它喜欢陪我做蛋糕。"他带大侦探走进一间大厨房，果然，小狗就在那里。师傅得意地说："以前只靠手工做蛋糕，太慢了。最近买了新机器，做蛋糕快多啦！"师傅一边说着，一边就开始工作了。

大侦探认真地看着小狗。小狗去看果汁机，他跟着看……

一颗颗跳动的草莓，打碎不见了，变成漂亮的果汁，一直转、转、转……

小狗去看打蛋器，他也跟着看……

一个个圆滚滚的蛋，打出黏的蛋汁，变成膨膨软软的蛋泡，一直转、转、转……

小狗接着去看和面机，他也跟着看……

雪白雪白的面粉加上水滚动变成胖胖的面团，一直转、转、转……

再看搅拌锅里面，巧克力酱也在慢慢地转、转、转……

"呜……"小狗看得头昏眼花，不停地跟着转圈圈。

蛋糕师傅尖叫："你看，它又不停地打转了。"

"哦……我也快昏啦！"大侦探摇着脑袋报告："小狗没有病。只是，以后别让它看旋转的机器了。"

大侦探说完，身体也像个陀螺一样转圈圈。转、转、转，大侦探转出蛋糕店，再也没有回来。

作品赏析：该作品适合 5~6 岁的幼儿。故事的标题能激发孩子阅读的兴趣，内容生动有趣，语言简洁，以独特的视角和方式帮助幼儿了解了做蛋糕所使用的各个机器的工作方式，丰富了幼儿的生活常识。

肚子好饿的毛毛虫

[美国]艾瑞·卡尔

在皎洁的月光下，一个卵静静地躺在树枝上。一个星期天的早晨，太阳暖暖地照着。啪!卵破了，从里面爬出一个小小的毛毛虫。星期一，他啃穿了一个苹果。他还是觉得饿。星期二，他啃穿了两个梨子。他还是觉得饿。星期三，他啃穿了三个梨子，他还是好饿呀。星期四，他啃穿了四个草莓，可他还是饿得要命。星期五，他啃穿了两个苹果和三个梨子，他还是很饿呀。星期六，他吃了好多，有巧克力蛋糕，有冰激凌，有夹心筒，有甜西瓜。这次他不饿了，他不再是一个小毛毛虫了，他成了一个胖嘟嘟的大毛毛虫。他围着自己造了一个叫作"茧"的小房子。他躺在里面，睡起觉来。第二天，又是一个星期日的早晨，暖暖的阳光下，茧破裂了，从里面飞出一只美丽的蝴蝶。

作品赏析：该作品适合 5~6 岁的幼儿阅读。故事简洁明了，描写的是毛毛虫破茧变成蝴蝶的过程，生动且形象，语言生活化，是很好的科学故事。

瓜瓜吃瓜

马光复

有个小朋友，他的名字可怪了，他叫瓜瓜，就是西瓜的那个瓜。他干吗叫瓜瓜呀?原来他生下来的时候，胖墩墩，圆滚滚，就像个大西瓜。

瓜瓜可爱吃西瓜啦，他一下能吃几大块。有一天，天热极了，瓜瓜又闹着要吃西瓜。妈妈拿出一个小西瓜来，对瓜瓜说："就剩这个小的了，先吃着吧。"妈妈切开西瓜，上班去了。瓜瓜斜眼儿瞧了瞧那西瓜，翘起了嘴巴，心想：哼，这也叫西瓜?可他怪口渴的，又想：瓜儿小，说不定还挺甜哩!就拿起一块，咬了一口。"哎，一点儿也不甜。"

他吃完一块，心里生着气，一甩手，把西瓜皮从窗口扔了出去，掉在胡同里的路上了。

哟!来了个人，慢慢地走近了，是一位老奶奶，没错儿，是外婆来了。真的，还抱着一个大西瓜呢!

瓜瓜大声嚷嚷："外婆，我来接你——"就连蹦带跳，跑下楼去。

外婆听见了，心里一高兴，加快了脚步。走到瓜瓜家楼下，一不小心，一脚踩在西瓜皮上，滑了一跤，手里抱的大西瓜，"啪啦"一下，摔了个粉碎。

外婆一边爬起来，一边说："唉哟，谁把西瓜皮扔了这一地!"

瓜瓜出了门看见外婆坐在地上，连忙跑去把她搀起来，一边气呼呼地抬起脚，往西瓜皮上踩："该死的西瓜皮，哪个坏蛋扔的。"

咦，这西瓜皮怎么这么眼熟呢？坏了，可不就是他自己扔的吗？

瓜瓜再看看外婆带来的大西瓜，瓤儿红红的，一定很甜，可惜全都碎了，沾上了泥。他只好咽着口水，拿起碎瓜块往垃圾箱里扔。

外婆不知道西瓜皮是瓜瓜扔的，只看见瓜瓜把西瓜皮扔到垃圾箱去，就说："咱瓜瓜真懂事啊。"

小朋友，你们认为瓜瓜乱扔西瓜皮的行为对吗？如果是你，吃完西瓜该怎么做呢？

作品赏析：该故事适合 5～6 岁的幼儿阅读。这是一个具有现实意义的故事，讽刺了"捡了芝麻丢了西瓜"的行为。故事结尾发人深省，作者巧用"误会法""设问法"对乱扔垃圾的行为进行批判，但是言词生活化，平和不犀利，适合幼儿阅读，具有深刻的教育意义。

张老师的脸肿了

朱庆萍

真怪，张老师左边的脸今天突然肿了起来。是被人打了一巴掌吗？不会的。是被刺毛虫刺了一下吗？那更不会了。小朋友们坐在一起，想呀想，猜呀猜。春春说："我知道了，一定是达达昨天上课拉小娟的辫子，老师生气了，脸才肿的!"

小朋友们都说："对！对！是达达不听话，老师的脸才气肿的!"

达达的脸"腾"的一下子就红了，他的眼睛瞪得大大的："我……我不知道老师的脸会肿起来的呀!"说着，眼泪都快滚下来了。新新连忙说："达达，别哭，这不要紧的，只要你以后不欺负小娟，张老师不生气，脸就不肿!"达达使劲点点头。

上课了，张老师走进来，脸还是肿着。达达认认真真地听老师讲课，小娟的小辫子就在前面晃来晃去，达达一动也不去动它。可是，一直到下课铃响了，张老师的脸还是肿着。达达连忙跑到张老师面前，说："张老师，我今天没有拉小娟的辫子!"张老师笑笑，摸摸达达的脑袋，就走了。

第二天早上，春春对达达说："达达，张老师的脸还肿着，他还在生你的气呢!"达达一听，可急坏了，他"噔噔噔"跑到小娟面前，把自己最心爱的小象卷笔刀往小娟手里一塞，说："送给你。"他又跑到老师跟前，对张老师说："张老师，张老师，我把小象卷笔刀送给小娟了!"张老师又是笑了笑，没说话。达达急得结结巴巴地说："张老师，你……你别生我的气……"

张老师愣住了："我生你什么气呀？"

达达说："前天，我拉了小娟的辫子，您的脸就气肿了。"

张老师一听，咯咯笑了起来："老师早就不生你的气啦，老师的脸肿是因为牙齿疼呀，达达对老师这么好，老师的病一定好得更快啦!"

达达乐得蹦了起来，大声嚷着："张老师的脸不是我气肿的，不是我气肿的……"

作品赏析：该故事适合 3～4 岁的幼儿阅读。开篇就设置悬念：张老师的脸肿了，为什么肿了？吸引了幼儿的眼球，悬念十足，波折的情节引人入胜。故事中孩子的爱心、童心被展现得淋漓尽致。这里要特别注意的是儿童故事插入儿童的想象写法与童话的区别：幻想是童话的灵魂，童话的人物、环境、故事都是幻想的；而儿童故事是写实的，真实地展现儿童奇妙的幻想、思维。

三脚猫出丑

冰子

有一只漂亮的波斯猫，长着一身又白又长的卷毛。可是它又馋又懒什么也不会，只会做做怪圈啊，逗人欢笑。它的主人是个医生，看病的时候波斯猫就在他脚边喵喵喵地叫。时间一长，波斯猫也学会了很多医学的名词，它觉得自己了不起。

有一天，波斯猫打翻了客厅里的金鱼缸，把主人名贵的金鱼吃了个精光，气得主人拿起木棍打断了它的一条后腿，它连蹦带跳地逃出窗口，从此成了一只流浪的三脚猫。

它来到一个大森林里，遇到一只多嘴的乌鸦。乌鸦问："喂，唉喂，啊！流浪汉你从哪儿来？""滚开，你这只小黑炭。我是城里的医生。""哇！城里来医生了，城里来医生了。"

这只多嘴的乌鸦话也没听完就在森林里大叫起来。这一下大伙都来看热闹了。

瞧！小猴用尾巴倒挂在树上朝下瞧，大乌龟伸长了脖子，看看谁第一个来挂号。乌鸦在树枝上还在嚷嚷着："排队，排队，看病的可都要排队。"

第一个病人是小白兔："我怎么老是红眼睛呢？"三脚猫学它主人的模样，翻了翻兔子的眼皮："啊，是结膜炎。你一定常用脏手揉眼睛吧？这手上有细菌。"小白兔不服气："什么？可我生下来就是红眼睛啊！""那你一定是在娘肚子里就揉眼睛了。"三脚猫尴尬地抓了抓胡子，说得大家全都笑了。

"二号，二号。"二号是骆驼。它说要治治它的驼背。它这么一说呢，真是逗得大伙全都乐了。可三脚猫指了指高耸的驼峰说："谁叫你小时候读书的时候坐得不端正啊。"倒挂在树枝上的小猴笑着说："三脚猫大夫，它还没有上过学呢。"三脚猫大夫觉得脸上直发烫："唉，下次说话可要小心了。"调皮的猴子接着问："大夫，唉，大夫。我怎么长不胖啊？大家都叫我瘦猴呢？"这话呀，可把大乌龟笑得张大了嘴巴。乌鸦抢着回答："啊，那是因为你嘴馋，爱吃零食。""哼，你这只小黑炭。"猴子想去抓它，可乌鸦飞到了另一棵树上。

"别吵了，别吵了。"唉？这是谁的声音啊？啊！原来是世界上最小最小的鸟——蜂鸟，从树上飞了下来。它的个子跟黄蜂差不多大小，称一称啊只有一粒花生米那么重，可它的羽毛比孔雀还要美丽。蜂鸟说："猫大夫，请你告诉我。我为什么长不大呀？""啊，这叫呆小病，是甲状腺有了毛病。""什么？大夫，你说什么？"蜂鸟听不懂它说的是什么。大象又问："那你说我是什么病？""你么。你是巨人症，脑子里长了瘤子了。"（嘲笑声）大伙一起嘲笑这个不懂装懂的三脚猫。可怜的三脚猫只好一瘸一拐地离开了这座大森林。

作品赏析：该作品适合 4～6 岁的幼儿阅读。故事具有现实的讽刺意义，讽刺对事情一知半解就不懂装懂的行为。故事是通过对动物的描写来反映现实社会的，同时也介

绍了各个动物的特点，让幼儿对小动物的特点有了简单的了解。语言风趣幽默，趣味性十足，深深地吸引了幼儿的注意，颇受幼儿欢迎，是幼儿故事的经典代表作品。

李子核

〔俄国〕列夫·尼古拉耶维奇·托尔斯泰

妈妈买来李子，放在盘子里，打算吃完饭分给孩子们吃。

瓦尼亚从来没有尝过李子，他不停地围着李子打转转，一会儿去闻闻，一会儿伸出手去摸摸，他很想马上就拿一个来吃。

瓦尼亚黑溜溜的眼睛往四面转了一下，看看别人没注意他，就踮起脚尖，抓起一只李子塞进嘴里。

吃完晚饭，妈妈去拿李子盘，数了一下李子，少了一只，就问孩子们："你们吃过李子吗？"

大家说："没有。"瓦尼亚脸红得像虾一样，也说："没有，我没有吃。"

妈妈看了看瓦尼亚，说："谁吃了一只李子，这倒不要紧。可是李子里面有核，谁要是不会吃，把核也吞下去，那么只要过一天就要送命的。"

瓦尼亚听了妈妈的话，吓得脸色发白，他摇晃着两只小手，结结巴巴地说："没有，我把核扔到窗户外面去了。"

一家人都笑了，而瓦尼亚却哭了。

作品赏析：《李子核》是著名作家托尔斯泰的作品，文章通过对小男孩瓦尼亚偷尝李子，后因担心肚子里长小树又忍不住将真相告知家人的事件描写，生动再现了一个天真幼稚、顽皮又不失可爱的孩童形象，短文风趣幽默，读了之后使人忍俊不禁。文章有着丰富的人文内涵。瓦尼亚偷尝李子后的心虚、恐慌，母亲的幽默慈爱，家人的宽容，无不让人感受到鲜活的、浓浓的生活气息。因为很多孩子也都有同样的生活经历，所以这个故事会悄悄地溜进孩子们的心里，会让孩子们主动去表达思想感情。

『作者简介』

列夫·尼古拉耶维奇·托尔斯泰，俄国作家、思想家，19世纪末20世纪初最伟大的文学家，19世纪俄罗斯伟大的批判现实主义作家，是世界文学史上最杰出的作家之一，他被称颂为具有"最清醒的现实主义"的"天才艺术家"。他的主要作品有长篇小说《战争与和平》《安娜·卡列尼娜》《复活》等，还有大量的童话作品，他是大多数人所崇拜的对象。他的作品描写了俄国革命时的人民的顽强抗争，因此被称为"俄国十月革命的镜子"。列宁曾称赞他创作了世界文学中"第一流"的作品。他的作品《七颗钻石》《跳水》《穷人》已被收入人教版和冀教版小学语文教材。

豆豆和爸爸去旅游

章涵

"你们一到那里就打电话，千万别忘了！"豆豆要和爸爸去旅游，妈妈不放心，一个劲儿地叮嘱这个，叮嘱那个。"妈妈，你放心，我会把每一天的事儿都告诉你。"

"妈妈，我们已经来到了大海边。你听见大海的波浪'哗啦哗啦'扑上来的声音了吗？"旅游的第一天，豆豆就给妈妈打电话，还让妈妈听一听大海的波浪声。

"啊，太好了，大海的波浪声！我听得很清楚。"妈妈说。

第二天，豆豆和爸爸在大海边看日出，豆豆拿出画笔画了起来：太阳像个胖乎乎的小男孩，一下子从大海的那一边跳了出来。顽皮的太阳跳出海面，又一屁股坐到海面上，它把海水压得一颤一颤。然后，太阳又调皮地钻进了海上的云朵里。

"啊，你画得太好了！"大海边看日出的人都夸奖豆豆。

"我现在就想给妈妈看看这幅画。"

"我们用传真机把你的画传给妈妈。这样妈妈很快就可以看到了。"爸爸带着豆豆回到住的地方，用传真机把豆豆的画传给了妈妈。

"豆豆画得太好了！"妈妈一收到传真就打电话过来，"看着豆豆的画，我好像和你们一起看到了日出。"

第三天，豆豆和爸爸在海滩上捡贝壳、捡海螺，还用沙子堆起一个大城堡。爸爸用照相机把这些都拍了下来。

"爸爸，我想让妈妈看看我堆的城堡！"豆豆问。

"我们用电脑给妈妈发过去。"爸爸又告诉豆豆一个好办法。

豆豆和爸爸用电脑把照片传送给妈妈。

"啊！我看到了照片，豆豆的脖子上、手上都是沙子。豆豆一定玩疯了吧？"妈妈把这些话也通过电脑传了过来。

"妈妈，我们明天还要坐大海船到海岛上去玩。我们会把每天有趣的事儿都想办法告诉你。"豆豆又用电脑把自己的话传给了妈妈。

作品赏析：该作品适合 5～6 岁的幼儿阅读。故事以时间为序，通过顺风耳——手机、千里眼——传真机、电脑，把父子俩旅途中的所见所闻及时地传到千里之外的家中。文章以喜悦的心情，抒写了日新月异的现代高科技带给人们生活的喜悦和便利，具有较强的时代色彩。

二、幼儿散文阅读赏析

风娃娃

郭荣安

风娃娃长大了，风妈妈说："到田野里去吧，在那里，你可以帮人们做许多事。"

风娃娃来到田野，看见一架大风车正在慢慢转动，抽上来的水断断续续地流着。他深深地吸了一口气，使劲向风车吹去。风车一下子转得飞快！抽上来的水奔跑着，向田里流去。秧苗喝足了水，笑着不住地点头，风娃娃也高兴极了。

风娃娃又来到河边，看见许多纤夫正拉着一艘船。他们弯着腰，流着汗，喊着号子，船却走得很慢。他急忙跑过去，对着船帆吹起来。船在水面上飞快地行驶。纤夫们笑了，一边收起纤绳，一边向风娃娃表示感谢。

风娃娃想：帮助人们做好事真容易，只要有力气就行。

他这么想着，来到一个广场上。那里有几个孩子正在放风筝。风娃娃看见了，赶紧过去使劲吹风。风筝在空中摇摇摆摆，有的还翻起了跟头。

不一会儿，风筝被吹得无影无踪了，孩子们伤心极了。

风娃娃却一点儿也不知道，他仍然东吹吹，西吹吹，吹跑了人们晒的衣服，折断了路边新栽的小树……人们都责怪他。

风娃娃听了，很伤心，心想：我帮人们做事，为什么他们还责怪我呢？

作品赏析：作品采用拟人的手法，把风描写得生动形象，文中风是有感情的，既热情又多愁善感，会开心会伤心，这样的描写在吸引了幼儿的注意力的同时，让孩子了解了风的作用和危害，语言优美，简短不啰唆。

梅花鹿

吴珹

小鹿大了，头上长出了角角。那角角好像树丫丫。

春天来了，山青啦，水绿啦，草地上也开出了朵朵野花。为什么这些树丫丫还不发芽、不长叶呢？

哦！他一定喜欢冬天，要不，怎么身上开满了梅花。

我想，他的妈妈也许就是一朵会跑的梅花。

我想，他的妈妈也许就是一棵会跑的梅树……

嗨！这简直是一个有趣的童话。

作品赏析：该作品适合4～5岁的幼儿阅读。本文短小优美、童趣盎然，着重于童年诗意的抒发。以孩子对梅花鹿天真烂漫的联想和想象，展现童年所独有的对事物的观察、思考和美的发现。

怕痒树

李昆纯

我家的庭院里，生长着一棵树，每当新秋时节，那缀满卵形叶片的枝头，便开出一簇簇淡紫色的小花，好香啊！

我叫不出这棵树的名称，只知道在它身上轻轻地抓一下，光滑的树干便会羞涩地颤动起来。因此，我们大家都称它为"怕痒树"。

多有趣啊！怕痒树。我知道，树也是有生命的。我们要爱惜生命，不要采树的花朵，不要去攀摘树的枝叶，不然，树会痛的。

作品赏析：该作品适合4～5岁的幼儿阅读。拟人化的题目激发了孩子阅读的兴趣，孩子对庭院里的"怕痒树"充满了好奇，很自然地意识到"树也是有生命的"，要爱惜生命。全文的叙述如孩子天真的絮语，孩子眼中的自然事物和他们对生命的自然领悟，于清纯简朴的言语中得到极佳的传达。

喂！雾，你在哪里？

[俄罗斯]谢尔古年科夫

从前有个雾，它非常淘气，也很顽皮。有一天，它飞到海上，说道："我把海藏起来。"于是雾把海藏了起来，看不见海，看不见船，看不见蔚蓝的远方。

"现在我把天空和太阳藏起来。"

于是雾把天空和太阳藏了起来。周围黑了下来，看不见天空，也看不见太阳。

雾飞近海岸："现在我把城市藏起来。"

于是雾把城市藏了起来，城市里的房屋和大街、树木和桥梁，还有行人，雾把一切东西都藏了起来，什么也没剩下。

雾停在城市上空，说道："我还要藏什么呢？"

雾看了看，再也没有什么可藏的了。

"我把自己藏起来吧。"

于是雾把自己藏了起来，世界上又出现了大海和船只，出现了远方，出现了天空和太阳，出现了海岸和城市，出现了房屋和大街、树木和桥梁。大街上人来人往，看见了黑猫，看见了它们的黑尾和黑爪。雾藏起来了。雾消失了。

喂！雾，你在哪里？

作品赏析： 该作品适合 4～5 岁的幼儿阅读。散文以雾作为主人公，通过雾把大海、船只、行人、树木、房屋等藏起来，把雾描写得俏皮可爱的同时写出了雾给大家带来的影响，情节活泼，语言生动，引人入胜，深得幼儿的喜爱。

第三节　幼儿故事、幼儿散文的实践方法

一、幼儿故事教学案例

中班故事案例《啾比的巧克力和他的朋友》

（一）作品导读

田鼠啾比的阿姨在城里上班。一天，她给啾比寄来一盒巧克力当作新年礼物。

兴奋的啾比只想着把巧克力藏起来，却没注意朋友们的呼喊。转眼间秋天来了，啾比想和朋友们分享，却发现朋友们都不见了，他非常伤心，原来青蛙、小鸟、棕熊们都去冬眠了。啾比还能和朋友们一起分享美味的巧克力吗？故事将带领幼儿一起去体验快乐的分享，由衷的美味体验要加入快乐的分享的味道才会很特别哦！

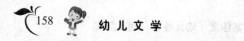

（二）活动名称

啾比的巧克力和他的朋友。

（三）活动目标

1）引导幼儿理解多重游戏规则，并参与故事表演。
2）愿意根据故事内容表演，能大方、自然地表达自己的想法。
3）能说出几种动物过冬的方式。

（四）活动准备

1）幼儿用书、故事图卡、CD。
2）动物图片。

（五）活动过程

1）教师配合故事图卡，以生动的语言讲述《啾比的巧克力和他的朋友》的故事，并以提问的方式引导幼儿了解故事内容。
2）教师配合故事挂图讲述故事发生的背景。
从故事开头讲到"棕熊识相地钻进树洞"。
教师：小朋友，你认为啾比为什么不理他的好朋友？你觉得他这样做好不好？
3）教师继续讲述故事图卡。从"这时的啾比"讲到"对，这真是个好主意"。
教师提问：
① 小朋友，啾比回家后的第一件事是做什么？
② 啾比什么时候才想起他的好朋友？他决定要怎么做？
4）教师继续讲述故事图卡。从"于是啾比高高兴兴地出去找朋友"到"树公公，我的朋友都上哪儿去了"。
教师提问：
① 小朋友，啾比到哪里去找青蛙？（湖边）
② 啾比又到哪里去找小鸟？（森林里）
③ 啾比最后到哪里去找棕熊？（树下）
④ 啾比找到他的朋友了吗？他向谁打听好朋友的下落？
5）教师讲述故事图卡。从"树公公说"到结尾。
教师提问：
① 树公公告诉啾比青蛙到哪里去了？
② 小鸟到哪里去了？
③ 棕熊到哪里去了？
④ 啾比最后决定要如何处理他的巧克力？
6）教师进行小结，并引导幼儿理解、体验分享的重要性，进而培养这种态度。

（六）活动评价

1）能仔细聆听教师讲故事，理解故事内容，参与角色表演。

2）能说出啾比沿路所碰到的动物朋友的名称。

中班故事案例《年糕黏糊糊》

（一）作品导读

小老鼠豆豆热心地要帮妈妈做年糕。只见他磨米，扛米浆，把米浆倒桶里……忙得不亦乐乎。没想到，最后因为他太累了，居然在搅拌的时候不小心掉进盛米浆的桶里去了，幸好，爸爸把他救了出来。现在的他啊，正在呼呼大睡，梦里的他正吃着黏糊糊的年糕呢！

（二）活动名称

年糕黏糊糊。

（三）活动目标

1）理解故事的主要内容，并积极参加故事表演。

2）通过欣赏故事，加深对过年习俗蒸年糕的认识。能用语言表达过节时愉快的心情。

3）理解故事中的小动物形象，感受作品的情感基础，能运用较恰当的语言、动作、绘画形式，表达自己对故事的理解。

（四）活动准备

1）故事图卡、挂图、CD。

2）小老鼠豆豆布偶。

3）新鲜年糕。

（五）活动过程

1）教师用小老鼠豆豆布偶和故事图卡讲述《年糕黏糊糊》的故事，以此吸引幼儿的注意力。

教师：小朋友，很快就要过年了，新的一年就要来了。春节的时候，除了穿新衣、贴春联、吃团圆饭之外，还有一项很特殊的事，就是吃年糕。小朋友，你们喜欢吃年糕吗？你知道过年为什么要吃年糕吗？老师现在就要讲述一个有关年糕的故事！

2）教师讲完故事后，借助故事鼓励幼儿帮爸爸妈妈做家务。

教师提问：

① 小朋友，豆豆今年为什么帮妈妈做年糕？（因为他觉得自己长大了）

② 豆豆跟着爸爸去做了什么事？（跟爸爸去磨米）

③ 豆豆跟着哥哥做了什么事？（把磨好的米浆扛回家）

④ 豆豆跟着姐姐做了什么事？（把米浆倒进桶里）

⑤ 妈妈觉得豆豆的力气太小还是太大？（太小）

⑥ 如果你是豆豆，越搅越吃力，热得满头大汗，你会不会坚持要把年糕搅好？为什么？

⑦ 小朋友，豆豆最后为什么会掉进米浆桶里？（因为他太累了）

3）教师拿出事先准备好的年糕让幼儿品尝。

4）学习词语：年糕、日历。

① 请幼儿说说年糕的滋味如何。

教师：小朋友，年糕的滋味如何呢？你们喜欢吃年糕吗？如果有机会，你愿意帮爸爸妈妈做年糕吗？

② 教师拿出日历，请幼儿说说日历的用途。

教师：小朋友，你们家里有没有日历？你们知道日历是用来做什么的吗？

（六）活动建议

1）因本故事较长，教师在讲述故事时，应随时注意幼儿的注意力是否集中。

2）教师应引导幼儿有敢于尝试的勇气，不要害怕犯错，只要能吸取教训，相同的错误不要犯第二次即可。

（七）活动评价

1）能够理解故事的主要内容，并通过扮演角色活动呈现剧情。

2）能够通过欣赏故事，加深对过年习俗蒸年糕的认识，能够表达过节时的愉快的心情。

3）能够理解作品中的小动物形象，感受作品的情感基调，并恰当地表达自己的想法。

（一）作品导读

小班故事活动案例《聪明的小白》

兔子小白在和妈妈采蘑菇的路上走散了，在找妈妈的途中，它先后遇到了狐狸和狼。狐狸拿出胡萝卜，狼说要带小白找妈妈。可小白并没有相信它们的话，在遇到危险时大喊救命，最终在大象伯伯的帮助下找到了妈妈。

（二）活动名称

《聪明的小白》。

（三）活动目标

1）喜欢倾听故事《聪明的小白》，理解故事内容。

2）学说故事中小白对狐狸和狼说的话。

3）知道外出时不离开成人，不接受陌生人给的东西，不跟陌生人走，遇到危险时寻求帮助。

（四）活动准备

1）手偶：小白兔、兔妈妈、狐狸、狼。

2）故事图片。

3）课件动画片。

（五）活动过程

1. 创设情境，激发幼儿兴趣

（1）以猜谜语导入

1）教师：孩子们，今天我们猜一个小动物的谜语，看看谁听得最认真、猜得最快好吗？

2）猜谜语：红眼睛，白皮袄，长耳朵，真灵巧，爱吃萝卜和青菜，走起路来蹦蹦跳。

（2）出示小白兔手偶，调动幼儿兴趣。

教师：谁猜出来了？（小白兔）你们喜欢小白兔吗？老师把小白兔请到了咱们班（出示手偶），我们快来和它打个招呼吧。（引导幼儿向小白兔问好）这只兔子叫小白，它给大家带来了一个有趣的故事，你们想听吗？

2. 理解故事，学说对话

（1）利用手偶完整讲述故事。

1）提出要求：小朋友们要认真听故事，边听边想：故事的名字是什么？故事里都有谁？小白兔遇到了什么事？

2）教师利用小白兔、兔妈妈、狐狸、狼等手偶讲述故事。

3）说一说：故事的名字是什么？故事里都有谁？小白兔遇到了什么事？

（2）出示图片分段讲述故事。

1）出示图片一、教师讲述第一段。

① 提问：小白和妈妈出去采蘑菇的时候看见了什么？它想到什么了？它是怎样做的？

② 讨论：如果你是小白，看见小蜜蜂你会怎么做？为什么？

2）出示图片二，教师讲述第二段和第三段。

① 提问：小白遇到了谁？狐狸是怎样说的？小白是怎样做的？为什么？狐狸见到小白不理它又怎样做？它对小白说了什么？小白是怎样说的？

② 说一说：你能说一说这句话吗？谁还想说？（学说：我不认识你，不吃你的东西）

③ 讨论：如果你是小白，别人给你东西吃，你会怎么办？

3）出示图片三，教师讲述第四段和第五段。

① 提问：小白又遇见了谁？狼说了什么？小白是怎样做的？为什么？狼见小白不理它说了什么？小白是怎么回答的？

② 说一说：你能说一说这句话吗？谁还想说？（学说：我不认识你，不跟你走）

③ 提问：大灰狼见小白不跟它走是怎么做的？小白怎么做了？它喊什么了？

④ 讨论：小白为什么要大声喊"救命啊！救命啊"？如果你是小白，你会怎么办？你觉得哪种办法更好？

4）出示图片四，教师讲述第六段。

提问：听见小白的叫喊，谁来了？大灰狼怎样了？

3. 利用课件整体欣赏故事。

1）播放课件，让幼儿观看。

2）交流：

① 兔子小白为什么会遇到危险？它以后会怎么做？

② 如果你是兔妈妈，看到小白遇到了危险心里会怎么想？你会对小白说什么？（不离开成人，不接受陌生人给的东西，不跟陌生人走，遇到危险时寻求帮助）

（六）活动延伸

1）在美工区提供小白、兔妈妈、狐狸、狼的图片，幼儿进行涂色，制作头饰。

2）表演区提供故事图片、录音磁带、头饰并表演故事。

3）语言区提供故事图片、手偶，讲述故事，续编最后一段。

大班活动设计案例《旋转不停的小狗》

（一）作品导读

蛋糕店里的小狗最近总是不停地旋转，主人带它去看医生，医生也查不出问题。最后，一个侦探发现了小狗的秘密。原来，蛋糕店里新进的榨汁机、打蛋机和面机都在不停地旋转，小狗每天看着这些机器工作，就跟着一起旋转了。

（二）活动名称

《旋转不停的小狗》。

（三）活动目标

1）引导幼儿自己阅读并且讲述故事的情节内容。

2）知道故事中旋转物品的功能。

3）学习动手制作点心并享受制作点心的乐趣。

（四）活动准备

1）故事《旋转不停的小狗》。

2）制作蛋糕的工具：鸡蛋、细砂糖、盐、面粉、香草、色拉油。

3）蛋糕食谱。

（五）活动过程

1）请幼儿阅读故事《旋转不停的小狗》的画面内容，说说小狗为什么会一直打转。

2）请幼儿从幼儿用书的画面中找出能旋转的物品，说说这些物品给人们生活带来了什么影响。

3）引导幼儿想象"假如来了一直转不停的大狗熊"会怎么样。可以让幼儿用动作表现自己想象的情景。

4）邀请幼儿一起做蛋糕，实际使用这些会旋转的工具。

5）一起享用自己做的蛋糕。

（六）活动建议

活动过程中注意工具使用的安全性。

（七）活动评价

1）能说出旋转物品的功能。

2）能与同伴一起合作做蛋糕。

（八）活动延伸

请幼儿扮演故事中的某个会旋转的物品，在老师讲述故事的过程中，用身体动作表现该物品旋转的特点。

二、幼儿散文教学案例

大班散文欣赏活动《蒲公英》

（一）活动目标

1）通过欣赏散文，感受并体验语言和意境美，感知散文中比喻的写作手法，了解在散文中是如何描写事物的以及描写事物的手法。

2）丰富与蒲公英有关的知识，丰富蒲公英、凋谢、花托、绒毛、柳絮、轻盈等词汇，能用适当的表情和语气复述出散文，并能表达出自己对散文的理解。

3）能够对生活中的事物进行文学性的表述和创编。例如，对小朋友的脸颊进行比喻性的描述：小朋友的脸红扑扑的像苹果等。

4）学会倾听、朗诵这篇散文，掌握倾听和艺术发声的技能，培养热爱大自然的情感。

（二）活动准备

1）散文录音、轻音乐、蒲公英的图片、实物蒲公英。

2）创设主题墙——飞扬的蒲公英（画蒲公英）。

3）幼儿课本《蒲公英》。

（三）活动过程

1. 提问导入，激发兴趣

老师：小朋友们，你们最喜欢什么植物呀？

小朋友：喜欢……（小草、小花）

老师：哦，你们说的那些植物呀，都太"简单、普通"了，老师有一个更神秘的植物宝宝，今天呀，老师就把它介绍给小朋友们，请小朋友们一会认真仔细地听，不然神秘植物宝宝一会就不和你们做朋友了。

2. 欣赏散文，初步感知

1）教师出示蒲公英挂图，引出散文，师幼完整地听一遍散文录音。

2）用课件和挂图配合，生动地朗读散文。通过提问串联起整个散文，（"蒲公英开着什么颜色的花？""蒲公英凋谢后会怎样呀？""田野的风一吹，蒲公英会怎样呀？飞起来时像什么？"）让幼儿对散文有初步的理解。

3. 理解文学作品

1）让幼儿结合课件和图片完整地欣赏散文，学会倾听，并能够将散文完整流利地复述出来。

2）教师在轻音乐的伴奏下，让幼儿配乐朗诵散文。

4. 创造性地想象和进行语言表述

1）了解蒲公英。

教师：刚才我们已经复述和朗诵过散文了，那么谁可以描述一下蒲公英的特征？

小朋友：蒲公英的花是黄色的，花朵凋谢后，会长出……（教师引导小朋友用比喻的修辞手法描述出蒲公英的特征）

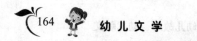

2）引导孩子对生活中的事物进行文学性的表述和创编。

教师：我们可以把蒲公英比喻成绒毛，像羽毛又像雪花，那么小朋友的脸蛋我们可以怎么说呢？

小朋友：……

教师：脸蛋是红红的，我们见过的哪些东西是红红的？

（幼儿在教师的引导下进行文学创编，鼓励幼儿大胆想象）

5. 迁移作品经验

在进行文学作品创编后，教师引导孩子进行蒲公英的绘画，并将画作贴在之前开辟的主题墙上——飞扬的蒲公英。

（四）活动延伸

家园共育，休息日，教师带领家长和孩子采集蒲公英，进行吹蒲公英游戏，进一步体验散文中的自然的乐趣。

大班散文欣赏活动《听雨》

（一）活动目标

1）引导幼儿理解散文优美的意境，感受春雨带来的乐趣。

2）启发幼儿结合生活经验大胆想象，并用散文中的语句进行表达。

（二）活动重、难点

1）感受、理解散文的意境美。

2）在理解散文的基础上结合生活经验进行大胆想象、创编。

（三）活动准备

1）配乐——听雨。

2）背景图四幅。

（四）活动流程

回忆经验——感受、理解散文——创编散文。

（五）设计思路

春回大地，万物苏醒，结合季节我们开展了"大自然的语言"的主题活动。下春雨是最平常、最常见的。有时在来园的路上下起了小雨，有一天小朋友在户外运动时突然也下起了小雨，雨点落在小朋友的头上、脸上、水泥地上、玻璃窗上，"滴答，滴答"的响声，引起了孩子们的浓厚兴趣。关于对春雨的观察、探索，我们展开了一些活动，如"顽皮的小雨点""小雨点的新家""小雨点旅行""春雨沙沙"。本次活动选择了《听雨》这篇充满趣味性、童真性，并且用拟人化来表达小雨点和周围事物的优美散文作为教学内容，让幼儿感受、体验诗歌优美的意境，培养幼儿热爱自然的美好情感。

（六）活动过程

1. 回忆经验

1）出示小雨点，你们喜欢下雨吗？为什么？

2）下雨真美啊！声音很好听，小雨点有哪些声音呢？

3）老师今天给小朋友带来了一篇非常好听的散文，题目叫"听雨"。

2. 感受、理解散文

1）第一遍欣赏：放录音——《听雨》。

听了这篇散文后，你感觉怎么样？（引导幼儿说出美、好听、好像在下雨等）

2）第二遍欣赏：教师边讲边出示图片，帮助幼儿理解散文内容。

下小雨啦，小雨在快乐地唱歌与玩耍，小雨点是怎么唱歌的？跟谁一起玩耍？（教师引导幼儿用散文中的语句来表达）

3）第三遍欣赏：小雨真调皮。小雨调皮地玩耍被谁发现了？小蝴蝶为什么一开始不喜欢小雨，后来又喜欢呢？（好，我们再来听一遍）

4）第四遍欣赏：你认为这篇散文中的哪些句子最好听？为什么？（倾听录音）

散文诗：

听雨

佚名

下雨啦，下雨啦，闭上眼睛，静静地听。

沙沙沙，沙沙沙，小雨在和树叶玩耍呢。

滴滴答，滴滴答，小雨在伞顶上翻跟斗呢。

吱溜溜，吱溜溜，小雨钻到花蕊里啦。

叮叮叮，叮叮叮，小雨在和窗玻璃打招呼呢。

沙沙沙，滴滴答，吱溜溜，叮叮叮，小雨在唱一首多么有趣、多么动听的歌呀！

三、幼儿生活故事的创作

提到幼儿生活故事的创作，首先我们要明确的是幼儿生活故事的作用。幼儿生活故事除了给幼儿带来快乐外，在多数情况下是为了让幼儿从中受到教育。因此，在创作时要注意对幼儿进行正确的思想和行为的培养及高尚的品德与情操的养成。幼儿生活故事与童话、寓言、神话故事等其他幼儿文学相比，针对性也要更强，但也要注意其文学性，因此，幼儿生活故事的创作在题材和主题、人物形象和情节、结构和语言等方面都有着自己的要领。

（一）选材的要求

1. 贴近幼儿生活

幼儿生活故事的选材主要来源于生活，尤其贴近幼儿的生活，这样更容易让幼儿接受，让幼儿更能融于其中，被故事深深地吸引。但并不是所有的生活片段都可以作为创作的素材，幼儿时期是幼儿发展的关键时期，正确的教育与引导是非常必要的，因此在选材时要体现积极向上、乐观美好的思想感情。

2. 题材新颖

幼儿生活故事的创作量是极其巨大的，因此进行创作时在选材上要注意新颖独特，

这样能给孩子耳目一新的感觉。这就要求创作者以孩子的视角来捕捉生活中的事件，以孩子的眼睛看，以孩子的耳朵听，并以孩子的行为特点表现出来。《小奇傻不傻》中描写了小奇为等妈妈一起吃冰棒，结果冰棒融化了，小奇怕妈妈淋雨拿伞去接妈妈，结果自己忘了打伞淋湿了全身，在表现儿童单纯可爱、逗大家开怀一笑的同时也表现了孩子对妈妈的爱，感人至深。

（二）结构合理

幼儿生活故事除了要讲究情节外还要重视结构。幼儿的理解能力有限，因此创作者在创作的结构上要进行合理安排。注意开门见山、条理清楚、构思巧妙、线索单纯，多采用顺叙的方法，避免倒叙，结构要完整。

（三）语言朴实简洁，口语化

文学是语言的艺术，语言是文学的载体。幼儿文学与其他文学种类最显著的区别就是语言，其特殊性是由幼儿语言发展的特点决定的，"幼儿生活故事的语言特色可以用八个字来概括：美丽、简单、朴实、明快。

知识与能力训练

一、知识训练

（一）填空题

1. 广义的幼儿故事是指_____文学作品。狭义的幼儿故事是指_____，最主要是听的、篇幅短小的_____的文学作品。

2. 幼儿故事的特征：_____；_____；_____；_____。

3. 幼儿散文的特征：_____；_____；_____；_____。

（二）思考创作题

试着创作一篇 500 字以上的儿童故事。

二、能力训练

（一）活动内容

自编幼儿生活故事。

（二）活动目的

1. 鼓励学生按照幼儿故事的创作方法来创作作品，并在创作中学会体验幼儿的世界。

2. 启发学生的想象力、创造力。

（三）活动设计

1. 从幼儿生活出发，贴合实际，按照幼儿生活故事的创作方法自编一则生活故事。

2. 要求故事贴近幼儿生活，题材新颖，结构合理，语言朴实简洁，口语化。

3. 将所编故事讲给全班同学听。要求带有动作、表情，并鼓励其他同学模仿幼儿，创造一个热烈的活动氛围。

（四）举办幼儿生活故事讲述会

举办幼儿生活故事讲述会，以"独自在家不开门"为题，讲述与安全相关的故事。

第五章

幼儿图画故事

导语： 喜欢故事是孩子的天性。在孩子没有开始进行正规的文字阅读之前，图画故事书以比较直观的图画讲述故事的书，更加符合幼儿的特点。图画故事书对幼儿的吸引力，是一般图书所不能比拟的，因此它成了幼儿早期阅读的最好材料。除了阅读，图画故事也是培养幼儿想象力的重要途径。所以，缤纷多彩的图画故事是幼儿成长中最好的玩伴。

第一节　幼儿图画故事基础理论

一、幼儿图画故事的内涵及其艺术特征

（一）幼儿图画故事的内涵

"图画书"这个名称翻译自西方的 picture books，日本称之为"绘本"。幼儿图画书有广义和狭义之分。广义的幼儿图画故事书是以幼儿为主要阅读对象，且包含图画和文字两种媒介的幼儿读物的一种表现形式；狭义的图画书专指文学类图画书，也就是绘本。因此，幼儿图画故事是以幼儿为主要阅读对象的一种特殊的幼儿文学样式。

幼儿图画故事书与带插图的故事书不同。带插图的故事书以文字为主，插图画面是跳跃的，没有连续性，图画作为文字的补充说明。幼儿图画故事书的图与文相互融合、相互协调，是通过图画与文字这两种媒介在两个不同的层面上交织、互动来诉说故事的一门艺术。所以，绝大多数的幼儿图画故事书中，图与文缺一不可。

（二）幼儿图画故事的艺术特征

幼儿图画故事书以其独特的风格成为幼儿童年生活最好的伙伴之一，它的文字、画面和结构构成了其独特的艺术特点。

1. 主体的绘画性

在图画故事中，图画是故事的主体。作家运用视觉语言讲述故事，通过和谐鲜亮的色彩、创意独特的构图、富有动感的画面构成意义完整的故事，以绘画形象直接作用于幼儿的视觉。作品的内容直接呈现于可感的连续画面，这一点是与讲故事完全不同的。图画故事不依附文字而存在，其本身具有的叙事功能，能够完整地表达故事的内容、情节、角色，实现形象性和故事性的结合。幼儿根据图画内容进行大胆猜测、思考和想象，使得幼儿仅看图就可以明白故事的内容。因为图画可以起到叙事的作用，有些图画书甚至一个字都没有，只以纯粹的图画来演绎一个完整的故事。

2. 绘画风格的趣味性和多样性

幼儿图画书的图除了会讲故事外，还很有趣。这种趣味性，不仅体现在情节的有趣上，也体现在画风特点上。好的图画书的画面具有鲜明的画风特点，形状、色彩、画面构图与整个基调都能给人以很强的感染力，使人留下深刻印象。所以画面的风格和特点也是图画书的审美特点。例如，在李欧·李奥尼的《小蓝和小黄》中，作者把彩色纸片用手撕成小小的碎圆片，贴到白纸上，用这些没有任何表情的色块，很有创意地讲出了一个关于友谊的故事。看似简单的画面蕴含着不简单的构思和一个完整巧妙的故事。

有的图画书用线条表现内容。例如，谢尔·希尔弗斯坦的《爱心树》是一本没有色彩，只用线条表现的故事书。希尔弗斯坦用简单的线条、简洁的构图讲出了深刻的道理，故事非常感人。

它
喜欢上
一个
男孩儿。

男孩儿
每天
会跑到树下

几幅简单的图片，几段简单的语言，就组成了《爱心树》的绘本。这本书是世界绘本的经典作品之一，出版 30 年来，一直是绘本世界里的著名典范，销量超过 600 万册。这是一个由一棵有求必应的苹果树和一个贪求不厌的孩子共同组成的一个温馨又略带哀伤的故事。爱心树的英文 "The Giving Tree"，便是牺牲奉献的意思。树并未因为男孩的不断索取感到难过，即使后来只剩下一根木桩。但她是那么凄凉孤寂，但当男孩回到她身边只求一个安静的歇脚处时，树竟又满心欢喜地将自己奉献给那个男孩。

图画书的设计讲究韵律、节奏、镜头感和整体构图。图画书在画面设计上会从整体—单页—局部—细节进行完整考虑。如果我们把图画书的每一张翻页连在一起看，就能发现整体故事讲述的节奏。有的图画采用电影镜头般的视角，利用特写镜头展现细节，表现情节。有的图画书中会有一定的留白，这并不是印刷上的失误，而是作者故意为之。图画的留白，可以激发读者强烈的好奇心和探索的欲望，通过对画面中的留白进行思考、猜测、补充，对整个叙述故事进行大胆想象和扩展延伸，进而发挥想象力和思维能力。

3. 文字的简洁性和整体性

图画故事以图画为主体，而这一文学样式中有的也配有文字。其中有文字的图画故事作品，其文字并不是对图画的说明和补充，而是作为作品的有机组成部分。幼儿图画故事作品以充分反映文化和诗化的简洁语言与图画相应结合，使读者能够感受到图画故事所蕴藏的深层内涵，能体会到作者渗透在画面之中的智慧。作品的温馨感、幽默感也在这样的语言中表现出来。

二、幼儿图画故事的艺术分类

（一）无文字图画故事

无文字图画故事指单凭图画来表现故事内容的图画故事。它把文学艺术完全转化成图画艺术。婴儿画报和幼儿画报中有很多这样的故事，特别适合不识字的孩子阅读。这些图画故事最讲究绘画的传达性和幼儿情趣，幼儿能够通过画面之间的内在联系读懂故事。一般这样的图画故事的情节较为单纯，形象生动有趣。例如，瑞士莫妮克·弗利克斯创作的《小老鼠无字书》系列，全书没有一个字，完全用画面叙述故事情节。它讲述了一只小老鼠不甘寂寞，在雪白的页面上一点儿一点儿挖出若干个洞，使整个页面或形成字母形状，或经过折纸成为小房子、飞机、小船等。大卫·威斯纳的《疯狂星期二》，全书文字很少，称得上是无字书。画面在展现全景的同时，又用近景的画面展现青蛙飞在空中的细节，使读者能透过画面更好地体会"疯狂"的乐趣。

无字图画故事的独到之处在于它能激活读者的想象力，也能挑战读者的阐释力。孩子们可以看到他们所想象的大胆奔放的画面，更让他们感受到因为有了想象，世界是如此丰富多彩。在孩子的成长过程中，亲眼所见可以告诉他们真实，另外还有很多东西，要用比眼睛看得更远的心灵，去发现生活和世界的位置以及新的可能。

（二）图文并茂的图画故事

图文并茂的图画故事是最常见的一种形式。这种图画故事既有图画，也有文字，图文相互配合，又具有相对的独立性。图画用线条、色块和形状描绘世界，表达情感，能表现出文字所不容易表达的意境、韵味和美感；而文字用清晰的语义表达，弥补了图画难以直观表达的思想、情感及时空变化等，图文巧妙结合，能使幼儿更好地理解作品内容。

图文并茂的图画故事包括两种情况：一种是少量文字的图画书，文字具有一定跳跃性；另一种是文字丰富的图画书，文字能形成一篇完整的文学作品。

三、幼儿图画故事与幼儿成长

阅读图画书是儿童通向独立的流畅阅读过程中的一个不可逾越的阶段。"图画书是孩子在人生道路上最初见到的书。一个孩子从图画书中体会到多少快乐，将决定他一生是否喜欢读书。"（多罗西·怀特《关于孩子们的书》）图画书是现代印刷技术和现代艺术结合的产物，它特殊的表现形式和接受方式对儿童发展具有独特的价值。

（一）参与式阅读——养成孩子良好的阅读习惯

研究表明，童年时期是培养习惯的重要阶段。阅读图画书可以帮助孩子逐渐成长为真正的阅读者。参与式阅读不同于单纯地听故事，而是有一个文字图画的媒介，可以使孩子掌控，既有参与性，又有主动性。图画故事书不仅能够让孩子了解"书"的概念，还能开阔眼界、积累知识，体验到愉快和美好。图画故事书富有吸引力的画面有助于培养幼儿的阅读兴趣。

（二）听赏式阅读——享受丰富的语言体验

图画故事书是孩子眼耳并用的文学样式，可以让孩子进行多感官通道学习。在看和听的同时，孩子逐渐学会把语言和图画符号联系起来，并开始对书中的文字符号感兴趣。这种把语言、图画符号和文字符号联系起来的能力，将为孩子的语言学习、文字学习打下基础。

阅读图画故事的过程，也是丰富词汇、积累语言素材的过程。"如果您希望孩子拥有较强的学习能力，最好从孩子的婴儿时代就用自己的声音——不是录音机，不是收音机，也不是电视机——唱歌、说话给他们听。等他们大一点，再用自己的声音念图给他们听，这样才能使孩子拥有丰富的词汇，成为内心充实的人。"（松居直《幸福的种子》）

（三）亲子共读式——爱与温暖的美好感受

现代教育非常强调爱和情感的交融，阅读图画故事恰好符合这一教育观点。阅读图画故事不是指让孩子独自看书，而是在孩子看的同时需要由成人朗读、讲述。当成人与孩子坐在一起，念图画故事给他们听，或者与孩子面对面近距离地交流，图画故事的阅读就变得非常有意义。大人与孩子共同阅读，有语言的交流、心灵的沟通，甚至有肌肤的接触，孩子的内心会变得非常充实，浓浓的爱的情感就在这样的过程中自然流露。图画故事的阅读就是爱的交流、情感的交流。

（四）多种绘画风格——丰富幼儿审美感受力

制作精良、画风独特的图画故事以其多种风格的绘画艺术、细腻的笔触、丰富的色彩、独特的艺术形象，深深影响着、触动着幼儿的艺术品位和感受力。

第二节 幼儿图画故事阅读欣赏

一、优秀绘本赏析

（一）《猜猜我有多爱你》

文：[爱尔兰]山姆·麦克布雷尼　图：[英国]安妮塔·婕朗　译：梅子涵

这是一本诞生于英国的图画书，讲述了一个表达爱的故事。

"猜猜我有多爱你？""噢，我大概猜不出来。"这是临睡前的一对母子（或父子）的对话，作者通过故事把生命中最原始的母子之情浓缩在短短的一段对话里。爱是一种感情，如何来衡量？在成人看来是一个很复杂的事情，但在孩子那里那么直接，感情又是那么真切。故事在接龙游戏似的比喻中展开，孩子的天真、智慧让人发噱，却又是那么温情感人。不管小兔子怎么比，他的爱永远也比不过妈妈，最后他终于在一片酽酽的母爱中睡去了，故事到此本该结束了，然而作者又添了一句："我爱你到月亮那么高，再绕回来。"这简直是神来之笔，一个这样简单的故事，却表达了人类最复杂，也最伟大的一种情感。

与山姆·麦克布雷尼那充满童稚的文字相得益彰的，是安妮塔·婕朗那天然质朴的水彩画。她没有使用浓墨重彩，而是挑选了三种近乎苔藓色调的原色：土黄、淡橄榄绿色和暗蓝色。用土色画兔子、大树和栅栏，用淡橄榄绿色画草和树叶，用暗蓝色画天。这是一个爱意绵长的故事，这样的图画恰到好处地冲淡了故事的细腻。

一大一小两只兔子，也被画得相当拙朴，少许土色加上一个钢笔墨线勾画出的轮廓，就是他们的全部。画中的兔子富于表现力，惹人爱怜，越看越让人喜欢。

《猜猜我有多爱你》是一个单纯、温馨的故事，粗大的字体和不断反复的叠句，最适合父母和孩子紧紧地依偎在床上，在熄灯之前一遍又一遍地轻声朗读。还有什么比告诉孩子"我爱你"更能让孩子安心入睡呢？图画书中柔和的色彩以及大面积的留白和接近单色的背景，都与"睡前故事"这个样式十分吻合，营造出一种恬静的视觉效果。

（二）《是谁嗯嗯在我头上》

文：[德国]维尔纳·霍尔茨瓦特　　图：[德国]沃尔夫·埃布鲁赫　　译：方素珍

一天，鼹鼠从地里钻出来，一坨动物的大便刚好落在他的头上，他非常生气，想要找出干坏事的家伙。他先看到白鸽飞过，便质问他是否嗯嗯在他的头上，白鸽拉出一堆白色的嗯嗯下来，鼹鼠看了便知道不是白鸽做的；他又去问了马、野兔、山羊、奶牛、猪，他们都马上拉出嗯嗯，让鼹鼠明白那不是他们做的。后来鼹鼠碰到两只苍蝇，请他们辨认，他们一品尝，就知道这是一坨狗大便。于是鼹鼠去找大狗理论，没想到自己肚子一阵不舒服，拉了一条嗯嗯掉在大狗头上，鼹鼠羞得马上钻回了地里。

作为生活里的"吃喝拉撒睡"的一个很重要的组成部分，"拉撒"也是孩子们很感兴趣的话题，对"嗯嗯"产生好奇心和满足感是孩子们在某一个年龄段的特征，一个关于"嗯嗯"的有趣故事，就这样发生了。

这是一本兼具趣味性和知识性的好书。故事的主人公是一只倒霉的鼹鼠，通过他寻找到底是哪个坏蛋"嗯嗯"在他头上的过程，轻松愉快地让读者了解到，原来每一种动物的排泄物的形状、大小、气味都不同，而且非常有趣的是，动物们的排泄物似乎说有就有，随着"案件侦查对象"的逐步排除，苍蝇成为破案的关键，"嗯嗯"的主人原来是一只大狗，正当鼹鼠想责骂大狗的时候，戏剧性的一幕发生了，鼹鼠自己也忍不住拉了一条小小的"嗯嗯"在大狗的头上……相信这样曲折生动的故事，一定会使小朋友们捧腹大笑。

故事的语言幽默而简洁，极具口语化，"哇！天气真好！""搞什么嘛！""啊哈！我知道谁可以帮助我了！""好哇！原来是这个大狗！"读者似乎也能从字里行间想象到鼹鼠那种由开心到气急败坏再到恍然大悟的情绪变化。

在画风方面，画家通过大幅的白色背景，烘托出各种动物的造型，而且还使用非常有立体感和质感的蜡笔画，形象地表现了动物们的皮毛和粪便的特征。作者把鼹鼠的表情也画得非常传神，开心的时候嘴角上扬，生气时骂骂咧咧、双手叉腰，还有愕然、惊呆、无奈、沮丧、狡黠、泄气的神情，让我们不禁惊叹画家对人物的表情观察竟然如此细致！

（三）《鳄鱼怕怕　牙医怕怕》

文/图：[日本]五味太郎

鳄鱼得了牙病，不想看牙医，但又不得不看；牙医惧怕鳄鱼，但作为牙医他不得不为患者治病。两者在这样情节的安排下相遇，以一个个情景相同而有角度不同的矛盾心理，将这两个看似毫无关联的"人物"联系起来，串起一个无比奇妙、有趣的故事。

事实上，生活里的小孩子都有过类似的经历，在绘本里可以看到儿童在面对害怕的事（如补牙）的心理过程：事前害怕踌躇—不得不做—面对困难的恐惧—鼓起勇气—痛苦过程的忍耐—完成后的轻松—事后获得的教训。作者在用文字和图画简述故事的过程中调动了孩子的生活经验，让他们仿佛在重新经历中理解故事，并感悟故事所包含的深意。

本故事色彩明丽，人物形象虽是令人害怕的鳄鱼和牙医，却都憨态可爱，用夸张的表情和动作，来阐述每个场景的心理状态，把恐惧化成微笑，使故事产生幽默的效果。需要特别一提的是，《鳄鱼怕怕　牙医怕怕》的文字很少，每个场景都通过两个主人公各自一句的独白来推动情节，而主要以大幅的图画来表现"人物"的处境和心理状态，但这简单的文字为故事增添了无限的趣味，因此鳄鱼和牙医的独白基本相同，正是这种简洁的重复强化了幽默的效果，不仅有利于帮助幼儿学说话，而且能教会幼儿感受在不同的情况下，相同的语言可以表达不同对象的不同心理状态。

（四）《爷爷一定有办法》

文/图：[加拿大]菲比·吉尔曼　译：宋珮

　　这个故事里的奇迹全都是爷爷创造的，是用他的爱心和灵巧的手创造的，可是其实这也是所有慈爱的长辈们都能创造得出来的。只不过他们可能不是把一块料子缝制成温暖、舒服的毯子，再咯吱咯吱缝进缝出；又把旧了的毯子制成衣服、领带直到很小的一粒纽扣。爷爷的那目光和微微的笑，也是慈爱的长辈们的目光和微笑，谁都能看见，谁也都有这记忆。孩子们看见了吗？已经不是孩子的大人们，怎么不叙述一下你的记忆呢？那也会是一个很精彩的故事，把许多人都感动了呢！

　　这个精彩、奇妙的故事，其实都只是由一块很普通的料子带来的。精彩和奇妙本来就是在最平常的生活中的。平常的日子，平常的东西，平常的人。一个平常的人，如果你能把自己"剪裁"好，"缝制"好，那么你会被人欣赏、令人惊异的。你虽然是日日都生活在普通的生活里，根本没有遇上轰轰烈烈的事情，没看见神仙皇帝和哈利·波特，可是你却是可能写出优秀的作文乃至杰出的小说的。普通的生活和日子是最好的料子，无论是蓝颜色、红颜色、黄颜色、灰颜色，还是黑颜色，重要的是你能想到把它变成什么。爷爷的奇妙是不仅想到了把它变成一条毯子，更是接二连三地变成衣服、领带、手帕，乃至让人一点儿没有料到的一粒纽扣！

这是一本充满温暖、创造力的书，围绕一条小小的毯子、约瑟一家的生活，还有约瑟家地下老鼠一家的生活讲述的给人无限温暖、无限想象的故事。

（五）《我爸爸》

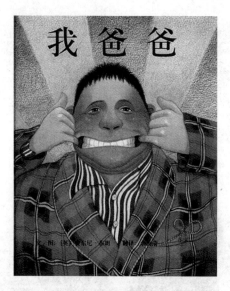

文/图：[英国]安东尼·布朗 译：余治莹

该书用孩子的口吻和眼光描绘了一个既强壮又温柔的爸爸形象，让孩子崇拜的爸爸像房子一样高大，什么都不怕，能从月亮上跳过去，跑步总得第一名，敢和大力士摔跤，吃得像马一样多，游得像鱼一样快，像猫头鹰一样聪明……不仅样样事情都精通，给孩子带来十足的安全感，还温暖得像太阳一样，因为他有时像河马一样快乐，偶尔也做做傻事，有时像泰迪熊一样柔软，常常逗得孩子哈哈大笑。最后故事点出了最重要的一点，那就是，像所有孩子爱着爸爸一样，所有的爸爸也永远爱着孩子。

绘本在人物表现上大量运用比喻、夸张的手法，如"吃得像马一样多""游得像鱼一样快""像大猩猩一样强壮"，还能从"月亮上跳过去"……作者用生动形象的文字把"爸爸"描绘成一个"真的很棒"的人，他外表强壮，胆子又大，又会各种各样的本领，有轻松夺冠的能力，聪明而又亲切，这就是所有孩子心目中近乎完美的爸爸的形象。

在故事绘本中有很多画面，其中有很多细节、小的插画，如我的爸爸连大野狼都不怕，后面就藏着小红帽和三只小猪。不但画面丰富，更凸显了爸爸的勇敢。让孩子们仔细观察，孩子们会感受到这些图片好像就在说话一样，这才是"图文并茂"的根本所在。孩子们最终会感受到爸爸其实很普通、平凡，因为这份爱，所以爸爸在孩子们的眼中就像是太阳（图中背景墙上挂着的一幅画中就藏着太阳）只因为他是孩子们的爸爸，孩子们爱他。

《我爸爸》可以说是作者对所有父亲的献礼，然而就安东尼·布朗的生平看来，这本图画书也有着纪念自己父亲的意味。安东尼·布朗曾说："我的父亲是很特别的人，外表强壮、有自信，不过也有害羞、敏感的一面，有一点像我爱画的大猩猩。除了教我画图外，他还鼓励我做各种运动，像橄榄球、足球和板球……"这位在他眼中高大强壮的父亲，却在安东尼·布朗十七岁那年因病突发过世，使他深受打击，经过多年他才走出阴霾。

安东尼·布朗表示，《我爸爸》中爸爸身上的黄褐色格子睡袍、睡衣和鞋都是自己父亲的衣物，被收在箱子里多年，上面还留着父亲的味道。而睡袍上的格子图案不仅出现在爸爸身上，甚至还出现在扉页和土司上面。也许，在安东尼·布朗的眼里，父亲的身影无处不在吧！

『作者简介』

安东尼·布朗于1946年出生于英国谢菲尔德郡。他的作品中，常会有作家心思缜密、幽默风趣的表现，而其书中所带给孩子们的希望与愉悦，是儿童文学作品最难能可贵的珍宝。安东尼·布朗的作品获过许多奖项，其中包括两次凯特·格林威奖和三次库特·马斯勒奖、德国绘本奖、安徒生大奖、荷兰银铅笔奖及艾米克奖。同时安东尼·布朗也是英国少数拥有广大国际市场的作家，是一位深为绘本读者喜爱的绘本作家。

安东尼·布朗的作品勇于反映现实，并对现代的家庭现象提出深沉批判。创作主题虽涵盖亲子关系、女性主义、弱势族群、家庭等严肃议题，但以幽默俱控诉性及质疑的手法来表现，搭配上细腻的画风，让读者不但在故事的转折中得到满足，同时精致、神秘的双层图像故事结构更有着搜寻乐趣的亢奋及期待，让读者虽驻足在理性的思维下，却又一步步走入早已酝酿着温暖的赞颂里。

（六）《爷爷变成了幽灵》

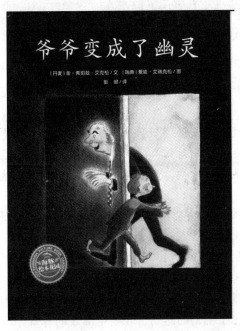

文：[丹麦]金·弗珀兹·艾克松　图：[瑞典]爱娃·艾瑞克松　译：彭懿

这是一个十分温馨而又可怕的鬼故事。爷爷舍不得离开心爱的小艾斯本，他没有变成天使，也没有变成泥土，而是突然出现在艾斯本的房间，坐在他的衣柜上。艾斯本不想让爷爷一直这样到处游荡、叹气。书上说，人如果在世上还有事情没有完成，就会变成幽灵。艾斯本想到爷爷可能是忘记了什么，于是帮爷爷找，一面找，爷爷一面回忆起他的一生……爷爷带他去游乐场、看赛车、看电影、钓鱼，爷爷听他大吼大叫、和他一起扮鬼脸、挠他痒痒、把糖藏起来——他们沉浸在愉快的往事里。突然，爷爷不再笑了："我忘记和你说再见了，我的小艾斯本。"

孩子在阅读过程中理解了人生的必经过程和人生的真谛：要正确面对亲人死亡，懂得珍惜每天拥有的快乐时光。而这书不仅适合小孩，大人也能在其中有所感悟。

（七）《獾的礼物》

文/图：[英国]苏珊·华莱　译：杨玲玲　彭懿

獾是一个让人信赖的朋友，他总是乐于助人。他已经很老了，老到几乎无所不知，老到知道自己快要死了。

这天晚上，他对月亮说了一声"晚安"，拉上窗帘。他慢慢地走进地下的洞穴，那里有炉火。吃完晚饭，他写了一封信，然后就坐在摇椅上睡着了。他梦见自己在跑，前面是一条长长的隧道。他愈跑愈快，最后觉得自己的脚离开了地面，觉得自由了；不再需要身体了。

第二天，狐狸给大家念了獾留下来的信：我到长长的隧道的另一头去了，再见！

下雪了，雪盖住了大地，但盖不住大家的悲伤。

春天渐渐临近，动物们开始串门，大家又聊起了獾还活着的日子。鼹鼠告诉大家獾是怎样教他剪纸的，青蛙告诉大家他是怎样向獾学习溜冰的，狐狸想起了獾教他系领带……这些技艺，都是獾留给他们的礼物，这些礼物让他们互相帮助。

最后雪融化了，融化了他们的悲伤。在一个温暖的春日，鼹鼠爬上他最后一次看到獾的山坡，他要谢谢獾给他们的礼物。他轻轻地说："獾，谢谢你。"

在这个动人的故事里，獾的朋友们学会了接受它的死亡，但是它留给朋友们的礼物深深留在了大家的心里。可是獾留给朋友们的礼物到底是什么呢？那就是爱。每一个动物在獾的身上学会了一种技能，这些技能就是獾对朋友们的爱。同样的，在獾离开后的日子里，它的朋友们也一定会向獾一样彼此帮助。

（八）《谁咬了我的大饼》

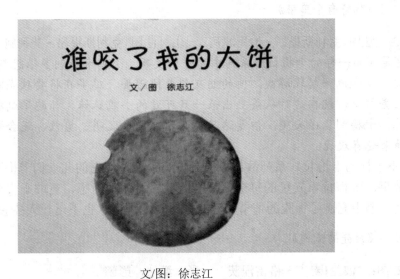

文/图：徐志江

小猪做了一块很大的饼，累得睡着了。等他醒来一看：咦，是谁咬了我的大饼呢？

小猪问小鸟："是你咬了我的大饼吗？"小鸟说："不是我，你看——"

小鸟在大饼上咬了一口："哦，果然不一样。"接着小兔子、狐狸、鳄鱼、河马都在大饼上咬了一口，一个好好的大饼被咬得残缺不堪，可是并没有找到两个完全一样的缺口。小猪感到很困惑，一边找一边想，到底是谁咬了我的大饼呢？说着他在大饼上咬了一口，看到这里读者就会发现到底是谁咬了小猪的大饼。

《谁咬了我的大饼》是一本充满悬念的绘本。在寻找大饼的过程中，小猪遇到不少小动物，都说没有咬，可是要怎么证明它们的清白？这又是一个有趣的悬念。于是故事就利用这一次又一次的设悬、释悬来勾起孩子们浓厚的兴趣。最后在故事层层铺排中，绘本慢慢地把孩子引导到谜底的面前，惊奇有趣的结局带给孩子的必然是一阵阵的大笑。

二、优秀图画故事作品推荐

（一）《蚂蚁和西瓜》

文/图：[日]田村茂　译：浦蒲兰

四个蚂蚁发现了一块大西瓜，想把大西瓜搬回蚂蚁洞，可力气不够，于是回去叫大家一起搬，但是无论如何也搬不动，于是蚂蚁们用铲子一块一块地把西瓜挖下来，然后一块一块地抬回去。西瓜塞满了整个蚂蚁洞，但蚂蚁洞太小了，装不下所有的西瓜，于

是大家一起把剩下的西瓜吃完，小蚂蚁还把西瓜皮做成一个滑梯。

　　蚂蚁是一种勤劳能干、聪明灵活又具有合作精神的动物，也可以说是作为弱小者的孩子的象征，蚂蚁和孩子之间总有着某些相似之处。西瓜，这种孩子们都喜欢的食物在小蚂蚁看来是多么庞大，又是多么诱人。小读者们将会在快乐的阅读中培养团结合作的精神。

　　（二）《我想有个弟弟》

　　文：［法国］克利斯提昂·约里波瓦　　图：［法国］克利斯提昂·艾利施　　译：郑迪蔚

　　这是《不一样的卡梅拉》系列中的一个故事。小鸡卡梅利多很想要一个小弟弟，这样就可以和他一起玩游戏。他的朋友帮着他孵蛋，鸡蛋在将要破壳时，有两只刺猬想把蛋偷走，就在这时从蛋里出来一只可爱的小鸡妹妹，吓跑了刺猬。看到是一个妹妹，卡梅利多很失望。但是这只鸡妹妹可爱、聪明、勇敢，还会救哥哥，卡梅利多越来越喜欢她。

　　《不一样的卡梅拉》系列故事讲的是母鸡卡梅拉和它的儿女们卡梅利多和卡门的历险故事。卡梅拉家族里的每个人都与众不同。敢于幻想，更敢于尝试别人不敢想的事情。书中充满了惊险的情节和法式的幽默。当然，也不乏让人捧腹大笑的情节。

　　（三）《月亮的味道》

　　文/图：［波兰］麦克·格雷涅茨　　译：漪然，彭懿

　　夜里，一轮又圆又大的月亮挂在天空中，动物们都想尝尝月亮的味道。有一只小海龟决定爬上山顶试试，可是他伸长脖子都够不着，于是请来大象帮忙，大象爬到小海龟的背上去够，月亮却调皮地往上跳了跳，让他够不着。他们又陆续请来长颈鹿、斑马、狮子、狐狸、猴子来帮忙，一个骑着一个搭成动物梯，还是够不着月亮。最后小老鼠也来帮忙。月亮累了，让小老鼠够着了，小老鼠轻轻咬了一片，也给大家分了一口月亮，大家都觉得，这是他们吃过最好吃的东西。动物们尝了月亮后抱在一起睡着了。

　　夜的故事总是充满魅力的，以夜色做背景，凹凸不平的画布、浮雕式的涂层让人忍不住想触摸一把。厚重的色调给人以心理上的依托，动物的每一次叠加并不是简简单单地重复。每个动物，每一次变化都用不同的方向、不同的角度在诠释着它们的力量，一起向上支撑着。夜色下的月亮是轻盈的，它在游戏，这游戏的名称也许叫逗你玩，直到它累了，玩够了，动物们才尝到了月亮的滋味，尝到了辛劳的回报，吃饱了吃累了，最后的结局来得突兀而谐趣，充盈着童趣、童真的趣味。

　　（四）《我想吃一个小孩》

　　文：［法国］西尔维娜·多尼奥　　图：［法国］多萝蒂·德·蒙弗里　　译：文小山

　　每天早上，妈妈都给小鳄鱼奇奇拿来好吃的香蕉当早餐，但是有一天早上，奇奇不肯吃香蕉了。鳄鱼妈妈非常担心，她不停地问："这香蕉多好啊，多有营养啊！你真的不吃吗？"奇奇回答说："今天我想吃一个小孩。"于是爸爸妈妈又准备了很多好吃的，

有香肠、巧克力蛋糕，可小鳄鱼奇奇什么也不吃，就想吃一个小孩。他来到小河边，看到一个小女孩，他想："啊，运气真好，我真的可以吃一个小孩了。"可是小女孩见到奇奇并没有害怕，还说："一只小鳄鱼！真是太小了！好可爱啊！他肯定吃得很少，不然怎么会那么小。"小女孩一把抓起奇奇的尾巴，在奇奇的肚子上挠痒痒，一边挠一边说："咯吱！咯吱！"后来，她挠够了，把奇奇"啪"地一下扔进河里。最后，奇奇灰溜溜地回到家里，觉得很没面子，开始大口大口地吃香蕉，心里却想着：我要变强壮，然后再去吃小孩。

读完整本书，你会发现这本书有一点黑色幽默的味道。不过仔细想想，这样的故事在生活中是很常见的，在宝宝的成长中，他们或早或晚，总会产生非常强烈的独立的甚至离经叛道的想法，几乎无法消灭的想法，怎么办？每一个爸爸妈妈都会面临这样的"危机"，在生活暂时稳定的表层下，这种"危机"才代表着成长的走近、成长的残酷考验，几乎可以说"危机"必然存在。回忆我们的成长大家都经历了这样的过程，不是吗？在这个绘本中，当小鳄鱼奇奇走向河边，它其实走向了一种未知好奇。幸好小孩没有被鳄鱼吃掉，奇奇没有危险，这也留给我们一个思考：万一小鳄鱼遇到了真正的麻烦怎么办？

（五）《大卫，不可以》

文/图：[美国]大卫·香浓　　译：余治莹

大卫的妈妈总是说："大卫，不可以！"大卫伸着舌头，站在椅子上颤颤巍巍去够糖罐；大卫一身污泥回家，客厅的地毯上留下了一串黑脚印；大卫在浴缸里闹翻了天，水流成河；大卫光着屁股跑到了大街上……每一幅页面里都有妈妈说的话"大卫，不可以！"但是，书的精华在后面：大卫在屋子里打棒球，把花瓶打破了。这下可闯大祸了，大卫被罚坐在墙角的小圆凳上，流眼泪了。于是，妈妈对他说："宝贝，来这里。"妈妈给了他一个温暖的拥抱，对他说："大卫乖，我爱你。"

太经典了，一个童年恶作剧的故事就收场于这样一个爱的动作。不管孩子有多调皮，可是当他伤心的时候，母亲的怀抱永远是他温暖的港湾。

（六）《我是霸王龙》

文/图：[日本]宫西达也　　译：杨文

翼龙妈妈在悬崖边上生下了小翼龙。他快乐地成长着。翼龙爸爸教他飞行的本领，翼龙妈妈教他"为人"的道理。当小翼龙渐渐长大，爸爸妈妈在一个夜晚悄悄地离开了他。他一个人生活着，相信爸爸妈妈一定会回来的。一天，当小翼龙睡觉的时候，可怕的霸王龙来了。就在霸王龙准备吃掉小翼龙时，火山爆发了。

火山爆发后，小翼龙得救了，霸王龙却因此受伤，眼睛好像看不见了，躺在地上不能动。小翼龙想起了妈妈教他的道理，开始照顾起霸王龙。喂他吃果子喝水，就像爸爸妈妈照顾他那样。有一天，小翼龙摘果子回来，发现霸王龙站了起来，嘴里叼着鱼。他吓坏了，丢下果子就开始往天上飞，他心想："如果我是霸王龙，就可以和你成为很好的朋友。霸王龙，再见。"霸王龙在底下吼着："你快回来，我一早就知道你是小翼龙，

我抓了你最喜欢的鱼，我们俩一起吃。"可惜小翼龙越飞越高。

其实，我们也正像翼龙爸爸妈妈那样很用心地抚养着我们的孩子，爸爸教孩子本领，妈妈教给孩子为人，当孩子慢慢长大，妈妈流着眼泪送孩子去上学。孩子在外面会遇到各种各样的状况，父母也总是担心。但我们的孩子只要掌握了本领及做人的原则，就可以独自去面对和处理生活上的问题，就像小翼龙一样，会做得很棒，能够保护自己。

（七）《鼠小弟的小背心》

文：[日本] 中江嘉男　　图：[日本] 上野纪子　　译：赵静，文纪子

鼠小弟的妈妈送给他一件漂亮的红色背心。可爱又善良的鼠小弟把他借给鸭子、猴子等动物穿。"有点紧，不过还挺好看吧？" 动物一个比一个大，每一个动物都是同样的感觉。当鼠小弟再次回来时，看到大象正穿着自己的小背心："哎呀，我的小背心。" 大象看着鼠小弟："他好难过！" 是的，他有些难过，自己的小背心变成了另一个模样，他再也不能穿了，这可是妈妈送给自己的，这让谁都会伤心难过的。故事讲到这里，大家是否以为结束了，呵呵，翻过来，奇迹发生了。笑容重新回到鼠小弟的脸上——大象用鼻子勾住背心的两个口，鼠小弟正在上面快乐地荡秋千呢！画面到这里，笑容也重新回到鼠小弟的脸上，呵呵，可以荡秋千呢！

全书文字部分都是动物们说的话，不管穿上小背心以后多么难受，它们都会说："有点紧，不过挺好看吧？" 文字与图画的滑稽比照，让这个作品变得格外有趣。画面里动物们每次来借穿小背心，都是相同的一番对话，相似的两个画面，形成一个二拍子的叙事节奏。在多次地重复后，故事发展到最高潮：鼠小弟发现自己的小背心被大象穿过以后，再穿起来就像拖着一条长长的绳子，蛇是多么伤心和沮丧。

绘本的结尾以奇思妙想的创意将作品推向另一个高潮。在全书的最后一页，白色的方框变得很小，就像镜头拉远，舞台上的表演即将落幕，只见一幅小图上鼠小弟正在大象的鼻子上荡秋千，而秋千正是鼠小弟那件被拉得长长的小背心。出人意料又精彩绝伦的结局，不仅让故事在高潮处完美收官，更在热闹、夸张、幽默之外，增添了一份温情色彩，将本系列作品欢乐、友好的主题出色而独到地演绎出来。

（八）《古利和古拉》

文：[日本]中川李枝子　　图：[日本]山胁百合子　　译：季颖

田鼠古利和古拉在树林里发现了一个很大的鸡蛋，他们想把鸡蛋拖走，但是鸡蛋太大，于是他们回去带来工具和材料，想在林子里把它做成美味的蛋糕。香气把动物们都吸引来了，大家一起分享美味的蛋糕，吃完之后，古利和古拉把蛋壳做成小车，把工具运回去。

作品的绘画风格独树一帜，像出自小朋友的手笔，对动作、神态有自己的处理方式，不讲究形似但追求神似，天然而随意。画家有一种孩子气的用图叙事的天分，而且处在还未发展出过分技巧的纯天然状态里，这种风格特别适合将孩子心灵中璞玉般的质感传达出来。与此一致的是环衬中那种稚嫩却不生涩的绿色。全书的文字量并不少，并且有叙述、对话、歌谣等多种形式，很符合孩子刚学会说话时的状态：

喜欢自言自语，唱儿歌，大大小小的事都愿意说出来。从主题、情节到画风、语言。本作品都有一种独特的单纯和质朴，像未经过人工培育的雏菊，生机勃勃，深受孩子们的喜爱。

（九）《一园青菜成了精》

文：改编自北方民谣　　图：周翔

《一园青菜成了精》巧妙地蕴藏了青菜们的特性，这是一种充满智慧的幽默。小葱青秆绿叶儿长得直，正像一根银杆枪；韭菜的叶片狭长而扁平，如同两刃锋。大蒜成熟后的裂瓣，辣椒的浑身红彤彤，茄子的紫胀圆滚，都成了战斗的结果，让人读出意料之外却又不得不信服的荒诞。写到莲藕时，不说它天性生长于湿泥里，而说成了来不及逃跑的败军之将，糊里糊涂、慌不择路地钻进了烂泥坑。

好的童谣需要好的画面来表现，增一分则太闹，减些许就平淡无奇。画童谣类的作品，一定要走进和它同步的韵味中，丢掉华丽虚假的习气，踏踏实实浸润到泥土里，才能相得益彰。我翻开书页，看到青菜萝卜们的神气活现和眉飞色舞，已然开始窃喜了。画家遵循着青菜们的独特个性，又赋予其饱满的情绪和孩童的顽皮，夸张却不鬼怪离奇，让这一群顽童煞有介事地摆开阵势，斗得畅快淋漓。

（十）《小老鼠和大老虎》

文/图：[日本]庆子·凯萨兹　　译：余丽琼

小老鼠和大老虎是一对好朋友，可是，他们之间存在着种种不平等，这使得小老鼠作出离开大老虎的决定……最后，大老虎为了挽回友谊做出种种努力，于是，小老鼠与大老虎又恢复了友情。可是，事情又来了，大犀牛加入他们中间，问题又出现了……

一个是微不足道的小老鼠，一个是强悍威武的大老虎，作者让这两位成为好朋友，真是用心良苦啊！由于这个绝妙的设计，矛盾冲突波澜迭起，喜剧气氛也被渲染到极致，一种顽童的幽默跳跃在字里画间，让人自始至终忍俊不禁，而同时，又情不自禁地琢磨隐藏在如此有趣的故事背后的东西。

第三节　幼儿图画故事的实践方法及设计案例

一、幼儿图画故事的实践方法

有了一本好的图画故事书，我们该以什么样的形式呈现给幼儿呢？幼儿园组织绘本活动还需要准备什么呢？

幼儿图画故事对于幼儿来说，不仅仅只是一种儿童读物那么简单。对于不同形式的

讲述以及设计丰富的活动，教师和家长可以将图画故事与生活和教学相结合，使幼儿有着丰富多样的情感体验。

（一）先看图再看文

看图画书时成人要习惯首先从图画去了解故事的内容，注意图画里画了什么，图画里有哪些细节与整体有关联，前一幅画与后一幅之间如何串联，画面之间的串联如何铺陈出故事的情节，不要忽略画面带给我们的信息，看懂图后再看文，这样才能得到一个立体丰满的故事。

（二）注重讲述的顺序

从封面开始，注意环衬和扉页，有时要结合封底。

图画故事应该从封面开始讲述。封面是预测图画故事内容的主要来源。对题目的介绍、对故事内容的猜测并引起孩子阅读的兴趣，往往都是从封面开始的。例如，《大卫惹麻烦》在讲述封面时可以这样设计语言：

看，他就是大卫。他在干什么？他坐在墙角，眼睛看着一个时钟。他好像被罚坐墙角了。发生了什么事？大卫惹了什么麻烦？我们一起来看一下这个故事吧。

环衬是封面与书芯之间的一张纸，通常一半粘在封面背后，一半是活动的，也称为蝴蝶页。环衬在图书中的有时不仅仅是一张白纸或彩纸，要注意它所带来的信息，如《我爸爸》中，环衬上画的是爸爸睡衣的花色，这件睡衣是爸爸在故事中一直穿着的衣服，是留在作者心目中印象最深的爸爸的形象。如果能引导幼儿去发现，这是一件很有趣的事。

扉页，又叫主书名页，是环衬之后，正文之前的一页，上面一般写着图书的书名、作者。讲图画书时在扉页部分可以再一次强调故事名字加深印象。有的扉页还有有趣的设计。例如，《大卫上学去》的扉页上，这个穿着裙子、叉着手、站在讲桌前的人是谁呢？不妨让孩子们猜一猜。

图画书作者有时还会将封面和封底做成一个整体，在讲完故事后再把封面封底连起来，会让孩子进一步体会到故事的内容，如《小黑鱼》。还有的图画故事结局是在封底上展现的，如《1 只小猪和 100 只狼》。

（三）巧妙设计讲述语言

讲图画书可以只照着图书上的文字念么？图画书的文字常常非常简洁，如果只按照图画书的文字来讲，很显然常常构不成一个生动的故事，信息量也不够。所以需要设计个性化语言。

1. 个性语言的设计

讲封面时，教师可以增加对大卫的介绍：

大卫是一个五岁的男孩。他长着大大的脑袋、小小的眼睛、三角鼻子，看，还有几颗小尖牙。大卫的妈妈总是说："大卫，不可以。"我们来看一下，大卫都做了什么，让妈妈总是说这句话。

故事中的大卫拿着锅具大吵大闹，图中只有一句话："大卫不要吵。"我们可以增加个性语言：

"大卫最爱玩的游戏是扮演小鼓手。瞧他，把大铁锅扣在脑门上，挥着大铁铲敲打平底锅。"当当当，我是小鼓手，哈哈哈，看我多神气!"妈妈生气地说："大卫，不要吵!"

2. 叙述者角度的变化

讲述时需要小心地选择叙述角度，即使用第一人称还是第三人称。有的图画书以第一人称讲起来会更有趣味，如《真正的100%女巫汤》：

孩子们，你们好。我是考克拉，是一个真正的女巫。今天啊我来讲一个我自己的故事，关于胡萝卜大葱土豆汤的奇妙故事。我住在一片美丽的森林里，瞧，这就是我的家。

3. 适当的留白

绘画技巧中讲究画面的留白，是每一个画面构图的设计巧思。图画书中同样要注意留白，讲述中的留白是在看故事的每一页时留时间，不点破。留时间是孩子需要观察画面。不点破是孩子能用眼睛看到的，不需要全部用语言讲出来，给孩子自己体会的过程。

留白的程度多大，取决于孩子的年龄和画面理解的难易程度。例如，《疯狂星期二》中的最后一页："另一个星期二晚上7点58分，奇迹再一次发生了……"教师不需要讲"猪飞上了天"，而是让孩子独立观察思考，他们会惊奇地发现"猪飞起来了"!

（四）游戏化的互动设计

在幼儿园讲图画书通常是教师面对若干个孩子讲述，每个孩子的专注程度不同，教师需要全面调节讲述氛围，控制讲述节奏，在讲述过程中适当加入互动环节，以活跃听故事的气氛，增加游戏性。互动通常包括提问、共同说出故事中重复性的语言、共同完成一个简单的动作等。

活动的设计要少而精，如果讲述故事书时有过多的提问，会破坏故事的整体性，也会降低孩子阅读图画书的兴趣。

（五）注重讲述的生动性

讲图画书如果只是干巴巴地念文字，对孩子的吸引程度也会降低。尽管讲述图画书时不需要过多的肢体语言配合，但是语气和表情仍需符合幼儿喜欢夸张、愿意张扬的个性特点。人物语言的变化要丰富并有个性，甚至可以巧妙地运用语言节奏押韵等特点。

（六）巧妙地结合五大领域教学

在幼儿园的教学中，各个领域的教学是相互融会贯通的。很多图画故事也具有很强的教育性，能够对教师的教学起到很大的启发作用，所以讲述绘本故事，有时往往只是一个课程的导入部分，这个故事都是为了教学服务，通过故事的讲述和表演来完成其他领域的教学。

同时，在教学中加入图画故事的内容也会让幼儿对教师的教学产生更大的兴趣。幼儿不仅能够通过图画故事完成知识经验、能力认知等方面的学习，还会不由自主地将自己联想成故事的主角，进而有一段非比寻常的情感体验。例如，《牙齿大街的新鲜事》可以结合健康领域进行教学，幼儿通过图画故事不仅可以了解到保护牙齿的重要性和方法，还会有紧张、快乐、成就感等多种不同的情感体验。

二、幼儿图画故事的设计案例

以图画故事《菲菲生气了——非常、非常的生气》为例：

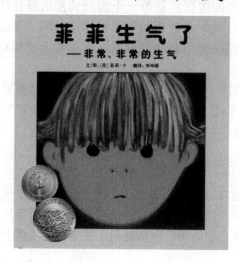

文/图：[美国]莫莉·卡　　译：李坤珊

（一）活动名称

菲菲生气了——非常、非常的生气。

（二）活动班级

小班。

（三）活动目标

1）感知如何控制及处理情绪，并且明白愤怒的感觉最终会消失。

2）认识不同情绪下表情的变化。

（四）活动准备

四种表情卡（喜、怒、哀、惧）白板、红色卡片和蓝色卡片、红色的布条、音乐、小动物剪纸等。

（五）活动过程

1. 故事导入

教师先讲解封面，看一看菲菲生气的时候眼睛是睁得大大的，鼻孔也大大的，她的小嘴巴也是向下弯的。

"小朋友们，你们生气的时候都是什么样子的？愤怒、哀伤以及害怕的表情都是什么样子的？这个小朋友叫菲菲，她看起来好像生气了，可是菲菲为什么生气呢？我们一起去看一看吧。"

2. 故事讲解

（1）引导宝贝感知每个人都是有情绪的

以情境的形式展现菲菲生气的原因。因为姐姐夺走了菲菲正在玩的大猩猩。讨论：我们会因为什么生气？生气后小朋友们都是怎么做的？我们的主人公菲菲又是怎么做的？

（2）通过游戏的方式将生气具体化

"菲菲生气的表情又出现了！小朋友们能不能也做出一个生气的表情呢？小朋友们觉得哪一个颜色是生气时的颜色？菲菲特别生气，她想把所有的东西都砸掉，发出火红的咆哮，宝贝们，我们把红布条吹起来感受一下菲菲的火红的咆哮。"讨论：小朋友们在生气的时候还会有哪些表现？

（3）引导幼儿的观察能力

播放小松鼠、小老鼠、小鸟的声音。

"砰！菲菲跑出门。她跑到大森林里，一直跑到再也跑不动了。宝贝们找一找书中都有哪些小动物，他们都在哪里呢？这些小动物都在看着她。"

（播放欢快的音乐）

"菲菲不再觉得生气了，她正在往家里走，回家的路上菲菲又遇到很多小动物，请宝贝们把它们找到并粘在情景卡上。"宝贝们远远地看见了菲菲的家。"那么菲菲的家在哪里呢？菲菲和家人又在一起了，每个人都很高兴。"这时宝贝们高兴地跳舞。"而且，菲菲也不再生气了，知道不好的情绪最终会消失。"

（六）活动结束

总结宝贝对故事的整体认知，教师翻开绘本的一页让宝贝们举出对应颜色的卡片，感知情绪的变化，进一步讨论四种情绪。

案例分析：《菲菲生气了——非常、非常的生气》这个故事的重心与特色，是将情绪状态以直观的画面形式呈现，作为主角的孩子是整个情绪处理的主控者。这不同于常见的以文字描写表达情绪的作品，或是以大人所积累的经验与智慧为基础，在叙述中进行教诲的童书。作者以言简意赅的文字和极具表现力的图画，直接抓住抽象的情绪，直观形象地把它呈现出来。故事中的菲菲先是以肢体动作表达愤怒，进而躲进自己的世界，宣泄悲伤，渐渐缓和，最终恢复平静。作者对这个过程进行细腻的描画，加上对孩子心理感受贴切的了解，使得小读者自然而然地认同菲菲，也毫不设防地进入情节与氛围的中心，同时获得阅读的乐趣以及对情绪历程的了解。

在活动中，教师有效地抓住幼儿情绪容易受环境影响的特点，设置出不同的场景，让幼儿在场景的变化中感受情绪的变化。同时结合故事，将作品中的场景重现在课堂上，有利于幼儿更好地理解故事的内容，进而体会到菲菲为什么会生气，然后又是如何不生气的。教师有效地利用图画、录音等多媒体教学设备，使整个活动更加丰富有趣，很好地完成了教学目标。

以图画故事《好饿的毛毛虫》为例。

好饿的毛毛虫

文/图：[美国]艾瑞·卡尔　译：郑明进

（一）活动名称

好饿的毛毛虫。

（二）活动班级

中班。

（三）活动目标

1）幼儿通过各种活动感知动物的变化过程。

2）体验参与活动的快乐。

3）幼儿能够初步感知数与量的关系。

（四）活动准备

毛毛虫头饰、颜料、小夜灯、绿色的布、仿真水果、蝴蝶翅膀等。

（五）活动过程

1. 故事导入

教师戴毛毛虫的头饰，扮作毛毛虫很饿的样子，说："我好饿呀，怎么办？宝贝们能和我一起去找吃的吗？"给宝贝们戴上毛毛虫头饰。

讲解封面。正封面有一只毛毛虫，它在哪里呢？翻到后封面，它在一片叶子上，叶子上有一个洞，为什么会有一个洞呢？请宝贝们用你们的小手在卡纸上点几个小洞洞吧。

2. 故事讲解

1）引导幼儿进行观察。教师将灯光变暗，将准备好的绿色布、小夜灯放在幼儿面前。"小朋友们，是什么在叶子上呢？哇，是一颗小小的毛毛虫蛋（灯光慢慢变亮）。太阳升起来了，'砰'的一声，毛毛虫出来了，毛毛虫在蛋里好久了，我们一起活动一下吧！"

2）训练幼儿的语言发展。教师问幼儿最想吃什么，引导幼儿回答。"宝贝们有这么多想吃的东西，我们一起去帮着毛毛虫找一找吧！"

3）引导幼儿认识水果，并引导其初步理解数与量的对应。教师将仿真水果、白板、水果卡纸放到指定位置，带领幼儿将这些仿真水果按照故事中的顺序收集起来。"小朋友们，把你们的水果举起来，看看大家都找到了什么水果？哇，好多水果呀！请小朋友们说一说自己找到的都是什么水果。我们来看看毛毛虫从星期一至星期五都分别吃了什么水果。"将水果卡纸贴在白板上与数字相对应，引导宝贝初步理解数与量的关系。

4）总结毛毛虫最爱吃的东西，引导幼儿进行讨论和表达。

"毛毛虫的肚子痛了一个晚上，它吃了太多不好消化的东西。（教师将叶子贴在教室的墙壁和地面上）"小朋友们，我们的毛毛虫最爱吃什么呀？"教师引导幼儿观察并讨论，最终教师总结："毛毛虫最喜欢吃的是叶子！现在我们一起帮助我们的毛毛虫去找美味的叶子吃吧！"

（六）活动结束

毛毛虫不觉得饿了，它变成了一只很大很大的毛毛虫，吃饱了要休息了，它造了一间小房子，叫作"茧"。它在里面睡了两个星期，钻了出来，变成一只美丽的小蝴蝶。老师这里也有一间小房子，请我们的毛毛虫宝贝们钻进来看看会不会变成小蝴蝶呢？（教师将宝贝的毛毛虫触角换成蝴蝶翅膀）引导宝贝钻过滚筒。从滚筒中出来的幼儿全部变成漂亮的蝴蝶。

案例分析： 月光下，一个小小的卵躺在树叶上，一个星期天的早晨，暖暖的太阳升起来了——啪！——从卵壳里钻出一条又瘦又饿的毛毛虫。他四下寻找着可以吃的东西。从星期一到星期五，他每天都吃着不同数量不同种类的东西，但还是很饿，星期六他啃穿了一块巧克力蛋糕，一个冰激凌蛋筒，一条酸黄瓜，一片瑞士奶酪，一截萨拉米香肠，一根棒棒糖，一角樱桃馅饼，一段红肠，一只杯形蛋糕，还有一块甜西瓜。到了晚上，他就胃痛起来！直到星期天他才找到最喜欢吃的东西——叶子。他吃饱了，变成一个很大很大的毛毛虫，然后又变成茧，最终变成一只美丽的蝴蝶。

五以内的点数是中班幼儿应具备的能力，活动巧妙地将绘本中的画面与科学领域相结合，不仅能够引导幼儿观察画面，描述故事，还有效地将点数训练加入活动中。同时，幼儿还能初步认识毛毛虫变成蝴蝶的生长过程。除此之外，活动在设计中将绘本中的画面都变成幼儿能够真实接触到的事物，加深了幼儿对客观事物的认知。

知识与能力训练

一、知识训练

（一）填空题

1. 图画故事具有_____、_____、_____等三个特点。
2. 从文字的方面来划分，图画故事划分为_____和_____。

（二）思考创作题

1. 简述幼儿图画故事在幼儿成长中的作用。
2. 简述幼儿图画故事在幼儿园实践的方法。

二、能力训练

结合图画故事实践方法，设计一篇幼儿图画故事实践方案。

第六章

幼儿戏剧、幼儿影视文学

导读：幼儿戏剧，是指将幼儿的思想、幼儿的想象、幼儿的语言、幼儿的情感、幼儿的经验，透过戏剧的手法，表现宇宙间动植物的生活、人和事物的关系、社会的现象、人生的意义，用以增进幼儿的知识、陶冶幼儿的美感、充实幼儿的生活、引导儿童向上的艺术活动，不管内容是古代还是近代，事件发生在国内还是国外。幼儿影视文学是指以幼儿戏剧为脚本，以蒙太奇的表现手法，将这些精彩的故事搬上荧屏或银幕，表现方式是舞台、电影或卡通动画片。

第一节　幼儿戏剧概述

戏剧通常有两种含义，一种指的是以表演为中心，通过融合文学、音乐、舞蹈、美术等多种形式来展现的舞台艺术；另一种指的是文学体裁，即戏剧艺术中的文学部分——剧本。剧本一方面为演出舞台剧提供脚本，另一方面也用来阅读欣赏。

幼儿戏剧是戏剧的一个分支，是以幼儿为接受对象的戏剧，通过直观的舞台形象来反映现实生活。它的受众人群主要是幼儿，所以在艺术上就要考虑幼儿的特殊性，包括幼儿的年龄、心理特征、审美特点以及他们的理解接受能力。

一、幼儿戏剧的艺术特征

幼儿戏剧除了具有戏剧一般的特征外，由于受众人群的特殊性，主要还是要适应幼儿的情趣、心理状态和对事物的理解、思考方式。要求通过具体、鲜明的形象与活泼、明快的情节向他们剖析严肃的主题，进行美的感染。在美的感染过程中，培养儿童积极的创造精神，发挥他们的意志力和想象力，从而使他们的思维能力受到锻炼，唤起他们的求知欲，尽可能使他们正确地认识现实世界与周围事物，以达到巩固其自身具有的美感与道德感。幼儿戏剧的体裁形式决定了幼儿戏剧的艺术特征，我们把它归纳总结为以

下几点。

（一）故事结构清晰，情节生动有趣，主题健康

幼儿戏剧必须是适合幼儿的故事。内容、情节符合幼儿心理发展特点，一般戏剧的结构分为开始、发展、高潮、结束四个部分。其中开始部分主要交代故事发生的时间、地点、背景、人物身份、布景、服装、道具、效果、音乐等。第二部分是发展，也是高潮前一个重要的部分，在剧情发展的过程中，逐渐产生戏剧冲突，剧情环环相扣，把小观众逐渐引向高潮。第三部分是高潮，它是最重要的一个部分，也是最易引起小观众情绪情感的过程。最后一部分是结束，在该部分就不能"节外生枝"了。幼儿戏剧结局就意味着"大圆满"。例如，方圆的童话剧《妙乎回春》的结构非常清晰，开始的时候剧本介绍人物、时间、场景。场景中表现了一个懒惰的妙乎。在发展过程中，妙乎趁着爸爸不在家给病人看病，高潮部分利用动物本身的原有特征与妙乎看病发生了戏剧冲突，情节生动有趣，给孩子们带来了欢笑。在戏剧的结束部分，大家帮助妙乎认识到自己的错误，坚定了妙乎改正自己缺点的决心。这个剧本不仅可以当成好的故事来讲给孩子们听，还可以让孩子们来扮演其中的角色作为儿童剧出现。

（二）戏剧剧本要为舞台服务，具有表演性特点

幼儿戏剧这种文学形式，不仅可以用来阅读，还可以作为舞台剧的台词，非常适合舞台剧的表演。所以在创作剧本时，一定要考虑到舞台演出的实效性。人物、事件、场景都要受到舞台的限制。舞台布景对于幼儿戏剧的重要性是不言而喻的，它不仅能够为剧目创造适当的戏剧环境，更为重要的是，它可以将剧场内短暂的瞬间变为观众心中的永恒。例如，在童话故事《没有牙齿的大老虎》改编的剧本中，布景是这样介绍的：在大森林里，有着各种各样的树，还有着各种颜色的小野花，开得可好看啦！有一个大蘑菇做的桌子，还有四个小蘑菇做的小凳子。小猴、小兔、小狐狸围坐在那里，旁边还有一个光滑的大石头。这就为舞台表演提供了很好的场景。里面的各种小动物，也是幼儿在日常生活游戏中经常模仿的小动物，其中的对话语言就成了很好的台词，所以特别适合作为舞台剧表演。

（三）体现"幼儿式"的思维方式

孩子眼中的世界和成人的是不同的，孩子们天生就具有幻想色彩。所以成人在为幼儿创作戏剧的时候，都要站在幼儿的角度创作，才会受到孩子们的喜爱。动物拟人化是幼儿戏剧中常用的手段，这种手段就符合幼儿心理特征，通过动物身上发生的事情，孩子们可以看到自己存在的问题，只有这样的作品才会让孩子们开心、快乐，并很容易地接受其中的道理。还有安徒生的童话给孩子们的童年带来很多的幻想，因为童话世界里的想象是漫无边际的，这就给幼儿戏剧提供了很多脚本，运用童话改编的幼儿戏剧非常受孩子们的欢迎，如《白雪公主和七个小矮人》《灰姑娘》《三只小猪》《小红帽》等。

（四）要富有戏剧性的冲突

儿童戏剧也要像成人戏剧一样设置紧张的矛盾冲突，但是根据幼儿的特点，又不能设置得过于紧张矛盾，毕竟孩子的理解能力有限，但是直接让孩子看到结局，也会让孩子失去兴趣，所以这个矛盾冲突一定要集中，情节展开一定要快，人物不能过于复杂，所有的情节都围绕一个冲突展开。幼儿戏剧的冲突不同于其他体裁形式的冲突之处，就在于通过演员直观地把思想的、情感的、道德的、心理的矛盾直接再现于舞台上，使小观众有身临其境的感觉。例如，《马兰花》中的大兰和小兰，一个想要，一个不想给，随着大兰想要的欲望越来越强烈，最终导致矛盾升级，这种矛盾就成为激烈的冲突。

（五）舞台演员与观众的互动

参与表演的人员可以是专业的演员，也可以是孩子们以及幼儿老师。这也是幼儿戏剧与其他体裁形式的一个重要区别。在表演过程中，观看的群众同时也是互动的演员。对于幼儿来讲，看戏的过程其实就是看"热闹"，设计戏剧情节时，为了让孩子们有身临其境的感觉，台上的演员会和台下的小观众们进行生动的互动，让孩子们感觉他们就是剧中的一个角色。例如，《一只小黑猫》的演出效果好，就是因为它具备了幼儿戏剧的表演特点。例如，老爷爷一上场就与小朋友打招呼："你们好啊，小朋友！"这一声招呼，一下子就缩短了台上台下的距离，孩子们立刻齐声回答："老爷爷好。"接着老爷爷给小朋友看他抓的大鱼的时候，请小朋友们帮助他看鱼，孩子们都特别兴奋，一看到猫来了，都大声地喊爷爷："猫来了，猫来了。"这使孩子们得到了极大的满足和快乐。

二、幼儿戏剧的类型

幼儿戏剧按不同分类标准可划分为不同类型。

（一）按照表现形式划分

幼儿戏剧按照表现形式可分为幼儿话剧、幼儿歌舞剧、幼儿戏曲、木偶剧、皮影戏。

1. 幼儿话剧

幼儿话剧是以角色形象的对话、表情、动作等为主要表现手段的一种幼儿戏剧，大多短小、浅显。它有两种表现形式。一种是以人物形象为主要角色、充满幻想色彩的幼儿童话话剧，又叫童话剧，如柯岩的《小熊拔牙》。在有些国家，根据儿童各个年龄时期的差别，有学龄前、学龄初期和少年期儿童剧的明确区分。苏联、日本、罗马尼亚、澳大利亚、挪威、瑞士、德国和美国等都是儿童剧比较发达的国家。著名的儿童剧作品如《灰姑娘》《乞丐与王子》《皇帝的新衣》等在许多国家已广泛流传。另一种是以生活中的人物形象为角色，表现现实生活的幼儿生活话剧，又叫生活剧，如柯岩的《红灯绿灯和警察叔叔》等。

幼儿话剧在幼儿园中比较受幼儿教师的青睐，幼儿教师经常把童话或者故事改编成童话剧，使幼儿对文学作品更为喜欢。

2. 幼儿歌舞剧

幼儿歌舞剧是以唱歌和舞蹈为主要表现手段，不用或少用台词，适于幼儿欣赏和表演的小型歌舞剧。幼儿歌舞剧一般有一定的故事情节，注重用幼儿能理解的音乐和舞蹈动作刻画角色形象、演绎情节和表达主题。幼儿歌舞剧的台词浅显易懂、朗朗上口，歌词、音乐和舞蹈必须和谐一致，具有感染力。例如，《麻雀与小孩》是黎锦晖创作的儿童歌舞剧，1921年首演，内容为一个顽童出于好奇心将一只活泼可爱的麻雀诱骗到家中，关进了笼子。小麻雀的妈妈的母爱之心感动了小孩，使他认识到自己错误的行为，遂放掉了麻雀。该剧歌词全部采用口语之声，动作由模仿生活常态而来，将儿童道德品质的培养隐含在生动感人的寓言式故事里，易于演出和吸引小观众。其中作品采用旧曲填词的方法，引用了"苏武牧羊""银姣丝"等民间曲调，"飞飞舞"则配合歌曲形象，准确地表达了作品主题，传唱久远。该剧被称作黎锦晖的代表作之一。

3. 幼儿戏曲

幼儿戏曲是指运用地方戏曲的曲调和唱腔，通过演员的唱、念、做、打，即剧中人物的歌唱和带有节奏感的道白，以及富有民族色彩的舞蹈动作来表现故事情节，反映现实生活，如《马兰花》。

4. 木偶剧

木偶剧是指由演员操纵木偶以表演故事的戏剧，又称傀儡戏。木偶作为戏剧性的表演，出现在汉代。表演时，演员在幕后一边操纵木偶，一边演唱，并配以音乐。根据木偶形体和操纵技术的不同，有布袋木偶、提线木偶、杖头木偶、铁线木偶等。木偶戏是由演员在幕后操纵木制玩偶进行表演的戏剧形式。中国木偶戏历史悠久，三国时已有用木偶人进行杂技表演，隋代则开始用偶人表演故事。

5. 皮影戏

皮影戏起源于汉唐时期，别名"灯影戏"，是一门在民间很受欢迎的艺术，以驴皮镂刻出戏文中的人物和动物，由艺人在白幕之后伴着锣鼓器乐的点子唱词操纵。皮影戏发展至今已有数百出整套戏目。

（二）按照幼儿戏剧文学的内容划分

幼儿戏剧按照戏剧文学的内容可划分为幼儿童话剧、幼儿寓言剧、幼儿生活情景剧、幼儿历史神话剧。

1）幼儿童话剧：以戏剧的形式来表现童话故事，如《白雪公主和七个小矮人》《丑小鸭》。

2）幼儿寓言剧：用戏剧的形式来表现寓言故事，如《两个笨狗熊》。

3）幼儿生活情景剧：用戏剧的形式来表现幼儿生活中的故事，如《回声》。

4）幼儿历史神话剧：用戏剧的形式来表现历史神话故事，如《神笔马良》《木兰从军》。

第二节　幼儿影视文学概述

一、幼儿影视文学的基本理论

目前在幼儿成长的过程中，有一种教育手段不能被家长和幼儿教师们所忽视，这种教育手段就是幼儿影视文学。

幼儿影视文学是指为拍摄幼儿影视作品创作的文学剧本，这种剧本是幼儿影视创作的文学基础，是导演再创造的依据。幼儿影视文学产生在影视艺术和幼儿文学的交叉地带，具有与生俱来的两重性。幼儿影视文学在发展过程中也经历了漫长的历史，从黑白影视作品《三毛流浪记》《小兵张嘎》《鸡毛信》，到动画片《狮子王》《喜洋洋与灰太狼》，以及家庭喜剧《家有儿女》，都是为幼儿创作的适合幼儿观看的影视作品。

二、幼儿影视文学的艺术特征

幼儿影视文学的创作是用影视的方式思考，而用幼儿文学的方式表达的。它不仅可以用来阅读，还可用来拍摄，其艺术特征主要表现在以下几个方面。

（一）视觉性

幼儿影视作品的观看对象是小观众，那么在视觉上就一定要有冲击性，能够吸引孩子们的眼球，在作品中不管是人物形象还是故事情节，都要具体明确，富有造型性、表象性等特点，这样才能顺利地使其转化为荧幕形象，如《狮子王》。

（二）趣味性

以幼儿为主要读者对象的幼儿影视文学，必然要符合幼儿的审美心理，趣味性就成为作品的主要特点。作品一定要具有喜剧性。在文学表现上，幽默、夸张、误会等手段都是必不可少的，一定要充满幼儿情趣。例如，郑春华的作品《大头儿子和小头爸爸》将童趣和烂漫想象联系在一起表现。她用非常浅显的比喻和想象，明白而简约地告诉孩子她所要达到的意境和所要表达的道理。精湛的叙述和对话技巧，使每个故事都充满了生动活泼的趣味性。尤其是对大头儿子的想象、心理、习惯、语言、生活的刻画，显示出她具有敏锐的观察力和非凡的艺术功底。她给予大头儿子的淘气，有时是无法无天的，甚至有点纵容。毫无疑问，她主张儿童的权利。

（三）情节性

情节是幼儿影视文学的主要构成元素。由于幼儿的注意力时间比较短，而且理解力也比较差，对于复杂的故事情节不能很好地理解，因此对于幼儿影视文学中的故事情节一般要注意线索单纯、情节突出，以不断激起小读者对人物命运的关注。例如，《家有儿女》这部影片的情节就比较突出，讲述了两个离异家庭结合后发生在父母和三个孩子间的各种有趣故事。几个孩子的不同的生长环境、不同的文化背景，以及夫妻俩人的各种问题，都成为整个故事的精彩情节，每个人物之间都有戏剧冲突，但是情节都围绕家庭生活进行，比较单纯，符合孩子的心理欣赏特点。

（四）幻想性

幼儿影视剧作品中，很多都是根据童话、科幻小说、魔幻小说改编而成的，如《白雪公主》《哈利·波特》《猫和老鼠》《唐老鸭与米老鼠》等作品。进入21世纪，当《哈利·波特》风靡全球的时候，2009年中国幼儿文学也出现了一部作品，这就是被称为中国版的哈利·波特的《心灯》，作品第一部"神圣的使命"以中国古代神话为蓝本，讲述了一群孩子为实现生态和谐的心愿而进行的古老而神秘的探险故事，在宣扬人与自然和谐共处的哲学思想的同时，也将中国传统文化中家喻户晓的春节、除夕、压岁钱等元素，以及火判官、山鬼、幽都等古代神话传说融会贯通，在继承文化传统的同时，也赋予传统文化以新的内涵，作品极富想象力，情节引人入胜。

郑渊洁的《舒克贝塔历险记》也是一部具有幻想色彩的影片，主要讲述了舒克是丛林中的一只小老鼠，一个偶然的机会，他得到了一架小型的直升机，他立志要当一名神勇的飞行员，于是他开着自己的飞机，为树林中的朋友们做好事，得到朋友们的尊敬，他们联合起来共同打败了欺负他们的猫。贝塔是住在主人家中的小老鼠，他拥有一辆漂亮的小坦克，他们用这辆小坦克与家里的大花猫进行斗争，但在大花猫受到惩罚的时候，他却救了大花猫。贝塔想到外面的世界闯一闯，于是他告别了大花猫，来到树林里，正好碰见舒克，他们一见面就开始了陆空大战，最后成为好朋友，一起开始了冒险的旅程。

三、幼儿影视文学的类型

常见的幼儿影视文学的类型有幼儿故事片、幼儿电视剧、幼儿科教片、幼儿纪录片、幼儿美术片。这里主要介绍幼儿故事片和幼儿美术片。

（一）幼儿故事片

幼儿故事片主要是根据幼儿小说、童话、科学幻想小说等改编的影片。例如，《宝葫芦的秘密》是根据张天翼的同名童话小说改编的，讲述了小学生王葆是一个天真活泼、富于幻想的少年。当他在学习上碰到困难，或在课余生活中不顺利的时候，就幻想有一个神奇的宝贝来帮他轻松地实现目标。一天，王葆在钓鱼时偶遇传说中能实现任何愿望的宝葫芦，他想要什么，宝葫芦都能帮他实现。宝葫芦帮王葆钓到鱼、做成高级的模型、完成回家作业等。宝葫芦又能变成各种形状，王葆想坐飞机，它就能立刻变成葫芦飞机带着王葆翱翔天际。王葆大喜过望，有了这个宝葫芦后，他在学校的成绩突飞猛进，让同学们大为惊诧。宝葫芦更帮助他在泳池中大显神威，轻松获得了参加校队的机会。生活仿佛变得那么完美……可是，王葆逐渐发现宝葫芦不分青红皂白，只懂盲目服从，因此屡令王葆哭笑不得，最后更令王葆在数学考试中铸成大错！面对即将到来的校际游泳大赛，王葆顿时进退两难，他是继续依靠宝葫芦为他创造奇迹，还是靠自己的努力改变命运？

（二）幼儿美术片

幼儿美术片是指运用各种美术手段来塑造人物、展示环境、表现故事情节的影片。在艺术表现上，美术片主要以美术手段来反映生活，人们所无法表现的童话、神话或者是幻想体裁的作品，都可以用美术片表现出来，这种独特的手段丰富了孩子们的想象力，深受小朋友的喜爱。美术片可分为动画片、木偶片、剪纸片、折纸片。

1. 动画片

动画片主要是使用绘画的手法，来表现文学作品的内容，创造生命运动的艺术。动画片是幼儿最喜欢也最典型的一种形式，如《哪吒闹海》。《哪吒闹海》是一部大型的宽银幕动画，是根据古典神话小说《封神演义》改编的。在动画里，哪吒不畏强权勇斗龙王，而结局处，哪吒看到生灵涂炭，引剑自刎的场面，让很多人都流下了眼泪。另外，充满智慧的《阿凡提》、简洁幽默的《三个和尚》、水墨动画《鹿铃》、风格古雅的《南郭先生》、幽默有哲理的《崂山道士》《孔雀的焰火》《小熊猫学木匠》《假如我是武松》《天书奇谭》《除夕的故事》《水鹿》《女娲补天》，优美感人的《雪孩子》都是这个时期的作品。中国最有特色的动画就是水墨动画，如《小蝌蚪找妈妈》《大闹天宫》《牧笛》等作品。

2. 木偶片

木偶片是在借鉴传统木偶戏的基础上发展起来的，以木偶角色形象表现故事情节的美术影片。影片所用木偶的各个活动部分装有关节。摄制时，首先按照剧情设计出木偶的连贯动作，再将每个动作分解为若干循序渐进的不同姿态，在拍摄现场由人操纵，依次扳动关节，采用逐格摄影的方法拍摄。对可以连续操纵动作的布袋木偶、杖头木偶和提线木偶，则可用连续摄影的方法拍摄。1953 年，中国拍摄出第一部彩色木偶片《小小英雄》，在 1954 年的木偶片《小梅的梦》里，真人和木偶第一次同时出现在一部片子里。而 1956 年的木偶片《神笔》在国际上获得了儿童娱乐片一等奖，这是中国美术片第一次在国际上获奖。

3. 剪纸片

剪纸片是运用剪纸造型表现故事情节的美术片，用纸剪成或刻成人物形体和背景道具，描绘色彩，装配关节。摄制时，根据剧情需要，将人物和景物的活动分解为若干个循序渐进的不同姿态，将剪纸平放在玻璃上，由人操纵，依次扳动关节，采用逐格摄影的方法拍摄下来，通过连续放映而形成活动的影像。1958 年，出现了我国第一部剪纸片《猪八戒吃西瓜》，这为我国的美术片增加了一个新的类型。还有毛茸茸的剪纸片《猴子捞月》、水墨风格的剪纸片《鹬蚌相争》等。

4. 折纸片

折纸片是用折纸造型表现故事情节的美术影片，将硬纸片折叠、粘贴，制成各种人物、动物、景物形象，拍摄时将动作分解为若干循序渐进的不同姿态，通过逐格拍摄的方法摄制，如在 1960 年摄制的折纸片《聪明的鸭子》。

第三节 幼儿戏剧、幼儿影视文学欣赏

本节的剧本是适合学前教育学生进行排练的儿童剧作品，或在童话、幼儿故事基础上改编或原创。

随着社会的发展，适合幼儿观看的戏剧和影视作品越来越多，教师和家长如何指导孩子们观看这些作品，尤其是从哪些角度观看，在这里进行以下阐述。

一、作品的选择

在观看之前，首先，家长和老师要对作品进行筛选，不是所有的儿童作品都适合孩子观看。筛选主要根据故事的情节、画面感、语言等筛选。例如，有的作品的教育目的比较明确，但是画面中有太多的暴力情节，就不适合孩子观看，还有一些虽然表现的是儿童的内容，但是里面有很多不适合幼儿观看的情节，脱离现实，也不适合孩子观看。一则新闻曾经报道一个孩子看了一部影视剧，结果模仿里面的情节上吊自杀的悲剧。所以选择作品时，家长和老师一定要筛选。筛选之后，要带孩子们先适当地了解戏剧和影视作品的创作背景，让孩子们对故事情节有一个基本的认识，引起孩子们想看的好奇心。例如，《大头儿子和小头爸爸》这样的作品特别适合家长陪同孩子一起观看，除了增加家庭幸福感以外，还可以增加孩子的道德认知。这样的作品还有很多，如《狮子王》《舒克贝塔历险记》《小鲤鱼跳龙门》等。

二、对作品背景的欣赏

幼儿戏剧中，我们要帮助孩子了解舞台背景的设置，让孩子用心感受每个场景，使孩子沉浸在场景中，有助于孩子融入戏剧中，同时也让孩子们感受幕后工作人员的辛苦劳动，对孩子进行适当的德育教育。例如，《白雪公主和七个小矮人》这个儿童剧被各国用各种形式演绎了多次，每次在第一幕里面的王宫的背景让孩子们感受到宫殿的雄伟，在森林布景的时候，又让孩子们感受到森林里的白雪公主的无助和恐惧，直到出现小矮人的房屋的场景，有美丽的山和树，还有可爱的小房子，让孩子们一下子沉浸在温暖和爱的空间里，这其中的舞台背景集合了很多人的智慧，让小观众们能够沉浸在里面，但是看完以后，孩子们的记忆里除了角色和情节几乎就没有别的了，虽然场景只作为一种辅助手段，往往会被人遗忘，但是老师和家长有必要在和孩子们讨论剧情和角色的时候，让孩子回忆场景的壮观、感谢幕后工作人员。这样以后孩子在观看的过程中，就会从心里非常感激幕后默默付出的工作人员，以达到很好的德育教育效果。

三、对作品的反思

在欣赏完作品以后，教师和家长应该指导孩子进行以下几个反思。

（一）剧情的回忆

让孩子用自己的语言来复述故事情节。孩子一般能够记住的就是能够引起他们强烈情绪的情节，幽默的或者是悲伤的。甚至在孩子看完作品后，可能都记不清楚角色的名字，这样家长和老师就有必要带孩子反复观看。孩子对于他自己喜欢的作品是百看不厌的。这样你再指导他说出情节就不难了。根据孩子的年龄大小，年龄小的，家长帮助孩子说，年龄大的，家长鼓励孩子自己复述，增加他们的记忆力以及培养他们的口语表达能力。

（二）指导孩子说出故事的教育意义

这个环节很重要，主要通过有意义的作品培养孩子的正气和智慧。童蒙养正是每个家长和教师都应该深思的，随着社会的发展，很多家长只在乎让孩子快乐，只希望孩子能快乐地成长，但是社会所赋予孩子们的责任是每个孩子都不能避开的，所以从小就要培养孩子的正气。而戏剧和影视作品就可以帮助孩子培养成正气，使其成为一名对社会有用的人才。

（三）通过作品的教育意义，指导孩子力行

家长和老师只在乎说道理，而真正实施的时候是有欠缺的。例如，《麻雀和小孩》这部歌舞剧主要是教育孩子有一颗仁爱的心，家长可以通过这部作品，和孩子一起探讨如何能有一颗仁爱的心，平时如何去做。家长首先要做好榜样，告诉孩子作品中只是对待动物要有爱，那么在这个世界上除了对动物要有爱外，还有什么？逐渐扩展开，对父母要有爱，对老师要有爱，对小朋友要有爱，如何爱？怎么做？一起和孩子来制定具体的力行目标，提高孩子的仁爱之心。

幼儿的心灵是纯净的，我们要在这片沃土上施肥、浇灌，让我们的孩子成为一名有责任心、有爱心、有担当的，对未来社会有贡献的人，这才是教育的宗旨。

四、幼儿戏剧作品赏析

1.《三只小猪》（童话剧）

根据童话《三只小猪》改编。
角色：猪大哥、猪二哥、猪小弟、大灰狼。
场景：草、木、砖房子。
音乐：背景音乐（盖房子、狼来了、逃跑、庆祝胜利……）。

（幕起）
（背景音乐）
旁　白：猪妈妈有三个猪宝宝，它们是猪大哥、猪二哥和猪小弟。小猪们在妈妈的照顾下一天天长大。
猪大哥：（一蹦一跳地上场）我是猪大哥，我是家里的老大，我就喜欢吃了玩，玩了睡。（蹲在房子前假装睡觉）
猪二哥：我是猪二哥，我是家里的老二，瞧我的皮肤多好，这都是睡出来的。（蹲在房子前假装睡觉）
猪小弟：我是猪小弟，我是家里的老小，我最喜欢帮妈妈做事啦。（蹲在房子前帮妈妈做事）
旁　白：有一天猪妈妈告诉三只小猪，他们每个人要盖一间属于自己的房子。三只小猪听了妈妈的话就去找材料，准备盖房子。（三只小猪拉着各自的房子向舞台中间走）

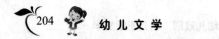
（"盖房子"音乐起）

猪大哥：哎呀，盖房子还不简单吗？我就盖一间草房子吧。（绕房子做盖房子的动作）

猪二哥：是呀，是呀，盖房子也难不倒我，我就盖一间木头房子吧。（绕房子做盖房子的动作）

猪小弟：盖房子是不难，我要盖一间结实的砖头房子。（绕房子做盖房子动作）

猪大哥：我的草房子盖好喽，我可以睡大觉啦。（哈欠连天去睡觉）

猪二哥：（伸个懒腰）我的木房子盖好喽，我可以睡大觉啦。（哈欠连天去睡觉）

猪小弟：（捶捶背）我的砖头房子也盖好喽，我也可以睡觉啦。

旁　白：三只小猪的房子都盖好了，他们都在自己的家里睡觉，有一天，一只大灰狼朝猪大哥家这边走来。（大灰狼上场）

（"狼来了"音乐起）

大灰狼：咦（拖长声音），我怎么闻到有小猪的味道？（边走边用鼻子四周嗅，露出惊喜状）

旁　白：大灰狼一路闻过来，来到猪大哥家门口。

大灰狼：（边敲门边跺脚，声音粗粗地）小猪，快开门。

猪大哥：（惊恐状）哎呀，大灰狼来啦，我不开门，我不开！

大灰狼：那我就吹气，把你房子吹倒。（吸气，吹气）

旁　白：大灰狼一口气就把草房子吹倒了。

猪大哥：啊？我的草房子倒了。救命啊，救命啊！猪二哥救命，快开门！（慌张地向猪二哥家跑去）

（"逃跑"音乐起）

旁　白：大灰狼紧跟着猪大哥追了过去。

大灰狼：（边敲门边跺脚，声音粗粗地）小猪，快开门。

猪大哥、猪二哥：（惊恐状）我们不开！我们不开！

大灰狼：那我就推，把你房子推倒。（轻轻一推）

旁　白：大灰狼轻轻一推就把木房子推倒了。

猪大哥、猪二哥：啊？木房子也倒了。救命啊，救命啊！猪小弟救命啊，快开门！（慌张地向猪小弟家跑去）

旁　白：大灰狼紧跟着猪大哥、猪二哥追了过去。猪大哥、猪二哥跑到猪小弟家，猪小弟安慰他们说："别怕，别怕，我的砖头房子它是推不倒的。"

大灰狼：（边敲门边跺脚声音粗粗地）小猪，快开门。

三只小猪：我们就不开！我们就不开！

大灰狼：那我就撞啦，把你房子撞倒！（胳膊撞的动作）

旁　白：大灰狼撞得直喘气，房子动都不动一下。

大灰狼：咦？怎么撞不倒啊？我来想个办法。（双手叉腰围着房子转）

大灰狼：（指着烟囱）哎，有了！那我从烟囱爬进去，看它们往哪跑！

三只小猪：我们赶快把火烧起来吧！

旁　白：大灰狼从烟囱爬进去，三只小猪在下面烧火，大灰狼的尾巴被烧着了。

大灰狼：好痛啊！好痛啊！

旁　白：大灰狼抱着尾巴逃走了。

三只小猪：（欢呼）哦，我们胜利喽，我们胜利喽！（拉着手又唱又跳）

（"庆祝胜利"音乐起）

作品赏析： 此作品是根据著名的英国童话故事改编的童话剧剧本，作者是约瑟夫·雅各布斯。作者以会说话的动物为主角，目前《三只小猪》已经是全球儿童所熟知的童话之一。剧中三只小猪是兄弟，为抵抗大灰狼而有不同的遭遇，大哥盖草屋、二哥盖木屋、三弟盖了砖头屋，最后只有不嫌麻烦的三弟的屋子没有被大灰狼弄垮，还把大灰狼赶跑了，剧中可爱的小猪给孩子们留下深刻的印象，让孩子们知道了不付出劳动就不会有收获的真理。

2.《小兔乖乖》（儿童剧）

角色：兔妈妈、三只小兔（长耳朵、红眼睛、短尾巴）、大灰狼。

背景：森林。

道具：一片草地、篮子、各角色服装。

旁白：森林里住着兔妈妈和她的三个孩子——长耳朵、红眼睛还有短尾巴。他们在森林里快乐地生活着。

音乐响起，兔子一家、大树、小花、蝴蝶等一起跳舞。（音乐停）

兔妈妈：（呼唤）长耳朵。

长耳朵：妈妈，我在这儿。

兔妈妈：（呼唤）红眼睛。

红眼睛：妈妈，我在这儿。

兔妈妈：（呼唤）短尾巴。

短尾巴：妈妈我在这儿。

兔妈妈：妈妈要到地里去拔红萝卜，你们好好看着家，把门关得紧紧的，谁来叫门都不开，等妈妈回来了才能开。

三只小兔：（使劲点头）我们知道了。

（兔妈妈出门，三只小兔一起来关门。）

旁白：不远处，一只大灰狼到处找点心，饿得直流口水。

大灰狼：我是一只聪明的大灰狼，我的肚子好饿啊，前面就是小兔子家，我去捉只小兔子来尝一尝，哈哈！

（大灰狼推门，门关得紧紧的）

大灰狼：门关得紧紧的，怎么进去呢？

（大灰狼坐在小兔子家门口，眯着眼睛，正想着坏主意，看见兔妈妈回来了，连忙跑到一棵大树背后躲起来。）

兔妈妈：（拎着篮子，一边敲门一边唱歌）小兔子乖乖，把门儿开开，快点儿开开，妈妈要进来。

三只小兔：妈妈回来了，妈妈回来了。

（他们抢着给妈妈开门，抢着帮妈妈拎篮子，兔妈妈亲亲红眼睛，亲亲长耳朵，又亲亲短尾巴。）

兔妈妈：你们真是好孩子，妈妈要去采点蘑菇，你们要把门关得紧紧的，谁来也不开。

旁白（配表现紧张音乐）：大灰狼躲在大树后面，偷偷学会了刚才兔妈妈唱的歌。

大灰狼：（大摇大摆走到舞台中间）哈哈哈！我有办法了，我有办法了。

（到大树后穿起围裙）

大灰狼：（鬼鬼祟祟走出来）你们说我像不像兔妈妈啊？

（围着围裙，边唱歌边敲门，声音沙哑些）小兔子乖乖，把门儿开开，快点儿开开，妈妈要进来。

红眼睛和短尾巴：（欢呼）妈妈回来了，妈妈回来了。

长耳朵：不对，不对，这不是妈妈的声音。

（红眼睛和短尾巴往门缝里一看）

红眼睛和短尾巴：不对，不对，不是妈妈，你是大灰狼。

大灰狼：我的小乖乖，我是你们的妈妈，我是你们的妈妈。（大声说）快点开门。

三只小兔：不开，不开，我不开，妈妈不回来，谁来也不开。

大灰狼：我是你们的妈妈，我是你们的妈妈。

三只兔子：我们不信，我们不信！要不，你把尾巴伸进来让我们瞧一瞧。

大灰狼：好咧，我就把尾巴伸进来，让你们瞧一瞧。

三只小兔：一——二——三（三只小兔一起用力关紧门，夹住了大灰狼的尾巴。）

大灰狼：（抱住屁股）哎哟、哎哟，痛死我了！痛死我了！

旁白：正在这时，兔妈妈回来了。

兔妈妈：（拿起一根大木棍，用力打，边打边说）你这个大坏蛋，看我怎么收拾你。

大灰狼：哎哟、哎哟，不敢了，我下次再也不敢了。

（三只小兔子把门松了松，大灰狼夹着尾巴逃跑了。）

兔妈妈：（兔妈妈放好木棍，拍拍身上的土，走到家门前，边唱歌边敲门）

小兔儿乖乖，把门儿开开，快点儿开开，妈妈要进来。

三只兔子：妈妈回来了，妈妈回来了。（兔子给妈妈开门）

合：大灰狼真坏，装成妈妈骗乖乖。小兔乖乖不上当，打跑大狼本领强。（《我不上你的当》音乐起）

作品赏析：《小兔乖乖》作品是根据故事"小兔乖乖"改编的，作品中运用孩子们都喜爱的小兔子作为主角，激发小朋友对小动物的关心和爱，与对大灰狼的感情形成鲜明的对比。此作品旨在教育小朋友遇到陌生人的时候如何保护自己，要分辨善恶。该作品特别适合小班幼儿学习表演。

3.《有朋友真好》（儿童剧）

一、时间：早上。
二、地点：大树下。
三、人物：小公鸡、小黄鸭、小白兔、小蜗牛、小鸟。
四、过程：
旁白：小朋友们，你们有好朋友吗？和好朋友在一起玩可开心了！森林里住着一群可爱的小公鸡，他们的朋友是谁呢？你知道吗？瞧！小公鸡们来了！
第一幕：（场景：森林里）
旁白：有一天在大树下，小公鸡正在捉虫子。
小公鸡："一只两只三四只，五只六只七八只，哈哈，这么多！"
旁白：小黄鸭走过来，眼睛笑眯眯的，捧着一束鲜花。
小公鸡："早上好！小黄鸭，你要去哪里？"
小黄鸭："早上好！小公鸡，我要去看我的好朋友，把花送给它。再见。"
小公鸡："有朋友真好！"
第二幕：（场景：森林里）
旁白：大树下，小公鸡继续在捉虫子。
小公鸡："一只两只三四只，五只六只七八只，哈哈，这么多！"
旁白：小白兔蹦过来，眼睛笑眯眯的，提着一篮子胡萝卜。
小公鸡："早上好！小白兔，你要去哪里？"
小白兔："早上好！小公鸡，我要去看我的好朋友，把萝卜送给它。再见。"
小公鸡："有朋友真好！"
第三幕：（场景：森林里）
旁白：大树下，小公鸡继续在捉虫子。
小公鸡："一只两只三四只，五只六只七八只，哈哈，这么多！"
旁白：小蜗牛爬过来，眼睛笑眯眯的，托着一片树叶。
小公鸡："早上好！小蜗牛，你要去哪里？"
小蜗牛："早上好！小公鸡，我要去看我的好朋友，把树叶送给它。再见。"
第四幕：（场景：森林里）
旁白：小公鸡不能继续捉虫子了，它在大树下来来回回地走，不停地叹气。
小鸟飞过来，眼睛笑眯眯的，扛着一把小提琴。
小鸟："小公鸡，你为什么总叹气啊？"
小公鸡："我没有朋友，正为这事烦着呢！"
小鸟："我是你的朋友啊，来，我演奏给你听。"（1234567 的音乐）
旁白：曲子真好听，小公鸡的眼睛也笑眯眯的。
小公鸡："真好听。"
小黄鸭："太好听了！"
小白兔："小鸟唱歌好棒！"

小蜗牛："我们都爱听小鸟唱歌。"

小鸟："我们都是好朋友。"

作品赏析：《有朋友真好》这个作品运用了拟人化的场面，在孩子们装扮小动物的同时就能看到自己在平时生活中是如何与小朋友们交往的。这个表演能促进幼儿之间的关系，让小朋友们和睦相处，体会有朋友的好处，有利于在日常生活中，帮助幼儿反省自己在交朋友方面的问题，来及时纠正自己的行为。

4.《妙乎回春》（儿童剧）

人物：猫大夫（著名的动物医生）、小猫"妙乎"（猫大夫的儿子）、小兔、小牛、小鹅。

时间：早晨。

场景："动物医疗站"。一间芭蕉叶盖的房子。墙上挂着写有"妙手回春"的横幅，病员坐的是扁豆荚形的长凳。床、桌等各有特色。

（幕启时，只见小屋外戴眼镜的猫大夫在打太极拳。远处公鸡叫，一会儿，他侧耳听听屋里，见没有动静，摇摇头，向树林跑去。不一会儿，躺着的小猫妙乎翻过身蒙头大睡。猫大夫回来，敲窗。）

猫大夫：妙乎，该起来了！唉！还想当名医呢！

妙乎：（又翻了一个身）呜……呜……

猫大夫：（进门）妙乎，妙乎，又睡着了。

妙乎：妙——呜！妙——呜！爸爸，您不知道我在背书吗？

猫大夫：背书？我看你连书都不翻，还背什么书？

妙乎：您在家，我跟您学！您不在家，我才念书！

猫大夫：好了，我没空和你斗嘴。我要出诊了，有谁来了你就记下来。有急事，你打电话来，号码369。

（拿起电话拨号，听筒和话筒是苹果形，柄是香蕉形）

喂，喂！嗯，没人接电话，一定病得很重，我得赶快去了。

妙乎：（起床坐到桌边）爸爸，您去好了。有谁来看病，我给看。

猫大夫：你还没学会，好好看书，将来我教你。（匆匆忙忙下）

妙乎：（边吃东西边翻书）ABC，CBA，看书真想打瞌睡，当个医生谁不会？胡说八道信口开河！哎哟，好累呀！（伏在书上睡着）

（小兔挎着草莓篮上。）

小兔：猫大夫！猫大夫！

妙乎：（抬起头）妙呜妙呜！（开门）喂，你是谁？

小兔：我是小兔。猫大夫在吗？我请他看病。

妙乎：不在家。

小兔：您是他的儿子吗？

妙乎：我不回答你。不过我告诉你，我是大名鼎鼎的妙乎医生。

小兔：真的吗？我怎么没听说过？

妙乎：我才当医生，你当然不知道。不过，有句话你该知道。

小兔：什么？

妙乎：人家赞扬我医术高明，是"妙乎回春"！

小兔：好像只有妙手回春……

妙乎：不对，你记错了，我这儿有书为证。（翻书）翻不着，反正是你错了。

小兔：我不跟您争了。妙乎医生，今天猫大夫不在家，请您给我看看好吗？

妙乎：行，小事一桩，坐下吧。（给小兔按脉，看面色）哎哟不好！你生大病啦！

小兔：（吓一跳）什么什么？

妙乎：你生一种出血病，出血病，危险透了！

小兔：（吓坏了）啊！

妙乎：（拿起镜子）你看，你的眼睛都变红啦！

小兔：（松了一口气）我们从小就是红眼睛，我爸爸妈妈、爷爷奶奶、哥哥姐姐、弟弟妹妹……生来就是红眼睛，不是出血。

妙乎：生来就这样？那就是遗传性的毛病，非看不可。

小兔：（糊涂了）那，那猫大夫怎么从来没讲过？

妙乎：（一本正经）你到底听谁的？

小兔：那请您给看看吧。

妙乎：这是红药水，一天吃三顿，还用它滴眼睛，也是一天三次。（拿一大瓶子红药水给小兔）

小兔：（不敢接）红药水能吃、能滴眼睛吗？

妙乎：你不照照你的眼睛，都红成什么样了！坐着马上吃，马上滴！

（小兔怀疑地接过，坐着犹豫不决。小牛上。）

妙乎：还磨蹭什么？谁不知道我"妙乎回春"！

小牛：哞——谁的喉咙这么大呀？

小兔：（如获救）小牛快来，妙乎医生让我吃红药水，还要用红药水滴眼睛。我有点儿害怕。

小牛：从没听说红药水能吃呀！

妙乎：妙呜妙呜，你是谁，来这儿大发议论？

小牛：哞——我是小牛，您是医生吗？

妙乎：我是得过"妙乎回春"锦旗的医生妙乎！

小牛：什么！"妙乎回春"？

妙乎：对。

（小牛反刍，胃里的草回上来，用口嚼着，没有能接话。）

妙乎：你怎么啦？不作声光努嘴？

小牛：（咽下草）哞——刚才我胃里的东西回上来，得嚼一嚼。

妙乎：（拍拍小牛背）得了，又是一个病号！

小牛：怎么啦？

妙乎：你呀，生了大病啰！

小牛：什么病？

妙乎：吃的东西要回上来，那是胃病；经常回上来，那就是胃癌。

小牛：癌？

妙乎：对，这非我看不可！

小牛：我从小吃东西都要回上来嚼嚼，我爸爸妈妈、爷爷奶奶、哥哥姐姐……

妙乎：得了，跟小兔一样，遗传的病。你可得开刀才行！要不半路上倒下去，我可不会救啰！

小牛：（害怕地）那我怎么办呢？

妙乎：躺到那床上去，我来磨刀，给你做手术。

（妙乎拿起一把大菜刀，在门槛上磨起来。小鹅上。）

小牛：（慢腾腾躺上去）真害怕呀！怎么拿菜刀给我动手术……

小兔：（坐立不安地）真害怕呀！红药水吃下去肚子不疼吗？

小鹅：（鞠个躬）吭——请问，谁在里面叫害怕？

妙乎：（抬起头）是小兔和小牛，我给他们治病。喔，你也是来看病的？

小鹅：我没生病。

妙乎：不，很明显，你生了大病。

小鹅：（镇静地）什么大病？

妙乎：脑瘤。脑子里的瘤都长到外面来了！非开刀不可！

小鹅：（笑）吭吭吭，我们生来就这样……

妙乎：那你和他俩一样，得了遗传病。

小鹅：（继续笑）吭吭吭，你这样的医生我也会当。

妙乎：乱讲！我可是得了"妙乎回春"的锦旗的！

小鹅：吭吭吭，只有妙手回春，没有"妙乎回春"！

妙乎：你们三个都一样地读白字！

小鹅：（端详着他，灵机一动）好吧，就算你对。（看看发抖的小兔、小牛）不过，我也学过一点儿医，我看你也生了大病。

妙乎：（有点儿紧张）别骗人！我生了什么病？

小鹅：吭——你生了未老先衰病。

妙乎：（不明白）怎么讲？

小鹅：你小小年纪就衰老得不行了，不医好马上得完蛋。

妙乎：（更紧张，凑近他）你，你有什么根据？

小鹅：自然有。（拿起镜子给他）你自己瞧瞧，瞧你的胡须有多长！

妙乎：（照着）胡须？这胡须一生下来就……

小牛：（疑问地）哞——那也是遗传病？

妙乎：啊！我？

小鹅：是吧？你爸爸妈妈、爷爷奶奶、姐姐哥哥、弟弟妹妹，生下来都有胡须……

妙乎：（害怕起来）难道我也是遗传病，那我当不了名医了！妙呜呜呜……（哭起来）

小鹅：（推推小兔和小牛）有一个办法可以治好。（这时猫大夫回来了，在门外挂着

手杖听）

妙乎：只要能救我，用什么办法都行。

小鹅：我先问你小兔和小牛到底得了什么病？

妙乎：天知道他们生什么病。

兔：你不是说我生了出血病，眼睛都变红了吗？

小牛：哞——你不是说我得了胃癌，走不到家半路就会倒下去吗？

妙乎：我是随便说说。

小牛：哞——随便说说？我差点儿让你用菜刀宰了！

小兔：嘿，我差点儿把红药水吃掉！

小鹅：（笑）吭吭吭，他俩没病，你倒是真有病啊！

妙乎：（又紧张起来）怎么办？

小鹅：小兔小牛帮个忙。（拿出一根细绳，在墙上一个铁环中穿过，一头交给小兔、小牛，另一头自己拿着）来，"妙乎回春"大夫，把胡须结在这一头，拉它七七四十九次，胡须掉下来就好啦！

妙乎：不疼吗？

小鹅：有一点儿，可是要病好呐。（用绳子扎住他的胡须）

小兔、小牛：（开心地用力拉）嗨哟，哞——

妙乎：（怪叫）哎哟！妙——乎！妙乎！妙——乎……

小鹅：（一本正经）一下、两下、三下、四下……

妙乎：哎哟、哎哟，哎哟哟！（全身跟着绳一上一下）

小兔、小牛：哈哈，哈哈！

妙乎：（忍不住）几下啦？

小鹅：十三，十四，十五……妙乎大夫，还有二十几下就行啦！

妙乎：什么大夫不大夫，我连书都没好好看过一本。（把绳子从胡须上取下，抓起电话拨号）369，喂喂！

（猫大夫出现在门口。）

小兔、小牛：猫大夫好！

妙乎：爸爸！您可回来了……

猫大夫：我早就在窗外边，瞧你吹得呆头转向的！（搂住小鹅肩）孩子，你今天帮助了妙乎，我谢谢你，也谢谢小兔、小牛！（小动物们摇头表示不必谢）

妙乎：爸爸，（摸摸胡须羞愧地）我今后一定老老实实学习，不吹牛了！

小鹅：到时候啊，我送你一面锦旗，就写上"妙乎回春"四个大字！

（众笑。幕落。）

作品赏析：《妙乎回春》这部作品诙谐幽默，处处都有让小朋友笑不停的元素，但是在笑的过程中也很容易让小朋友们了解各个动物的特点，不仅使小朋友学到了知识，还让小朋友们深刻地理解了只有一分耕耘才会有一分收获，懒惰只能一无所获。所以比较适合大班幼儿进行表演，为大班孩子上小学前做一节有效的德育课。

5.《没有牙齿的大老虎》

根据儿童故事《没有牙齿的大老虎》改编。

人物：大老虎、小狐狸、小猴、小兔、狮子、牛大夫、马大夫。

时间：早晨。

场景：在大森林里，有着各种各样的树，还有着各种颜色的小野花，开得可好看啦！有一个大蘑菇做的桌子、四个小蘑菇做的小凳子。小猴、小兔、小狐狸围坐在那里。旁边还有一个光滑的大石头。

小狐狸：（笑眯眯）

我是聪明小狐狸，

遇到困难动脑筋。

别人都说我狡猾，

其实我是真聪明。

哎，那边的小猴小兔在聊什么呢，过去听听！

小猴：（惊奇）哎哎，我刚刚在森林的那边看见大老虎了！嗬，比柱子还粗的树，大老虎只要用尖牙一啃就断，真吓人哪！

小兔：我知道我知道，大老虎嚼起铁杆来，跟吃面条一样。

（说完害怕地缩起了脑袋，这时看到了小狐狸）咦？小狐狸！

小狐狸：（自信地拍拍胸脯）嘿嘿，你们怕大老虎的牙齿，我就不怕！我还要把它的牙齿全部拔掉呢！

小猴、小兔：哈哈哈，嘻嘻嘻！

小猴：吹牛！吹牛！

小兔：没羞！没羞！

（小猴和小兔嘻嘻哈哈地走下场）

小狐狸：（面向小猴和小兔大声喊）不信，你们就瞧着吧！（做沉思状）

哎，有办法了，嘻嘻！

（从口袋里摸出一粒糖）小朋友们，你们知道糖吃多了，会怎么样吗？你们猜出我的办法了吗？

（自信满满，拍拍胸脯走了）

（大老虎大摇大摆地上场）

大老虎：

我是一只大老虎，

森林中的大大王。

谁敢不听我的话，

啊呜啊呜都吃光。

（小狐狸规规矩矩地拿着一个大包上场）

小狐狸：啊，尊敬的大王，我给你带了世界上最好吃的东西——糖。

大老虎：糖是什么？

（拿起一颗糖，疑惑地看了看，剥开，慢慢地放入嘴里）

（露出微笑）

啊，哈，好吃极了！

小狐狸：（露出狡猾的笑容）大王，你喜欢吃我就再去拿些给你吃。

大老虎：（嘴里含着糖，含糊地说）好，好，好！

（小狐狸下场。旁白：老虎吃了一粒又一粒，连睡觉的时候，都把糖含在嘴里哩。就这样过了好几天。）

（狮子上场）

狮子：虎兄，在干吗呀，呀，地上有这么多的糖纸。

大老虎：呵呵，我在吃小狐狸给我的世上最好吃的东西呢。

狮子：那你刷牙了吗？

大老虎：刷什么牙呀！

狮子：哎哟哟，糖吃得太多，又不刷牙，牙齿会蛀掉的。狐狸最狡猾，你可别上他的当呀。

大老虎：嗯。

（狮子下场，小狐狸又拿着一包糖上场，大老虎拿着牙刷准备刷牙）

小狐狸：（紧张）啊，大王，你在刷牙吗？你把牙齿上的糖全刷掉了，多可惜呀。

大老虎：可听狮子说，糖吃多了会坏牙的。

小狐狸：唉唉，别人的牙怕糖，你大老虎的牙这么厉害，铁条都能咬断，还会怕糖！让森林里的动物们知道了，岂不可笑！

大老虎：对，对，狐狸说得对！

（大老虎把牙刷扔在一边）

我要天天吃糖，我的牙不怕糖！

（突然，大老虎捂着嘴巴）

哎呀！哎呀呀……我的牙！

快、快、快去找来马大夫！

（小狐狸急匆匆地下场，抓着马大夫上场，老虎一直捂着嘴巴嗷嗷叫）

小狐狸：来了来了，马大夫来了。

大老虎：快，快把我的痛牙拔掉吧。

（说着，张开血盆大口，吓得马大夫撒腿就跑）

大老虎：快去把森林里的大夫都给我找来。

（小狐狸急匆匆地下场，抓着牛大夫上场）

小狐狸：就剩这个牛大夫了。

牛大夫：（哆哆嗦嗦）我……我……不拔你的牙……

大老虎：（捂着脸颊）哎哟，哎哟，痛死啦！谁把我的牙拔掉我让他做大王！

（小狐狸扒下牛大夫的白大褂，自己穿了起来，牛大夫丢下医药箱跑了）

小狐狸：（笑眯眯）我来给你拔牙吧！

大老虎：你？哎哟哟……算了算了，快点把我的牙拔掉吧！

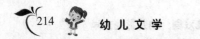

（小狐狸看了看大老虎的嘴巴）

小狐狸：（大叫起来）唉哟哟，你的牙全得拔掉！

大老虎：啊！

（歪着嘴，一边哼哼，一边说）

唉，只要不痛，拔……就拔吧……

（小狐狸打开牛大夫留下的医药箱，拿出最大的钳子，开始给大老虎拔牙，嘿哟，嘿哟，狐狸拔了拔，拔了一颗又一颗……最后一颗牙，狐狸再也拔不动了。）

小狐狸：（做沉思状）嘿，有办法了！大王，你站在那个岩石上。

（大老虎照着小狐狸的话做，小狐狸走到大老虎身后，伸出脚来，在老虎的屁股上用力一踹，大老虎摔了个大跟头，连最后一颗牙齿也掉下来了！）

大老虎：（生气地、用漏风的声音说）小狐狸，你干什么！

（大老虎突然发现自己的牙齿都掉光了，不再牙痛了）

（惊喜）哈哈，哈哈……还是你最好，又送我糖吃，又替我拔牙，谢谢，谢谢！

（大老虎捂着屁股走下场）

小狐狸：（高兴地）森林的小动物们，快出来，现在的大王是我，大老虎成瘪嘴老虎啦！

哈哈哈……

结束：小动物们纷纷从四处出来，手拉手唱歌跳舞。（音乐响起）

作品赏析：此作品深得孩子们的喜欢，尤其是小狐狸，在孩子们眼中，狐狸是坏蛋，是特别狡猾的，但在这个作品中，一反常规，狐狸表现得特别聪明，把耀武扬威的大老虎给打败了，成为小动物们甚至是孩子们心中的偶像。牙齿是很多家长头疼的问题，孩子不爱主动刷牙，在幼儿园中进行这个故事的学习，再进行儿童剧的表演，会让小朋友们在游戏中体会到刷牙的重要性，使孩子们养成主动刷牙的习惯。这就是儿童文学作品的魅力所在。

6.《魔幻森林》

环保魔幻儿童剧《魔幻森林》讲述了一节被小朋友弃之不用的旧电池，利用自身余电的特性，帮助森林里的朋友们战胜毛毛虫保护大自然生态环境的故事。剧中处处可见爱护大自然、提倡环保的理念，以及告诉小朋友们如何从简单的行动中去践行环保。值得一提的是，剧中已经 75 岁高龄的"树精爷爷"朱龙光老师，此次，主动请缨要求加入环保戏剧的演出中，朱老师的加入不但给该剧融入了专业的气氛，也让大家看到了老艺术家身上散发出的敬业精神。

7.《马兰花》

马兰山巅，云雾缭绕，仙人马郎栖息于此，他培植了一朵美丽动人的马兰花。马兰山下住着王老爹、老伴王大妈和两个外貌酷似的女儿一家人。姐姐大兰好逸恶劳。妹妹小兰勤劳善良，她很想一睹山巅那朵凡人从未见过的马兰花。老爹心疼女儿，为满足女儿的要求，不畏艰险，奋力攀登，终于来到马兰山巅，目击马兰花闪烁着奇异的光芒。由于兴奋过度，老爹不慎失足坠下万丈悬崖，幸被马郎救起。当马郎得悉老爹的来意后，欣然把花交与老爹。树公公从旁点破了马郎借花求亲的用意，老爹到家后即征询两个女儿的意向。大兰嫌深山野林生活清苦，婉言拒绝，而小兰含羞接过鲜花。马郎和小兰成亲以后，共事劳动，生活美满。不久，小兰带着丰厚的礼物回家省亲，引起姐姐的妒忌。大兰听信变成老猫的黑心狼的逸言，骗取了妹妹的衣饰。老猫将小兰推入湖中，并夺走了马兰花。接着，大兰又在老猫的威胁利诱下，试图从马郎口中骗取马兰花的口诀。但是大兰逐渐认清了老猫的狰狞面目，深悔自己受骗上当。她终于不顾老猫的恫吓，向马郎坦陈真情。马兰山上布下天罗地网，这只伪装成老猫的黑心狼终于死在棍棒之下。马郎凭借马兰花的神力救活了小兰，夫妻重又欢聚。

『作者简介』

任德耀，笔名王十羽。江苏扬州人。1940年毕业于四川江安戏剧学校舞台美术系。先后在遵义血痕剧社、重庆中央青年剧社从事戏剧活动。1947年，在宋庆龄领导下，与张石流一起筹组中国福利基金会儿童剧团，为主要负责人之一。1950年加入中国共产党，同年随中国青年访苏代表团访问莫斯科等城市，考察苏联儿童戏剧现状，10月任儿童剧团团长。1957年扩建为儿童艺术剧院后，历任副院长、院长、名誉院长兼艺术指导。一级导演。1991年10月起享受国务院特殊津贴。在儿童剧的编剧、导演、舞台美术、剧院管理、剧目建设、人才培养、戏剧理论研究等方面，他都取得了创造性的成就。

8.《麻雀与小孩》

《麻雀与小孩》是黎锦晖的第一部儿童歌舞剧，1921年首演。讲述了一个顽童出于好奇心将一只活泼可爱的麻雀诱骗到家中，关进了笼子。小麻雀的妈妈的母爱之心感动了小孩，使他认识到自己错误的行为，遂放掉了麻雀的故事。部分歌词（"麻雀与小孩——引诱"）如下：

小孩："小麻雀呀，小麻雀呀，
你的母亲，哪儿去啦。"
小麻雀："我的母亲飞去打食，
还没回来，饿得真难受。"
小孩："你是我的小朋友，我是你的好朋友，
我家有许多小青豆，
我家有许多小虫肉，
你要吃吃喝喝和我一同走。
我的小麻雀。"
小麻雀："我的好朋友，"
小孩、小麻雀："走吧走吧走吧走吧走！"

『作者简介』
黎锦晖（1891—1967年）是中国流行音乐的奠基人。黎锦晖生于湖南湘潭，为"黎

氏八骏"之一。自幼学习古琴和弹拨乐器。家乡民间音乐和当地流行的湘剧、花鼓戏、汉剧等戏剧音乐对他影响至深。1927年,他创办了"中华歌舞学校",后又组建"中华歌舞团"。1929年组织"明月歌舞团",并到全国各地巡回演出。1931年,"明月歌舞团"并入联华影业公司。1949年后,他在上海美术电影制片厂担任作曲,1967年逝世于上海。

9. 《葡萄仙子》

《葡萄仙子》由王天林导演,是一部抒情歌舞剧,是中国现代儿童戏剧史上的第一座里程碑。创作者是中国流行音乐的开山鼻祖——黎锦晖,演唱者是他的女儿黎明晖。该剧是黎锦晖为孩子们创作的儿童歌舞剧。

剧目简介:花园里有一位葡萄仙子,在这冬季刚结束的时候,便预备排芽、发叶、开花。(第一场《仙子的心思》)

雪花仙子来访,表示愿意帮助葡萄仙子。喜鹊奶奶因为要修理房屋,向葡萄仙子要点枯枝。仙子不肯,说是留着枝儿,将来要排芽的。(第二场《宝贵的枝丫》)

葡萄仙子排芽了,雨点仙姑来访,表示愿意帮助她。甲虫先生向仙子要嫩芽吃,仙子不肯,说是留着芽儿,将来要发叶的。(第三场《鲜艳的嫩芽》)

葡萄仙子发叶了,太阳仙人来访,表示愿意帮助她。山羊小姐向仙子要嫩叶吃,仙子不肯,说是留着叶儿,将来要开花的。(第四场《青青的茂叶》)

葡萄仙子开花了,春风仙童来访,表示愿意帮助她。兔子先生向仙子要花戴,仙子不肯,说是留着花儿,将来要结果的。(第五场《细细的繁花》)

葡萄仙子结果了,露珠仙母来访,表示愿意保护她。白头翁老先生向仙子要果子吃,仙子不肯,说是果子还没有长熟,不能吃,要留着让它成熟。(第六场《小小的果儿》)

葡萄仙子的果子熟了,小孩子们向她要果子吃,她立刻就允许了,并且说:"我辛辛苦苦地结果子,就是为着你们小朋友啊!"(第七场《甜蜜的赠品》)

孩子们和众神仙齐声高唱:"在间的万物,都是朋友!""自然界、动物们、植物们,都有关系,在世间住着如同一家……大家相爱,愿世间开遍爱的花!"(第八场《世界是一家》)

五、幼儿影视文学作品赏析

1. 《彼得与狼》

《彼得与狼》是苏联作曲家普罗科菲耶夫为儿童写的一部交响童话,完成于1936年春,同年5月2日在莫斯科的一次儿童音乐会上首次演出。该作品是普罗柯菲耶夫的代表作品之一。该曲虽以儿童为对象,但同时也使成人们产生很大兴趣。由作者所构思的情节和撰写的朗诵词,具有生动活泼而又深刻的教育意义。作曲家运用乐器来刻画人物和动物的性格、动作和神情,音乐技巧成熟,形式新颖活泼,旋律通俗易懂。全曲既有贯穿的情节,又不是干涩地平铺直叙;每一个角色、每一个段落不但形象鲜明,而且还含有表达的艺术魅力。当然,最宝贵的还是这部作品的思想内容:只要团结起来,勇敢而机智地进行斗争,任何貌似强大的敌人都是可以战胜的。

少先队员彼得与他的小朋友鸟儿一起玩耍，家中的小鸭在池塘嬉游，与小鸟争吵。小猫趁机要捕捉小鸟，被彼得阻拦。爷爷吓唬他们说狼要来了，把彼得带回家。不久，狼真来了，吃掉了小鸭，还躲在树后要捉小鸟和小猫。彼得不顾个人安危，在小鸟的帮助下捉住狼尾巴，将它拴在树上，爷爷和猎人赶来把狼抓进了动物园。故事寓意深刻，表现了儿童彼得以勇敢和机智战胜了凶恶的狼。

2. 《玩具总动员》

《玩具总动员》是皮克斯的动画系列电影，截至 2015 年共制作了三部，由华特·迪士尼电影公司和皮克斯动画工作室合作推出，讲述了主角牛仔警长胡迪和太空骑警巴斯光年两个玩具的故事。

在《玩具总动员 1》中，小主人家境富裕，拥有一屋的玩具。其中他最爱的是牛仔玩偶胡迪，胡迪因此成为众玩具的"老大"。当小主人出门在外时，一屋的玩具自成世界，过着自己的生活。一天，小主人带回了一个新的玩具：太空战警巴斯光年。巴斯光年长相新奇，功能先进，令小主人爱不释手，威胁到了胡迪的地位。胡迪千方百计要赶走巴斯，一不小心两人一起掉出了房间窗口外，邻居的恶狗在狂吠，邻居的小孩是一个玩具虐待狂，胡迪、巴斯能不能化敌为友，消灾解难?

在《玩具总动员 2》中，胡迪和巴斯光年等一班玩具们经历了上回的历险后友谊日益增强。同时，安迪的看家狗巴斯特也成为他们要好的朋友，大家在一起其乐融融。直到有一天胡迪被一个玩具收藏家发现，认为它是近代最具代表性的玩具，并打算将胡迪放置在颇负盛名的日本当代文化博物馆内展览。另外，在小主人家里，所有的玩具都很担心失踪的胡迪，因此巴斯光年自告奋勇去寻找胡迪回来，但是当它们发现胡迪在展览馆时，胡迪却开始犹豫是否真的要回去当一个平凡的玩具。最终胡迪决定不去日本，但前往日本的飞机已经起飞……

在《玩具总动员 3》中，安迪已经长大成人，正准备离家前往大学学校，开始新的生活。安迪舍不得巴斯光年和胡迪这些陪伴他十几年的玩具，想把玩具们存入自家阁楼，但安迪的妈妈错把玩具们当垃圾扔掉，玩具们以为安迪不要他们了，阴差阳错之下，妈妈把玩具们送到一个全是无法无天的孩子们的幼儿园，这些孩子们迫不及待地将他们的小脏手伸向这些新来的玩具们。

同时，玩具们发现他们在幼儿园其实毫无人身自由，玩具"大熊"控制着幼儿园中玩具们的命运。于是胡迪决定带领玩具们离开幼儿园，回到安迪的身边。他们万众一心，开始酝酿一个伟大的逃跑计划，当然，他们要面临的将是一次惊险无比的大的冒险……

作品赏析： 影片如同皮克斯动画工作室所有电影一样，《玩具总动员 3》融合了喜剧、动作和真挚的情感，给观众独特的心灵体验，在触动他们内心深处的同时也把他们逗得发笑。影片制作者汇集了他们自己以及家人的人生体验，以使故事变得更加真实和容易理解。

皮克斯导演的作品总是以情取胜，这种情感的积累和宣泄却又毫不张扬，使人总是在欢声笑语中，不自觉地被某种如同涓涓细流般的情绪所感染、所感动。这种感动，来自《海底总动员》中小丑鱼马林的万里寻子，来自《飞屋环游记》中老夫妇一生的相濡以沫，也来自《机器人瓦力》中浪漫的宇宙之舞，当然，我们无法忘记在《玩具总动员》中，皮克斯带给我们最初的感动。

从第一部胡迪对巴斯的营救，到第二部巴斯反过来救回胡迪，再到第三部中，一众玩具的胜利大逃亡。《玩具总动员》一如皮克斯的其他作品，有着简单而清晰的故事脉络。但孩子们能从中获得快乐，学会温暖人心的真善美，大人又能在里面读到感悟，体味人生的五味杂陈。作为动画片，还能有比这更高的境界吗？

玩具们存在的意义，永远是带给孩子欢乐，而不是被束之高阁。所以《玩具总动员3》的最后，安迪一个个介绍着玩具们的名字和故事，将它们交到邦尼的手中，更像是完成了一个交接的仪式。或许电影中的故事将在此戛然而止，但我们知道，胡迪和巴斯光年的故事，还将在另一个地方继续下去。

当安迪像儿时一样，将胡迪夹在自己脖子上迎风奔跑，我们仿佛看到了十五年前那个总是爱在脑海勾勒各种英雄故事的男孩。但不同的是，以前他每次离去，都是坐着妈妈的车。而现在，小男孩自己驾驶着汽车恋恋不舍地离去，而且，他再也不会回到心爱的玩具们身边了。

当我们向那些曾经为我们带来欢乐的玩具道别，也向《玩具总动员》系列电影道别时，我们失去的，已经是一个美好的却只存在于记忆中的童年。

3. 《猫和老鼠》

《猫和老鼠》是米高梅电影公司于1939年制作的一部动画片，该片由威廉·汉纳、约瑟夫·巴伯拉编写，弗雷德·昆比制作，首部剧集《甜蜜的家》于1940年2月10日在美国首播。

《猫和老鼠》以闹剧为特色，描绘了一对水火不容的冤家汤姆和杰瑞猫鼠之间的战争，片中的汤姆经常使用狡诈的诡计来对付杰瑞，而杰瑞则时常利用汤姆诡计中的漏洞逃脱他的迫害并给予报复。汤姆有一种强烈的欲望，总是不断努力地捉同居一室的老鼠杰瑞，并不断地努力驱赶着这位讨厌的房客。尽管总是失败，但汤姆在追逐中得到的乐趣远远超过捉住杰瑞。同时，汤姆在片中经常使用斧头、锤子、炸药、鞭炮等暴力工具或陷阱来对付杰瑞。但杰瑞非常机灵，时而使汤姆的诡计适得其反，让汤姆自食其果。在这部动画中，没有动物世界中恃强凌弱的残酷，只有两个邻居之间的日常琐事和纷争。

作品赏析：平心而论，汤姆事实上比杰瑞更有同情心，这样一只虽然有着各种各样的"缺点"的好猫，整天被一个小小的老鼠弄得狼狈不堪，确实让人于心不忍。汤姆易怒而敏感，杰瑞则独立且投机。在每集动画片的结尾，通常是杰瑞以洋洋自得来显示自己的胜利，而汤姆则是失败者。但是，也有可能出现以下结局：在很少的时候，汤姆会获得胜利；偶尔也有两人携手搭档的情况。不过，总的来说，汤姆和杰瑞握手言欢只能是小插曲——永无止境的追逐才是汤姆和杰瑞作为存在的永恒主题。

4. 《小龙人》

《小龙人》是寒山、龚艺群、王殿海等执导的儿童神话剧，由陈嘉男、江以桢、陈晨、柳田等主演。

该剧讲述了在北京的一个四合院里住着三个孩子，奇奇只有四岁半，却整天想着要当妈妈；贝贝调皮、逞强；宝宝上了小学，他老实听话，是大人们眼中的好孩子。这天，他们三人来到故宫，在故宫里沉睡多年的小玉龙被奇奇吵醒，它闪着光芒变成了一只头上长着犄角，又长着尾巴的小龙人。

　　小龙人大约是那个时代的中国的化身，他一直在寻找自己的妈妈，他的妈妈想必就是中华民族的传统吧。小龙人在找妈妈的过程中成长、独立，并逐渐完成自我认同。然而他在祈年殿出生的时候，却对自己一无所知。他象征了五四运动以来生活在反传统的传统中的中国人，对自己的根已经逐渐忘却，正如小龙人片尾曲唱的"我头上有犄角，身后有尾巴，谁也不知道，我有多少秘密"。然而 20 世纪 80 年代以来，这些失去了记忆的中国人却在追忆，试图弄清自己的身份，试图完成新一轮的自我认同。刚一开始，小龙人头上有犄角，身后有尾巴，逐渐地，他身后的尾巴不见了，头上的角变小了，又过了一段时间，他头上的角由青变黄，最终消失了。他在寻找他的妈妈的过程中逐渐地摆脱了他生而有之的从妈妈那里接受而来的外在化的身份标志，却在内心对妈妈和自己有了前所未有的清楚的认识。正如现代化以来的中华民族，在摆脱了衣冠文物的同时，却该在心里缕清传统之于现代的意义，或者说，正是在真正了解了传统的基础上，顺其自然地摆脱传统带来的束缚。

第四节　幼儿戏剧的创作和改编

一、选择恰当的作品进行改编

　　选择好的作品是决定能否改编成功的前提，选择的著作情节要完整连贯，人物形象要鲜明，角色要多，矛盾冲突要紧张，要适合儿童演出用。改编本身就是一个再度创作的过程，改编的过程中一定要尊重原著作，不能改变整个故事架构，但为了使人物形象更加丰满，可增添情节来突出人物个性；情节也可以根据舞台的要求做适当的改动，要为舞台服务；语言既要符合人物的身份、性格，又要体现生活气息，能够被儿童理解和接受。剧本改编后一定要有戏剧名称、人物介绍、布景、时间、地点、幕名和场名、台词、舞台指示。其中布景是指舞台布置的建议，幕名和场名都代表着有多少幕、多少场，但一般在幼儿戏剧中，由于幼儿的年龄特点，通常以独幕剧为主，或者是幕和场比较少，这样才适合幼儿观看。场景之间的内容要连贯，不能跳跃太大。台词一般分为对白、独白和旁白。例如，根据故事和童话改编的儿童剧有《没有牙齿的大老虎》《三只小猪》《猴吃西瓜》，还有被各个国家所追崇的儿童剧《白雪公主和七个小矮人》。这些都是在原有的儿童故事和童话故事基础上改编的，被搬上了舞台，给全世界的小朋友带来了无限的欢乐。

二、按照幼儿戏剧的要求进行创作

要以儿童戏剧的基本艺术特征为创编的原则，设计符合幼儿戏剧的人物性格的动作和语言，另外对舞台场景、人物刻画、场次和幕都要做出详细的说明。幼儿戏剧的特点就是简单易懂，不能过长，线索还要明朗，矛盾冲突比较明显，台词还要有一定的韵律，读起来朗朗上口。音乐与舞蹈在幼儿戏剧中也担任着重要的角色，幼儿戏剧中载歌载舞的形式最能吸引幼儿，热闹的场面和动作会使孩子们更有视觉上的冲击，就像让孩子们置身在情境当中，当作一场游戏。所以作者在创作中一定要考虑到幼儿戏剧的游戏性和趣味性的特点。例如，黎锦晖的幼儿歌舞剧《小孩与麻雀》载歌载舞，简单的歌词让孩子们听完就能记住。

三、设置问题情景，即兴创编

在幼儿园教学中经常会出现让幼儿续编故事的内容，在此基础上，我们可以让孩子们自己来制定角色，根据他们续编的故事来进行演绎。作为教师，必须激发幼儿参与的兴趣，让他们充分参与童话剧的创编全过程，使幼儿成为活动的主体。这样教师可以根据孩子的能力设置问题情景，有意识地引导孩子们把剧目的开始、发展、高潮和结束四个部分补充完善，这样孩子们可以自己创编出剧本，大大提高了孩子们的想象力和思维力，也加强了孩子们的口语表达能力。

（一）幼儿园中如何指导幼儿进行儿童剧表演

儿童剧的剧本内容是符合幼儿生活经验的，所以，参加儿童剧演出的不管是大人还是小孩，都会充满热闹活泼的气氛，表达的东西也是浅显生动的。儿童剧可取材于现实生活，也可以取材于童话、神话。儿童剧更多体现的是纯真心灵下的故事，它对孩子有一定的引导作用，孩子的模仿能力特别强，经常看儿童剧，有利于孩子接触这个社会，并分辨是非。著名的儿童剧作品如《灰姑娘》《乞丐与王子》《皇帝的新衣》等在许多国家广泛流传。

要使幼儿灵活、巧妙、恰当运用童话剧，使得幼儿在轻松愉快的氛围中潜移默化地接受教育。幼儿园教师在幼儿园中如何做好儿童剧的表演，就要看幼儿教师如何设计教育活动。为了更好地呈现出完美的作品，主题性的教育活动设计是展开儿童剧的一个实践办法。整个主题活动围绕这个儿童剧来进行。

（二）根据剧本的内容，丰富幼儿的生活经验，来调动幼儿对儿童剧表演的兴趣

幼儿教师选择好剧本以后，围绕这个剧本展开主题教育活动，首先就是要对幼儿进行剧本渗透，根据剧本的内容，来丰富幼儿的日常生活经验，让幼儿在表演之前就了解剧本中的人物背景，提高幼儿的参与度。例如，童话剧《三脚猫出丑》是根据幼儿动物故事改编的。从故事内容来看，观看该剧可了解各种动物的特点及卫生保健常识；从人物上来看，特别适合改编。因为角色比较多，对幼儿来讲，模仿是他们最大的特点，所以根据剧本，首先设计的活动就是"我爱我的小动物"，通过了解小动物们的形态、特

点，来熟悉这些小动物，紧接着"拜访动物朋友——观察动物"。观察这些小动物的形态、动作和生活特点。这样的活动设计不仅丰富了幼儿的生活经验，还为表演儿童剧奠定了基础，增强了幼儿表演儿童剧的兴趣。

活动一　我爱我的小动物

（一）活动目标

1）了解小动物的特点，知道必要的卫生保健常识。

2）模仿小动物们的形象，进行身体控制的训练。

（二）活动准备

《我爱我的小动物》音乐、各种动物的图片。

（三）活动过程

1）导入：教师出示各种小动物的图片，并提问。

"小朋友们，今天我们班级来了一些小动物，你们看看都是谁呢？"（小猴、小猫、乌鸦、乌龟、大象、骆驼、蜂鸟）

2）通过观察图片，教师引导幼儿模仿小动物的动作，增强幼儿身体的控制能力。

"请小朋友们摆出其他动物的造型，让老师和小朋友猜一猜是什么动物。"（激发幼儿的想象力）

3）根据小动物的图片，了解"结膜炎""驼背""呆小症""巨人症"等病症的特点。知道必要的卫生保健常识。

4）听歌曲《我爱我的小动物》。

① 复习《我爱我的小动物》歌曲，并让幼儿进行表演。

② 在教师的引导下，改编《我爱我的小动物》歌词，进行新的动作模仿表演。

"我爱我的小猫。小猫怎样叫？我爱我的小猴，小猴怎样跳？我爱我的乌鸦，乌鸦怎样叫……"

③ 在教师的帮助下，尝试正确地演唱和表演完整歌曲。

（四）活动结束

教师总结本节活动的优点及不足，并鼓励小朋友们多多练习模仿。

活动二　拜访动物朋友——观察动物

（一）活动目标

1）观察并了解（小猴、小猫、乌鸦、乌龟、大象、骆驼、蜂鸟）动物的形态、动作和生活习性。

2）模仿观察到的动物的动作特点。

3）模仿动物。

（二）活动准备

1）和家长沟通，请家长陪幼儿一起去动物园观察动物，重点观察猴子、大象、骆驼等动物。

2）各种动物的影像资料。

（三）活动过程

1）导入：教师和幼儿表演改编歌曲《我爱我的小动物》。

2）观看小动物的影像资料，进一步加深对本次活动小动物的印象（如在动物园中看到的蜂鸟和乌鸦）。提问：

① 乌鸦是怎么叫的？蜂鸟的体型是怎样的？

② 在陆地上体积最大的动物是谁呢？

3）根据幼儿参观动物园及观看影像的经验，找出动物最典型的特征，让幼儿大胆地分享表演经验。提问：

① 在动物园里看到什么动物？你最喜欢哪种动物？能表演给大家看吗？

② 这些动物们都喜欢吃什么呢？你能模仿出来吗？

（四）活动结束

小朋友们，这些小动物和我们生活在同一个地球上，他们也需要我们的关怀和爱护，希望我们的小朋友可以精心地爱护他们，这样我们的地球妈妈才会更开心，我们的世界才会更美好！

（五）活动延伸

请小朋友回到家对爸爸妈妈模仿动物。

四、道具、材料的选择和场景的布置

除了孩子们和老师的表演以外，童话剧所需要的道具、材料和场景的布置，是童话剧的一个升华，这些都是幕后的创作，主要是根据剧本的描述来进行制作的。这些场景会让孩子们身临其境，更加进入角色当中。

在幼儿园的班级里表演，道具和材料不一定要求高档精致、富丽堂皇。选用什么材料和方法制作，应该让孩子们发表自己的意见和想法，在这个过程中，挖掘他们的想象力和潜力。例如，儿童剧《三脚猫出丑》里的三脚猫主人家应该是什么样子的，孩子们会想，家里一定会有很多医疗设备，还要有床、鱼缸，这些经验都来源于幼儿的生活经验，背景可以选择幼儿园里的区域活动角——娃娃家，把区域角——医院的物品挪用过来，这样背景就可以形成了，孩子们就可以在这个模拟的小背景下进行表演。森林的布景设置，可以做成移动的，或者利用本教室的资源，进行背景墙设置。

活动 小动物的家

（一）活动目标

1）培养幼儿亲近大自然，爱护环境。

2）培养幼儿的动手能力。

（二）活动准备

1）幼儿剪刀、彩纸、纸盒、泡沫板、胶水。

2）大森林图片。

（三）活动过程

1）导入：教师和幼儿共同讨论小动物的家是什么样的？

"小动物们都生活在哪里？"（大森林里）"大森林里都有什么？"那我们今天就为小动物们制作他们的家。

2）教师出示范例（花、草、树等），根据幼儿前期的学习经验，分组进行创作。教师巡回指导。

3）教师和幼儿将所制作的道具材料进行组合。

（四）活动结束

孩子们，小动物的家已经做完了，我们要精心爱护小动物的家，过几天我们就邀请小动物们到这里做客。

五、演员的选择

对于小演员来说，教师让幼儿进行角色体验时，可以采用集体、分组两种形式，集体体验角色的时候，可以消除幼儿的紧张心理，并且相互学习，在宽松的环境中进行角色的体验和表达，让幼儿全身心地参与其中。分组扮演，一种是幼儿自由分组，另一种是固定角色，自由分组可以按照伙伴、角色分组，也可以随机分组。例如，他们会按照教师的指令，找自己的伙伴，来讨论各自扮演的角色。例如，童话剧《三脚猫出丑》，教师这样来进行指导："小朋友们，你们自己商量谁来扮演哪个角色，然后告诉老师。"在小朋友结伴以前，教师一定要告知小朋友们大家商量着扮演，如果出现角色分配问题，就向老师求助，以免让幼儿发生冲突。固定角色扮演，一般教师按照平时的座位或者学号来划分组别，这样方便管理，一般这种情况方便小朋友们互相讨论。

另外，教师本身也是演员之一，在幼儿园中儿童剧并非只是孩子们的专利，幼儿教师也可以作为演员来演绎儿童剧，每周或者每个月表演一场让孩子们看的儿童剧，由于演员是幼儿熟知的教师，会引起孩子们很大的观看兴趣。教师在编排儿童剧的时候，可以事先组织好小朋友当观众，边表演边与孩子们互动，让孩子们更近距离地接触。

演员还可以由教师和幼儿一起扮演，教师扮演角色会对幼儿的表演和创作产生影响。教师主要是引导幼儿、激发幼儿表现的欲望，同时也能消除幼儿的紧张感。

六、台词、动作与音乐的配合

儿童剧的对白通常都是很容易记住的，一般比较简短、有韵律，而且重复的语言比较多，方便幼儿记忆。例如，《小熊请客》中，小猫咪、小花狗、小公鸡在狐狸问它们去做什么的时候的回答都是一样的："今天过节，小熊请客，我们到他家，又吃又玩又唱歌，真呀真快活。"然后小狐狸也用同样的语言，对三种小动物都说："你带我一块去吧。"这样简短和重复性的语言，孩子们很容易记住。

同样，舞台动作也要符合孩子的心理特点，动作不能过小，必须吸引孩子的注意力。例如，《小熊请客》中狼的表演：狼求着小动物们带它去小熊家做客，那么动作上就不能表演得太凶狠，但是也不能表演得像小绵羊，否则就不能吸引孩子们的眼球了，直到后面，狼的本色表现出来的时候，就一定要张牙舞爪、凶相毕露，让孩子们明白狼的凶狠。

童话剧中的小歌舞很受孩子们的欢迎,因为它的动作性强,谱曲的唱词还能使观众加深印象。例如,《小兔乖乖》中的"小兔子乖乖,把门开开,快点开开,我要进来"。就是因为有了音乐曲谱的存在,让这个儿童剧经久不衰。在儿童剧中,不同的场景、不同的人物用不同的音乐。根据不同的角色出场,有着不同的音乐,只要孩子们一听到音乐,就会从听觉上激起孩子们情绪情感的变化。

活动一 故事《三脚猫出丑》

(一)活动目标
1)理解故事主题——不懂的事情不乱说。
2)根据前期经验,掌握小动物们的语言和动作特点,并加强对话的掌握。
(二)活动准备
故事音频、音乐《动物狂欢节》。
(三)活动过程
1)导入:集体表演改编的《我爱我的小动物》歌曲。
2)播放故事音频,并提问。
① 故事里都有谁?小猫为什么会变成三条腿?
② 小猫都为谁看病了?
3)再次播放故事音频,并提问。
① 小兔子得的是什么病,猫大夫和小兔子分别说了什么?
② 骆驼得了什么病?猫大夫是怎么诊治的?
③ 谁得了呆小症,为什么大象得了巨人症?
4)分角色进行表演游戏。
① 进一步熟悉台词,加深印象。
② 跟随音乐,幼儿进行表演。
(四)活动结束
通过这个故事,希望小朋友更多地了解科学,不懂的事情应该和爸爸、妈妈、老师一起去探讨。不能不懂装懂。

活动二 童话剧表演《三脚猫出丑》

(一)活动目标
1)根据已有经验表演角色。
2)能在集体面前大方地表演,不紧张、不怯场。
3)能理解剧情和主要角色关系,尝试清晰地表达主要台词。
(二)活动准备
1)依据剧情布置教室。
2)自制森林道具、小动物服装、娃娃家和医院区域角。
3)准备好剧中相关音乐。

（三）活动过程

1）教师示范表演。

2）请幼儿做小观众，教师示范表演儿童剧《三脚猫出丑》，表演过程中，随时与小观众互动，以加深幼儿印象，如遇到重点台词，教师要表演得夸张，以帮助幼儿记住台词。

3）教师带领幼儿共同表演。

① 请一部分接受能力较强的幼儿与教师共同表演，其他幼儿继续观看。

② 将表演的幼儿分组，教师指导幼儿表演。

③ 表演完后可换作观众的幼儿共同表演。

附剧本：

《三脚猫出丑》

根据冰子的幼儿动物故事《三脚猫出丑》改编

人物：医生、三脚猫、乌鸦、小白兔、乌龟、小猴、小蜂鸟、大象。

时间：春天。

地点：医生家、大森林。

布景：运用区域角，将娃娃家和医院结合成主人的家，用纸盒做成窗户通往森林，背景墙体现森林的花草树木，另外有一棵可以移动的树的道具，在树的旁边还有两块用泡沫做的石头凳子。

第一场

（在主人家，医生在看病，波斯猫趴在主人的脚边懒洋洋地晒太阳）

主人：哪里不舒服？

病人：眼睛不舒服，又红又肿。

（主人翻了翻病人的眼皮）

主人：啊，这是结膜炎。你经常用脏手揉眼睛吧，开点眼药水就可以了。

（波斯猫在主人旁边静静地听着，不时地也点头，看完了这个病人，主人站起来，伸了个懒腰，抚摸了那只可爱的波斯猫，进屋里休息去了。波斯猫就走到了鱼缸前面）

波斯猫：喵……刚吃饱饭，怎么又饿了呢？（波斯猫紧紧盯着鱼缸）我想小金鱼一定很美味[舔舔舌头，波斯猫伸出爪子抓起金鱼吃了个精光，满足地摸了摸肚子，转过身的时候，不小心碰到了鱼缸，鱼缸摔碎了，（播放鱼缸摔碎的声音）主人从屋里跑出来。]

主人：你这该死的猫，竟然吃了我名贵的金鱼，还打碎了我的鱼缸，看我不打死你！

（波斯猫吓得浑身哆嗦，到处乱跑，主人拿起立在墙角的拐杖去打波斯猫，正好打到了猫的后腿）

波斯猫：喵……啊（惨叫）（波斯猫从窗口逃了出去，一瘸一拐地逃到了大森林里）

第二场

（音乐起，三脚猫流浪到一座大森林里，在森林里遇见一只乌鸦）

乌鸦：（吵嚷地）啊喂，流浪汉，打哪儿来呀？

三脚猫：（骄傲地）滚开，你这小黑炭！我是城里医生……

乌鸦：哇，哇，城里来了医生啦！哇，哇，城里来了医生啦……（大叫大嚷）

（小动物们都来看热闹，小猴抓耳挠腮，大乌龟伸长脖子，乌鸦不停地飞来飞去，维持秩序）

乌鸦：排队，排队，看病的都要排队……哇，哇，城里来了医生啦！哇，哇，城里来了医生啦……

（小动物们排成队，最前面的是小白兔）

小白兔：请问，我怎么老是红眼睛？

三脚猫：（翻了翻兔子的眼皮，自信地）啊，这是结膜炎。你一定常用脏手揉眼睛吧。手上有……有细菌。

小白兔：可我生下来就红眼睛呀！（不服气）

三脚猫：那……那你一定在娘肚子里就揉眼睛了。

（大伙哈哈大笑）

乌鸦：二号、二号！

骆驼：猫大夫，你能给我治治驼背吗？

（大伙又哈哈大笑）

三脚猫：谁叫你小时候读书时坐得不端正呀！

小猴：三脚猫大夫，他还没有上过学呐！

（大伙哈哈大笑）

三脚猫：唉，下次说话要小心了。（低着头，红着脸，自言自语）

小猴：（快速地，尖锐明亮的声音）大夫，大夫，我怎么长不胖，大家都叫我瘦猴呢？

乌龟：（憨厚地，低沉地）嘀，嘀，嘀！（张嘴巴大笑）

乌鸦：那是因为你嘴馋，爱吃零食！

小猴：呸！你这小黑炭！（猴子想去抓它，乌鸦飞到另一棵大树上了）

蜂鸟：（小声地）别吵了，别吵了！（大家一起找声音的来源）

（蜂鸟挥动漂亮的翅膀从树后飞出来）

蜂鸟：猫大夫，请你告诉我，我为什么长不大？

三脚猫：这，这叫呆小病！是甲状腺有了病。

蜂鸟：什么？什么？（蜂鸟摇头）

大象：（大声地）那我是什么病呢？（大象晃动着鼻子，脚步很重地走到前面）

三脚猫：你，你是巨人症，脑子里长了瘤子啦！（三脚猫跳起来）

大象：哈哈哈！（大象的笑声把三脚猫震得一屁股坐在地上）

大象：你这个骗子，三脚猫大夫，我们什么病也没有呐！

（音乐起，动物们一齐嘲笑这个不懂装懂的三脚猫。三脚猫一瘸一瘸地离开了这座大森林。）

（编剧：鞠翠萍、夏研）

七、使儿童剧游戏化

　　游戏成分多是幼儿童话剧演出成功的奥秘，游戏是幼儿活动的主要内容，是他们的兴趣所在。游戏中的模拟动作和驰骋想象能给幼儿带来极大的快乐。因此，幼儿童话剧如果能接近于他们的游戏，他们会更感兴趣。如果剧中的游戏能让小观众一起参加，那就会使台上、台下打成一片。这时，小观众在看戏，也是在游戏，气氛极好。孩子们从中能得到极大的快乐和满足。改编的《白雪公主和七个小矮人》儿童剧中，坏皇后在找白雪公主的时候就走到观众中，问小观众们知不知道白雪公主在哪里，孩子们没有一个告诉她的，最后坏皇后生气了，要把小朋友们都抓起来，小朋友们感觉到害怕，但是也有很多小朋友即使害怕也表现得很勇敢。孩子们完全进入了规定的剧情，进入了角色，认真地做着一场有计划有组织的集体游戏，气氛自然就越来越好。

知识与能力训练

一、知识训练

　　（一）填空题

　　1. 戏剧通常有两种形式：一种是_____，另一种是_____。
　　2. 幼儿戏剧的艺术特征：_____、_____、_____、_____、_____。
　　3. 幼儿戏剧的种类：按表现形式划分为_____、_____、_____、_____、_____。按内容划分：_____、_____、_____、_____。
　　4. 儿童影视文学的特点：_____、_____、_____、_____。

　　（二）思考创作题

　　1. 幼儿为什么喜欢动画片？
　　2. 观看《大头儿子小头爸爸》《海底总动员》《灰姑娘》，讨论其特点。

二、能力训练

　　（一）活动内容

　　1. 将《鸭妈妈找蛋》童话故事改编成儿童剧。
　　2. 根据改编剧本《三脚猫出丑》排演儿童剧。

　　（二）活动目标

　　1. 通过此次活动，为学生提供表演的机会，提高学生的沟通能力和自信心，并展现学生的综合素质。

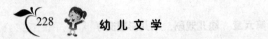

2. 掌握故事改编成儿童剧的过程，熟悉剧本的要素。

3. 熟悉儿童剧编排的过程，为未来编排儿童剧奠定基础。

（三）活 动 设 计

1. 将每班学生分组，大约十人一组。

2. 看故事，按照剧本的要求改编童话故事《鸭妈妈找蛋》。

3. 按组进行儿童剧的排练，安排好导演、演员，制作道具、背景、服装、化妆等。

4. 各组分工合作，各司其职，鼓励创新。

5. 进行汇报演出。

参 考 文 献

方美波．2012．幼儿文学作品导引．杭州：浙江大学出版社．

高格褆，舒平．幼儿文学实用教程．2版．北京：高等教育出版社．

黄云生．2006．儿童文学教程．杭州：浙江大学出版社．

蒋风．2013．新编儿童文学教程．杭州：浙江大学出版社．

李倩敏，李怀星．2015．幼儿文学作品赏析与表达指导．北京：北京师范大学出版社．

瞿亚红．2013．幼儿文学．北京：北京大学出版社．

宋文翠．2010．儿童文学概论．济南：山东人民出版社．

唐安兴，刘丙钧．2015．幼儿文学．上海：华东师范大学出版社．

王晓翌．2013．实用儿童文学教程．西安：陕西师范大学出版社．

张丽，王苗苗．2012．幼儿文学学习活动教程．北京：新时代出版社．